버들골 풍경

최용순 다섯 번째 수필집

버들골 풍경

최용순 다섯 번째 수필집

어문학사

프롤로그

덴드롱을 보며

창밖에 봄이 가득하다. 어느새 이렇듯 찬란한 봄이 찾아왔는지 모르겠다. 내가 아둔한 탓으로 봄을 느끼지 못한 것일까. 봄은 아무도 눈치채지 못하게 밤에 도둑고양이처럼 살금살금 기어 온다더니 참말로 그런 것일까. 해마다 돌아오는 봄이건만, 처음인 것처럼 새삼스러운 것은 내가 무디기보다 오히려 너무 예민하기 때문인지도 모를 일이다.

아름다운 색깔과 향기의 유혹에 마치 기이한 것을 만나기라도 한 듯 마음이 설렌다. 그래, 나는 이 계절의 벅찬 유혹을 무심코 지나칠 만큼 천성이 모질지 못하다. 설령 그렇다고 한들 누가 설레는 여린 내 마음을 나무랄 것인가. 자, 나가서 마음껏 봄의 향연에 몸과 마음을 맡겨보자. 그리고 분홍색 봄향기의 감미로운 세계 그리고 나를 꼼짝달싹 못하게 하는 풍성한 오월의 잔치에 빠져들어 발이 부르트도록 걸어보리라.

봄이 부르는 소리에 아내와 장터에 나갔다가 아내가 봄 신상품에 꽂혀 눈을 떼지 못하고 만지작거리는 사이 나는 바로 옆 꽃가게에서 꽃구경을 하고 있다. 꽃가게 주인은 '덴드롱'을 가리키며 "얘는 침실에는 너무 클 것 같고, 거실에 잘 어울릴 같네요. 싸게 드릴테니 들여가세요."한다. 꽃을 보고 '이것저것'하지 않고 '애'라고 부르는 약간 비음의 허스키한 목소리 주인공이 놀랍게도 내 앞에 있을 줄이야. 이 여인이야말로 꽃만 파는 것이 아니라 덤으로 정까지 얹어 주는 잔정이 많은 여인이 아닐까. 어린 아이들이 소꿉장난할 때 인형을 안고 속삭이듯 꽃을 보고 말을 거는 이 여인은 마음이 꽃보다 아름다울 거라고 상상해 본다.

꽃가게 주인의 정겨운 말에 끌려서 거실에 어울릴 것 같은 덴드롱을 구입했다. 나는 집으로 돌아오며 김춘수를 떠올린다. "내가 그의 이름을 불러 주었을 때, / 그는 나에게로 와서 / 꽃이 되었다." 아주 짤막하지만 듣는 이의 가슴을 따뜻하게 녹일 수 있는 정겨운 한마디 말은 또 없을까.

나는 '덴드롱'을 보고 말을 걸어 본다.

"애, 고마워."

차례

오색 주전골

이른 6시 30분 동서울터미널에서 고속직행버스를 타고 세 시간을 달려 한계령을 넘으니 오색단풍 불타는 마을, 내가 찾는 오색이다. 주중이지만 오색은 만원이다. 기대가 컸던 때문일까. 먼 길을 달려 왔는데 몸과 마음은 날아갈 듯 모든 것이 반갑고 즐겁기만 하다.

오색하면 약수라고 할 정도로 약수의 고장으로 잘 알려진 관광명소다. 그리고 절집 오색석사로 보아 오색은 양양보다 유서깊은 지명이다. 행정구역상 강원도 양양군 서면 오색리. 220여 세대 6백여 주민, 특급 호텔 1개소, 장급 여관 6개소, 60여 근린시설이 어우러져 여행객을 맞고 보낸다.

오색약수는 조선 중엽 오색석사의 스님이 발견하였으며 위장병, 신경통에 효험이 뛰어나 30여 년 전만 해도 문전성시를 이루었다. 그리고 제1약수는 두 개의 약수공이 있는데 위의 것은 여성들에게 좋다는 음약수, 아래 것은 남성들에게 좋다는 양약수로 알려져 있다. 그리고 약수만큼이나 잘 알려진 것이 해발 650m 고지에서 자연분출하는 알카리성 나트륨 온천이다. 근래에 그랜야드호텔이 자체 개발한

탄산천과 발마사지 자갈탕은 새로운 관광상품으로 특히 여성고객들이 즐겨 찾는다.

잠시 물길을 따라 올라가니 주전골 입구다. 어느 날 강원도관찰사가 오색령을 넘는데 골짜기에서 쇠붙이 소리가 들렸다. 관찰사가 동행하는 관원을 시켜 살펴보게 하였더니 승려를 가장한 십여 명의 도적떼들이 절집에 숨어들어 위조엽전을 만들고 있었다. 그 사실을 보고받은 관찰사가 대로하여 도적떼를 처단하고 사찰까지 불태워 버렸다. 그래서 주전골이라고 한다는 설과 용소폭포 주위에 있는 시루떡바위들이 마치 엽전을 쌓아 놓은 것같이 보이므로 주전골이라고 한다는 설이 있다.

설악산 하면 주전골이다. 여심폭포, 십이폭포, 용소폭포, 선녀탕 등 명소를 거느리고 주전골을 흘러내리며 양양 남대천으로 이어지는 골짜기는 설악 중에서도 자연경관이 아름답기로 이름난 곳이다. 특히 주전골 단풍은 그 자체가 브랜드다. 설악산 최고가 아니라 우리나라 최고다. 누가 뭐래도 단풍의 진수는 연기도 소리도 없이 짙붉게 타오르는 주전골 단풍이 짱이다.

요염한 단풍에 빠져 감탄을 쏟아내며 한참 오르니 오색과 한계령 중간 지점에 흘림골 명물 여심女深폭포다. 가뭄으로 물이 준 폭포수는 반은 걸치고, 반은 벗은 채, 흐느끼는 듯, 우는 듯 수줍은 여인의 교태 그대로다. 어쩌면 조물주가 창조한 여인의 참모습이 아닐까. 폭포수에 가린 모습보다 완전히 벗은 모습이 더 아름답다고 여기며 폭포 앞에 서니 열한 시 방향으로 다리를 살짝 꼬고 앉은 여인이 국부를 감추기라도 하듯 몇 줄기 가는 폭포수가 치맛자락처럼 하늘거린다.

나는 폭포수 앞에서 미동도 못하고 망부석이 되어 공초 오상순의 〈첫날밤〉을 떠올린다. "어어 밤은 깊어 / 화촉동방의 촛불은 꺼졌다 / 허영의 의상은 그림자마저 사라지고.... // 그 청춘의 알몸이 / 깊은 어둠속에서 / 어족인 양 노니는데 / 홀연 그윽히 들리는 소리 있어" 이하 생략.

원초적 본능이 시키는 바를 따라 짜릿한 눈요기를 하면 신선도 마음이 동할 수밖에 없겠거늘 나 같은 속인이야 단풍이 아름다운들, 여인 아닌 바에야 그 무엇이 보이겠는가. 여심폭포는 차라리 안 보든가, 맨 나중 보는 것이 좋았을 걸, 여심폭포 말고는 마음에 차는 것이 없으니 어쩌란 말인가.

(한맥문학, 2010. 12.)

외설악 천불동계곡

국립공원 설악산은 공원 면적 354.6km²로 설악산 주봉인 대청봉 (1,708m)을 중심으로 한계령과 미시령 동쪽을 외설악, 서쪽을 내설악, 한계령 남단 오색지역을 남설악이라고 한다. 800여 종의 식물과 500여 종의 동물이 살고 있는 귀중한 학술 자원보고이다. 그러므로 설악산 일대가 천연기념물 제171호로 지정되고, 유네스코에서는 세계 생물권 보존 지역으로 지정하였다.

설악산 여행은 권금성 케이블카로부터 시작된다. 권금성은 고려 고종 40년 몽고 침략을 막기 위하여 권씨, 김씨 두 장수가 하룻밤 사이에 성을 쌓았다고 하여 권금성이라고 한다. 권금성은 언제나 멋진 볼거리를 제공한다. 정상에 서면 울산바위와 만물상이 지호지간에 들어오고, 구름 사이를 비집고 쏟아지는 햇살, 숨바꼭질하듯 나타나고 사라지는 수많은 봉우리들은 인간세상이 아닌 요정妖精들의 세계가 아닌가 혼란스럽기까지 하다.

외설악 입구 신흥사 일주문을 지나 대청봉으로 이어지는 계곡 비선대에서 오련폭포까지 약 3km 구간이 천불동계곡이다. 계곡을 끼고 솟은 기암절벽이 마치 불상을 깎아 세운 듯하므로 금강산 골짜기 이름을 본떠 천불동계곡이라고 한다. 설악산을 가장 편하게 등반할 수 있는 코스가 천불동계곡이다.

신흥사 일주문을 들어서면 통일대불이 기다리는 부처님의 세계다. 걸음을 재촉하여 다리를 건너 신흥사를 우측으로 저만치 두고 곧바로 가면 비선대 방향이다. 비선대까지 평평한 자연생태관찰로는 비교적 오르기에 힘들지 않을 뿐만 아니라 볼거리가 많고, 길섶엔 크고 작은 바위들이 있어서 쉬어가기도 좋다. 설레는 만큼 풍성한 눈요기로 즐거움을 만끽하다 보면 마고라는 신선이 살았다는 와선대가 나오고, 한참 더 오르면 비선대다. 비선대는 이름부터 절묘하다. 너럭바위 비선대는 말 그대로 신선이 날아오르던 곳이라는데 후미진 곳 깊은 소沼는 그 옛날 선녀들이 날개옷을 벗고 목욕을 즐겼을 법한 평화로운 분위기다.

자연과 만나고 싶다면 비싼 옷이나 장비가 필요없다. 여행은 혼자도 좋고 함께 하면 더 좋다. 혼자 걸으면서 자연과 소통할 수 있고, 함께 걸으면서 사람들과 친분을 쌓을 수 있다. 아주 편하게 천천히 나름대로 걷다가 힘들면 쉬어 가고, 목이 마르면 약수터를 찾으면 된다. 숲의 소리, 꽃과 열매, 단풍의 아름다운 색깔, 벌레와 새들의 속삭임, 자연을 만나는 데는 많은 것이 필요하지 않다. 평상시 차림으로 그냥 떠나면 된다. 여행은 걷는 것이 아니라 보고 즐기는 것이어야 하고, 감탄이 아니라 감동이어야 한다. 그리고 일이 아니라 문화가 되어야 한다. 그래야 진솔한 것들을 보고 느낄 수 있다.

바위며, 단풍이며, 기암절벽과 폭포, 천불동이란 말이 괜한 것이 아니다. 속세의 눈과 마음으로는 놀라울 뿐이다. 계곡을 가로지르는 다리를 건너 문수담과 이호담을 지나 조금 걸으니 귀면암이 보인다. 말 그대로 귀신형상을 하고 있는 바위라더니 그럴 듯도 하다. 그리고 다섯 개의 폭포가 연이어 떨어지는 오련폭포는 들은 대로 천불동 계곡에서도 빼어난 절경이다. 오련폭포에서 조금 더 가면 양폭, 음폭 그리고 인간세상의 마지막 절경, 천당에서나 볼 수 있다는 천당폭포가 지척이라는데 조물주의 신품을 보지 못함이 못내 아쉽다.

(한맥문학. 2010. 12.)

내설악 백담계곡

　설악산 주봉인 대청봉을 중심으로 한계령과 미시령 서쪽을 내설악이라고 한다. 내설악 입구 내가평마을에서 백담사까지 7km의 백담계곡은 깨끗한 암반과 조약돌, 맑은 물, 울창한 숲이 어우러진 내설악에서 가장 아름다운 무공해 청정지역이다. 지자체에서 백담계곡 중 가장 계곡미가 빼어난 이 구간에 셔틀버스를 운행한다. 그러므로 대부분 사람들은 천혜의 절경을 버스를 타고 그냥 지나친다.

　그런데 계곡의 운치를 마음껏 즐기며 사색하며 걷는 데는 요즘이 제격이다. 조용히 천진난만하게 걷고 싶다면 셔틀버스가 다니기 전 아침 시간이 더 좋다. 그리고 걸어서 1시간 30분 거리의 풍광을 즐기려면 속도를 조절할 줄 알아야 한다. 사부작사부작 걷다 보면 붉은 단풍을 우려낸 계곡물이 청아한 소리로 사람을 따라온다. 걷다가 심심하기에 어린애마냥 주먹 돌을 집어 들고, 계곡을 향해 던진다. 그러나 아무런 대답이 없다. 돌이 떨어지는 소리도, 떨어진 후 파문도 없다. 아름답고 속 깊은 자연은 침묵으로 나그네의 객쩍은 장난에 꿈쩍도 하지 않는다. 언제나 사람이 문제다.

일주문을 지나 계곡을 가로지르는 긴 다리 수심교修心矯를 건너면 백담사다. 수심교를 건너는 너른 계곡은 수천의 돌탑으로 입추의 여지가 없다. 키가 큰 것, 작은 것, 저마다 다른 기이한 탑들은 깊은 산중에서 만나는 저마다의 염원이다.

백담사는 신라 진덕여왕 1년(647년)에 자장율사가 짓고 한계사라고 하였다. 그런데 절집에 화재가 났는데 주지스님의 꿈에 백발노인이 나타나 대청봉에서 절집까지 웅덩이를 세어보라고 하였다. 세어보니 100개의 담(물이 고인 웅덩이)이 있으므로 백담사百潭寺라고 하였다. 그 후 화재는 없어졌다. 현존하는 부속암자는 우리나라 5대 적멸보궁의 하나인 봉정암, 그리고 오세암이 있다.

백담사에서 「조선불교유신론」, 「님의 침묵」을 집필한 만해 한용운을 추억하며 계곡을 따라 오르다 보면 4km 지점이 영시암 갈림길이다. 오른쪽 봉정암, 대청봉 가는 길, 왼쪽 오세암, 마등령 가는 길이라고 이정표가 일러준다. 이정표가 시키는 대로 봉정암을 향하여 가다 쉬다를 반복하며 지칠 쯤 봉정암 지척에 가파른 고갯길이 있다.

깔딱고개를 오르며 가쁜 숨을 몰아쉬는데 뒤에 오는 사람이 지그재그로 올라가면 숨이 차지 않을 거라고 요령을 일러준다. 해보니, 그렇다. 등산경험이 많은 친구가 말한 지그재그 산행법이 그제서야 생각난다. 생활하다 보면 때로는 잊고 있던 내 기억들을 자극하는 사람을 만난다. 그런 사람이 불교에서 말하는 도반道伴이 아닐까. 아쉬울 때 언제나 고맙게 다가와 실마리를 풀어주는 사람 말이다.

드디어 봉정암이다. 1,350여 년 전 당나라에서 문수보살로부터 부처님 진신사리를 받고 귀국한 자장율사가 금강산으로 들어가 불사리를 봉안할 곳을 찾는데 어디서 봉황새가 날아와 스님을 인도했다. 한참을 따라가다가 바위가 병풍처럼 둘러친 곳에 이르러 봉황은 사라졌다. '바로 이곳이구나!' 스님은 사리를 모실 곳임을 깨닫고, 탑을 쌓고, 봉정암을 지었다. 선덕여왕 13년(644년) 일이다.

바람이 스산하다. 이젠 도로 하산할 시간이다. 용대리 메인 메뉴는 뭐니뭐니 해도 황태구이다. 오늘은 여독도 풀겸 황태구이에 토속주나 한 잔 곁들이고 싶다.

(한맥문학, 2010. 12.)

오대산 소금강계곡

　오대산국립공원은 진고개를 통과하는 6번 국도를 사이에 두고 비로봉, 동대산, 두로봉, 호령봉, 상왕봉 다섯 봉우리가 어우러진 오대산지구와 노인봉이 거느리고 있는 소금강지구로 나뉘어진다. 노인봉에서 흘러내리는 소금강계곡은 기암괴석이 금강산에 필적할 만큼 아름답다고 해서 소금강이라고 일컫고, 황병산 좌우의 노인봉과 매봉은 학이 날개를 펴는 형상이라고 하여 청학산이라고도 한다. 간혹 청학동 소금강이라고 하는 것도 그 때문이다. 그리고 소금강계곡은 외설악 천불동계곡, 두타산 무릉계곡, 내연산 내연계곡과 더불어 동해안 4대 계곡의 하나이다.

　영동고속도로를 달리다가 진부로 빠져 월정사로 가다보면 우측으로 진고개가 나온다. 진고개는 비만 오면 땅이 질다고 해서 진고개泥峴라는 설과 김을 짐, 기름을 지름이라고 하듯 방언 특유의 잘못된 구개음화로 긴고개長峴를 진고개라고 하게 되었다는 설이 있다. 진고개 정상에서 동쪽으로 가면 연곡면 삼산리 소금강계곡 입구로 내려가고, 남쪽으로 가면 평창군 도암면 병내리다.

고개에서 트래킹을 시작할 경우 노인봉, 만물상, 구룡폭포, 금강사를 거쳐 소금강 주차장까지는 13,6km 거리의 5시간 산행코스이다. 계곡은 골이 깊고, 아름다운 폭포와 기암괴석, 화려한 단풍을 갖추어야 제격이다. 소금강계곡은 맞춤식 고객 서비스를 제공하여 찾는 이로 하여금 보기만 해도 기분이 좋아지고, 한눈에 빠져들게 하는 마법의 성이다. 그리고 아름다운 조국강산엔 우리 조상들의 숨결이 느껴지기 마련인가, 청학산엔 신라 마의태자가 신라 부흥의 기치를 높이 들고 군사를 훈련시켰다고 전해오는 신비의 금강산성이 있다.

강원도문화재자료 제47호 금강산성은 아미산성 또는 만월성이라고도 한다. 소금강 구룡폭포 동쪽과 서쪽 능선을 따라 축조된 석축산성으로 정확한 축조연대는 알 수 없지만 〈대동지지〉에 청학산 동쪽에 있으며 둘레는 606m에 달한다는 기록이 있는 것으로 미루어 조선시대에 축조되었음을 알 수 있다. 전하는 바에 의하면 신라의 마의태자가 쌓았다고도 하고, 고려 충숙왕대 최극임이 의병을 이끌고 성을 쌓았다고도 한다. 성안에는 토기나 기와 조각 등 유물은 발견되지 않았으나, 성 주위에는 수양대, 망군대, 연병장, 사형대로 불리는 곳이 있다.

그리고 걷다 보면 서울 도봉산에서 본 예쁜 절집 금강암을 여기서도 만날 수 있으니 금강사가 그 절집이다. 비구니들의 요람 금강사는 소금강계곡의 천년 자랑이다. 조금은 엉성하게 쌓아올린 석축이 미관상 별로라는 성급한 판단은 마지막 돌계단을 오르는 순간 이내 사라진다. 요사채에선 애이불비 홍안의 비구니가 반가히 맞아줄 듯도

하고, 마당 청소를 막 끝낸 뜰에선 비구니의 애틋함이 묻어난다. 나지막하고 가녀린 꽃들도 비구니들만의 세계를 말해 주듯 요사채 뒤 구석진 곳에서 피고 진다.

산행은 걷는 것이 아니라 여행이란 생각을 해본다. 여행은 자유로움을 즐기는 방법과 행복을 나누는 방법을 일러준다. 여행할 길은 항상 열려 있다. 조금만 서두르면 조용히 혼자만의 시간도 가질 수 있다. 준비가 필요 없이 지금 떠나면 된다. 일단 떠나면 자연 그대로의 모습을 만나는 다양한 길이 펼쳐진다. 이정표가 없어도 좋다. 무작정 시도해 볼 일이다.

(한맥문학, 2010. 12.)

두타산 무릉계곡

두타산과 청옥산이 품고 있는 무릉계곡은 언제 보아도 아름답다. 호암소, 무릉반석, 금란정, 삼화사, 학소대, 옥류동을 지나 쌍폭과 용추폭포까지 아찔할 만큼 아름다운 약 4km 계곡을 무릉계곡이라고 한다. 산수풍경이 무릉도원 같다고 하여 조선 선조 때 삼척부사 김효원이 붙인 이름이다.

아직 들머리에 들기도 전에 호암소虎岩沼가 옛날이야기로 다가온다. 삼화사에 도술이 능한 스님이 있었다. 어느 날 스님이 삼척에 탁발을 갔다가 돌아오는 길에 소 앞에서 호랑이를 만났다. 스님은 신통력으로 소를 건너뛰어 화를 면했다. 그런데 호랑이는 스님을 뒤쫓아 건너뛰다가 소에 빠져 죽었다. 이에 삼척부사 김효원은 호랑이가 떨어진 절벽을 호암이라고 하고, 소를 호암소라고 명명했다. 지금도 호암소 남쪽 암벽에 호암虎岩 두 글자가 남아 있다.

무릉계곡의 진수는 무릉반석이다. 먼저 온 사람들이 삼삼오오 짝을 지어 반석에 새겨진 각명刻銘을 읽느라 분주하다. 그중 반석에 글씨를 새길 때 산천초목이 감동하여 사흘 동안 울었다는 양사언의 "무

릉선원武陵仙源, 중대천석中臺泉石, 두타동천頭陀洞天(신선이 놀던 무릉도원
/ 너른 암반 샘솟는 바위 / 번뇌를 씻는 아름다운 골짜기)"과 매월당 김시습
의 시문이 눈길을 끈다.

무릉반석은 그냥 남서한량의 놀이터가 아니라 내노라하는 문사 풍
류객의 요람이기도 하다. 그러기에 고려시대 이승휴는 아름다운 절
집 천은사에 머물며 민족대서사시 〈제왕운기〉를 저술하였다. 그리고
일제의 향교철폐에 반대하여 민족혼을 불사른 유림 금란계원들이 자
랑스러운데 후손들이 충절을 기려 반석 위에 금란정을 짓고, 금란계
원 36인을 바위에 새겨 그 일을 추억한다.

금란정을 뒤로하고 다리를 건너면 삼화사다. 불교에서 삼화三和란
근根, 경境, 식識 세 가지 화합을 말하는 것이니, 왕건이 고려를 건국
한 후 삼국을 화합할 수 있게 한 절집이므로 삼화사라고 하였다니 이
름부터 범상치 않다.

삼화사에서 조금 올라가니 두타산성이다. 임진왜란 때 왜군이 이
곳으로 쳐들어오자 지방의병과 피난민이 죽기로 목숨을 걸고 싸워
두타산성을 지켰다. 그러는 중에 왜적 5천 명을 죽이고, 의병과 피난
민 5천여 명이 전사했는데 그때 산성 아래 피로 물든 골짜기를 피내
골이라고 한다.

한참 골짜기로 들었을까, 온통 바윗덩어리뿐, 학이 둥지를 틀고
살았다는 학소대다. 옛날 선비가 종이로 학을 접어 이곳에서 날렸더
니 멀리 청옥산까지 날아가 앉았다는 전설이 이어 내려온다. 최윤상
은 〈무릉구곡가〉에서 "맑고 시원한 곳에 내 배를 띄우니 / 학 떠난 지

이미 오래되어 대는 비었네 / 높은 데 올라 세상사 바라보니 / 가버린 자 이와 같이 슬픔을 견디나니"라고 하였다.

학소대를 지나 10여 분 정도 거리에 옥류동이다. 옥같이 맑은 물이 바위와 단풍과 어우러져 흐르기도 하고, 멈추기도 하고, 삼라만상을 지어내며 작은 폭포와 담소潭沼들이 숨바꼭질한다.

무릉도원의 심벌, 쌍폭과 용추폭포는 화룡점정이라고나 할까. 용추폭포는 청옥산 물이 세 개의 계단에 떨어지며 세 개의 담潭과 폭포를 연출한다. 삼척부사 유한준이 폭포수 오른쪽 암벽에 해서체로 '용추龍湫'라고 새기고 용추폭포라고 하였다. 그리고 바위 전면에 무인戊寅 모춘暮春에 광릉귀객廣陵貴客이 썼다고 하는 별유천지別有天地는 무릉계곡의 아름다움을 한 마디로 말해준다.

(한맥문학, 2010. 12.)

포항 내연계곡

　동해안 4대 계곡의 하나이며, 경북 3경으로 잘 알려진 포항 내연산 내연계곡은 문수봉, 삼지봉(내연산), 향로봉 세 봉우리에서 흘러내리는 청정 계곡이다. 내연계곡은 숲속 옹달샘 맑은 물을 모아 빚어내는 12폭이 숨바꼭질하며 넘쳐흐르고, 덤으로 바다까지 볼 수 있어서 좋다. 그리고 보통 명산이 그러하듯 내연산은 아름다운 절집 보경사를 품고 있다.

　내연계곡 들머리 유서깊은 보경사의 자랑거리는 팔상탱화다. 보경사 팔상탱화는 색감이 뛰어난 탱화로 다른 탱화보다도 가치 있는 것으로 알려져 있다. 그리고 골동품 구유도 빼놓을 수 없다. 4천 명이 충분히 먹을 수 있는 밥(쌀 7석)을 담았다는 아름드리 통나무 구유는 조선 후기 보경사에 큰일이 있을 때 사용하던 것이다. 물을 채우면 장정 두어 명이 물놀이도 할 수 있을 정도로 어마어마하게 큰 구유는 보경사의 번창했던 지난날을 말해 준다.

　보경사 경내를 벗어나면 내연계곡의 시작이다. 보경사에서 연산폭까지 4km 구간은 내연계곡에서도 경관이 가장 아름다운 곳이다. 그리고 평탄한 돌밭 오솔길은 평상복에 운동화 차림으로도 오를 수 있다. 내연계곡 출발 지점 쌍생폭부터, 보현, 삼보폭을 지나고 잠룡폭에 이르면 연못 같은 넓은 웅덩이가 나온다. 이곳은 영화 〈남부군〉 촬영장소다. 뜻밖에 펼쳐진 무대를 옆에 두고 영화 속 주인공인 양 상상에 빠지다보면 보경사에서 한 시간 반쯤 거리에 학소대가 길을 막아선다. 길이 끊어졌기에 허공을 가로지르는 구름다리 연산적교를 건너노라니 발 아래 내연산 최고 절경 연산폭이다. 연산폭은 아찔하게 높은 학소대 암벽에서 부서지며 물보라를 일으킨다. 이러다가 떨어지면 선계일까, 속계일까. 겁에 질려 난간을 잡고 내려다보니 천지가 아득하다.

컨디션이 좋은 날엔 계곡을 그냥 걸으며 이어지는 12폭을 즐기면 된다. 그러나 연산폭에서 힘이 부치면 돌아나와서 산행로를 따라 워킹산행을 해도 좋다. 계곡산행을 할 수 없다면 아예 산행로를 따라 걸으면 된다. 흔히 계곡산행은 기암괴석과 짙붉은 단풍이 제격이라고 말한다. 그런데 나무숲에 가리어서 아무것도 볼 수 없다고 투정을 한다. 그러나 내연계곡의 기암괴석과 흐드러진 단풍, 그리고 흘러내리는 폭포수는 스릴 넘치는 한 폭의 동영상이라고나 할까. 꿈꾸듯 걸으며 하늘에 비껴있는 기암괴석과 짙붉은 단풍도 보고, 부서지는 포말에 한눈을 팔다보면 풍경에 취하고 세월에 취한다.

길을 그냥 걷는 것이 아니라 새로운 것을 느끼는 여행이어야 한다. 출발점에서 목적지를 정해놓고 떠난 여행은 여행이 아니라 빨리 걷기나 오래 걷기일 뿐이다. 여행으로서 걷기는 서두를 필요도 없고,

서둘러서도 안 된다. 천천히 걸으며 숲속에서 들리는 귀여운 것들의 숨소리, 산새들의 속삭임, 풋풋한 나무와 풀 냄새, 꽃과 열매의 아름다운 색깔, 이 모든 자연의 것들과 만나면 된다.

　길에서 역사를 이야기하며 길의 의미를 생각하고, 사람을 만나는 여행을 하다보면 여느 때 단순히 지나쳤던 길이, 색다른 소리와 색깔로 다가오는 것을 발견하게 된다. 주말에 가족과 손을 잡고 못다한 이야기를 나누며 여행을 떠나보라. 아니면 혼자라도 좋다. 바쁘다는 핑계로 지나치며 잃어버렸던 모습을 천천히 마음에 반추하면 자신만의 여행의 의미를 발견하게 되리라.

(뿌리, 2011. 가을)

울진 덕구계곡

　해발 999,511m의 응봉산 자락 덕구계곡은 산행을 겸한 온천여행을 하기에 안성맞춤이다. 계곡 입구 덕구온천은 칼슘, 칼륨, 철, 나트륨 등이 풍부한 데다가 42.4도의 자연용출 온천으로 신경통, 류머티즘 질환에 좋다고 소문이 나서 찾는 사람이 많다. 그리고 온천호텔에서 온천물이 솟아오르는 원탕까지 약 4km 구간은 길이 평탄하여 초보도 힘들이지 않고 왕복 2시간이면 다녀올 수 있다. 정상까지 가고 싶다면 원탕에서 계곡 건너편 등산길로 접어들어 2시간가량 더 오르면 된다.

　온천마을을 벗어나 조금 걸으면 마당소가 기다린다. 매봉여신이 용으로부터 온천수를 선물로 받고, 용소골 이무기와 선녀들에게 만들어 준 놀이터가 마당소다. 수심이 정신없이 깊어서 명주꾸리 하나를 풀고도 모자랐다고 한다. 깊은 만큼이나 검푸르고 무서운 마당소를 두고 다시 한참 오르면 선녀탕이다. 선녀탕은 수백 년 동안 기다린 이무기가 매봉여신의 도움으로 용이 되어 승천한 후 용소골로 내려와서 용유대에서 선녀와 가무를 즐긴 후 목욕을 한 노천 풀장이다.

온몸에 스포트라이트를 받은 선녀는 행복했을 거라고 생각하며 선녀탕을 두고 풋풋한 초록 터널을 20여 분 오르면 덕구계곡 최고의 절경 용소폭포다. 수백 년 용이 되기를 기다린 이무기가 산신의 도움을 받아 승천한 곳이다. 얼마나 수양을 해야 전설처럼 그럴듯한 거짓말도 마다하지 않고 너그럽게 들어줄 수 있을까. 그런저런 생각을 하며 용소폭포 다리를 건너려니 이무기가 훑고 간 소와 굽이치는 폭포를 내려다보는 풍경은 천하절경이다. 계곡으로 들어갈수록 황홀한 풍경에 취해 꿈꾸듯 발걸음을 옮기다 보면 분수처럼 온천수를 내뿜는 용출온천 원탕이다.

한참 걷다가 눈을 돌리니 효자샘이다. 옛날 돌이 총각이 어머니 병을 고치기 위하여 간절히 백일기도를 하더니 꿈에 매봉여신이 나타나서 산에 샘이 있으니 그 물을 길어다 어머니께 드리면 낫는다고 했다. 샘을 찾아다니다가 지친 돌이 총각이 비몽사몽 중에 눈을 뜨니 그 자리에 샘이 있었다. 그 샘을 길어다가 어머니께 드렸더니 어머니가 씻은 듯이 털고 일어났다. 그래서 그 샘을 효자샘이라고 한다.

눈요기를 만끽하고 오던 길로 돌아간다. 덕구계곡 산행은 12개 다리를 보며 폐허에 건설한 낙원을 생각하고 기억할 일이다. 루사가 지나간 덕구계곡에 세계적으로 유명한 아름다운 다리 12개를 2003년 말 새로 지었다. 옛날 다리를 쓸고 간 자리에 세계 10여 개국 12개의 아름다운 다리를 재현한 것을 보는 순간 재미있다는 생각을 할 수도 있고, 가장 긴 29m 금문교부터 가장 짧은 11m 하버 브리지까지 계곡 경관에 어울리게 축소 재현한 한국의 최첨단 토건기술을 실감할 수도 있으리라. 그러나 단순한 예찬만이 아니라 그 이상의 메시지가 다가온다. 다문화 가정이 불어나는 글로벌시대에 그들이 여행을 와서 자기 조국의 익숙한 다리를 보는 순간 눈물겹도록 정겹고 뜨거운 감명을 받을 것이다. 그리고 그들의 입소문은 고국의 관광객을 불러오고 우리의 국격을 높이는 촉매가 되리라. 한 사람의 아름다운 발상이 수많은 사람을 행복하게 한다. 다리가 상징하는 소통을 떠올리며 너무나 지혜롭게 앞서가는 울진이라는 생각을 한다. 지난날 경상도와 강원도 중간에서 홀대받았던 울진군이 새로운 것을 창출하는 아이디어 메카mecca로 우뚝 설 것을 기대해도 좋으리라.

(뿌리, 2011. 가을)

울진 불영계곡

한반도의 그랜드캐니언 불영계곡은 천축산 기슭에 자리잡은 불영사를 중심으로 비경이 펼쳐진다. 울진에서 왕피천을 왼쪽으로 끼고 서쪽으로 접어들면 불영계곡으로 가는 길이다. 수산리로부터 하원리까지 15km의 불영계곡 중 진잠교에서 불영사 입구까지 이십 리가 불영계곡의 진수를 맛볼 수 있는 구간이다. 대한민국 명승6호로 지정된 불영계곡은 교통이 불편하여 찾는 사람이 없었으나 36번 국도가 포장되면서 알려지기 시작했다. 규모가 크고 웅장함보다는 천축산을 배경으로 소박하고 오밀조밀한 정겨움이 묻어나는 별천지라고나 할까. 광대코바위, 주절이바위, 창옥벽, 명경대, 의상대, 산태극, 수태극 등 명소가 줄지어 있는 계곡을 걷노라면 조물주가 휘두른 붓끝으로 그려낸 바위며 나무의 유혹에 휘말려 내가 불영인가, 불영이 나인가 헷갈린다.

산자수명한 자연으로 돌아가면 그냥 지나칠 수 없는 것이 인지상정인가. 율곡 이후의 최대 유학자 김창흡(1653~1722)은 어느 이른 봄 불영계곡에 들러

'한줄기 계곡에 눈 녹은 물은 / 은빛 폭포로 솟아오르고 / 이월의 봄 구름은 천막처럼 둘러쳐 / 안개가 되었네 / 흘러가는 둥근달 / 새벽까지 따라 걸어 / 전망대에 올라 보니 / 담담히 망각에 드네.'

라고 노래하였다. 아직 응달에 잔설이 보이는 지금쯤 김창흡도 다녀갔으리라.

눈요기 거리를 따라가다 보면 나그네를 숙연하게 하는 사랑바위가 있다. '옛날 부모도 없이 약초를 캐며 생계를 이어가는 오누이가 있었다. 어느 날 오빠의 꿈에 산신령이 나타나 불영계곡에서 삼지구엽초를 구해오면 상을 내리겠다고 했다. 오빠는 불영계곡 벼랑에 삼지구엽초를 발견하고 꺾으려다가 벼랑에 떨어져 죽었다. 이에 누이동생은 사흘 밤낮을 통곡하다가 벼랑에 뛰어내려 죽고 말았다. 그 후 계곡에 울려 퍼지는 누이동생의 통곡소리가 하늘에 전하여져 오누이 형상의 사랑 바위가 되었다'는 사랑바위 전설이 애달프다.

그러나 애달픔도 그뿐, 발걸음이 무거워 쉬고 싶을 즈음에 불영사다. 신라 의상대사가 창건한 불영사는 절집 앞산이 인도 천축국의 산을 닮았다고 해서 처음엔 천축사라고 했다. 보통 절집이 배산임수형인 반면에 불영사는 계곡을 등지고 산을 바라보고 있다. 그러나 절집 앞에 들어서면 계곡은 보이지 않고 또 하나의 산이 뒤를 감싸고 있다. 그리고 대웅보전 앞에서 보이던 세 개의 칼바위가 연못에 비치면 영락없는 관음상으로 보인다고 하여 절집을 불영사라고 이름하였다.

불영사에서 여행은 끝나지 않는다. 불영계곡은 살아 숨 쉬는 자연

생태계의 보고이다. 560여 종 식물과 조류 11종, 어류 42종, 포유류 17종, 나비 30종, 거미류 94종 그리고 천연기념물 산양이 서식한다. 남방계와 북반계의 동식물이 공존하는 학술탐사의 일번지이다.

혹시 불영계곡 여행이 흡족하지 못하다면, 불영계곡의 물이 바다로 흘러드는 왕피천 하구에 망양정 해수욕장이 있다. 해변이 내려다 보이는 언덕 위에 관동 제일경이라는 망양정이 풍광 좋게 자리잡고 있고, 넓은 백사장과 동해의 푸른 파도가 나그네의 마음을 달뜨게 한다. 아름다운 계곡과 해변을 둘러보는 울진으로의 여행. 꼭 한번 해볼 일이다.

(한맥문학, 2011. 9.)

봉화 백천계곡

하늘 아래 첫 동네에 숨겨 둔 백천계곡은 백두대간 태백산과 청옥산에서 고아낸 물이 모여 이루어 낸 15km의 긴 계곡으로 낙동강 지류의 하나이다. 백천계곡은 하늘을 치솟은 산봉우리와 울울창창 천연림을 거느리고 연중 끊임없이 벽계수를 흘러보내는 한반도의 마지막 청정계곡이다.

백천계곡을 찾는다면 봉화에서 태백으로 가는 버스를 타고 대현리에 내려서 대현 초등학교를 지나 이정표가 시키는 대로 따라가면 현불사가 나오고 이내 백천계곡이다. 숲길을 걷다보면 쭉쭉빵빵 금강송(춘양목)이 늠름한 모습으로 내방객을 맞는다. 금강송은 금강산에서 강원도 동해안 그리고 이곳 봉화 춘양지역까지 군락을 이루고 있다. 궁궐이나 내노라하는 양반가옥에 주로 쓰인 목재 중 으뜸 목재이다. 특히 이 지역의 금강송은 춘양역에서 전국으로 나갔으므로 춘양목이라고 한다.

계곡 들머리 현불사는 설송 스님이 창종한 불승종의 본찰로 기도 영험 도량으로 알려져 최근까지 불자들은 물론 거물급 인사들도 많이 찾는 절집이다. 그리고 일제의 강제징용으로 희생된 원혼들을 위로하는 호국영령위령탑은 호국 불교의 면모를 엿볼 수 있는 이 절집의 자부심으로 세월을 지킨다. 그리고 현불사에서 입적한 설송스님의 고매한 인격이 묻어나는 열반송은 빼놓을 수 없으니

"오고가는 것은 꿈과 같고 乃往過去只在夢

인생 한 번 오는 것이 꽃 한 번 피고 지는 것과 같구나 人生都是如花開

내 본분은 본래 스님이 아니던가 我而本分僧伽焉

돌아갈 곳 어디메뇨, 중생의 마음속 아니더냐 歸去何處衆生裏"

를 듣노라면 '내 돌아갈 곳은 중생의 마음속'이라는 한 마디가 가슴을 파고든다. 얼마나 수양을 해야 모든 걸 내려놓고 떠날 수 있을까.

백천계곡 열목어 서식지는 좀처럼 만나기 어려운 생태기행의 일번지라고 할 수 있다. 세계 최남단 열목어 서식지로 열목어 남방한계선이라고 할 수 있는 백천계곡은 낙동강 유역에서 유일하게 열목어가 서식할 수 있는 조건을 갖춘 곳이다. 물보라를 치며 흐르는 계곡물은 산소량이 풍부하고, 자갈이 깔린 얕은 여울은 산란장으로 제격이다. 그리고 열목어가 숨어 살기에 좋은 수중 바위도 많고, 겨울철 동면 장소로 적합한 심연深淵도 군데군데 형성되어 있다. 또한 열목어의 먹이가 되는 작은 물고기와 수서곤충도 풍부하다. 이와 같이 열목어가 살수 있는 좋은 환경을 갖춘 지역이므로 계곡 자체를 천연기념물 제74호로 지정하여 보호하고 있다. 개발을 빌미로 인간이 건드리지 않는

한 백천계곡의 환경과 생태계는 변함없이 볼거리를 제공할 것이다.

고맙게도 청정계곡의 원시성을 보존하기 위하여 지자체가 발벗고 나섰다. 계곡 입구부터 차는 두고 걸어가야 하고, 화기물이나 음식물의 반입은 일체 금지된다. 행락행위는 물론 계곡에는 아예 들어갈 수조차 없다. 더운 여름철 물놀이도 이곳에선 어림 반 푼어치도 없다. 보상이라도 하듯 지자체가 백천계곡 등산로에 대형 종합안내판 및 위치표시판, 위험구간 로프 설치 등 일반인도 쉽게 오를 수 있도록 올레길을 개설하였다. 그러므로 계곡 내에 서식하고 있는 열목어를 쉽게 관찰할 수는 없지만 그들이 살고 있고, 울창한 천연림 속에서 시원한 물소리를 들으며 산보를 즐기는 것만으로도 자연과 하나되는 흐뭇한 생태기행이 될 수 있을 것이다.

(뿌리, 2011. 가을)

영월 어라연계곡

영월 동강은 충주댐이 생기기 전엔 뗏사공들이 정선 아우라지에서 뗏목을 타고 구성진 정선아리랑을 부르며 영월, 충주를 거쳐 마포까지 가던 낭만과 애환이 깃든 뱃길이다. 그중 어라연계곡은 동강 상류 문산나루와 거운나루 사이 구간으로 아름다운 청정 동강의 백미다. 그래서 어라연계곡을 한국의 그랜드캐니언이라고 칭송하기도 한다.

예쁜 이름 어라연은 전설도 아름답다. 고기 반 물 반, 고기가 많아서 해질녘 물고기들이 물위로 뛰어오를 때면 비늘이 마치 비단처럼 반짝인다고 하여 어라연魚羅淵이라고 했다는 설과 어린 나이에 죽은 단종의 혼령이 경치가 아름다운 이곳 동강(어라연)에서 신선처럼 살겠노라고 하니 물고기들이 떼거리로 몰려와 반겼는데 마치 고기 비늘로 덮인 연못과 같았다. 그래서 어라연이라고 했다는 설이 전해진다. 단종의 이야기는 지나치게 미화된 것 같고, 앞의 이야기가 보다 그럴 듯하다.

이와 같이 사람이 머무는 곳엔 언제나 살아가는 이야기가 있는 걸까. 동강도 이야기 보따리를 풀면 날 새는 줄 모른다. 마을에서 동강 건너 전망대를 바라보면 전망대 바로 밑에 쥐가 새끼에게 젖을 먹이는 것 같은 바위가 있고, 또 다른 바위는 쥐가 동강 물을 마시고 있는 것처럼 보인다. 그래서 전망대 주변 두 바위를 쌍쥐바위라고 부르고, 이곳 사람들은 이 쌍쥐바위 덕분에 금의마을(비단을 두른 듯 아름다운 마을)은 가물어도 샘물이 마르지 않고 농사가 잘 된다고 찰떡같이 믿고 있다.

그런데 안타깝게도 어라연계곡은 사라져 가는 귀한 것들의 마지막 보루다. '한국의 아름다운 하천, 동강(어라연)에는 수달, 어물치, 원앙, 황조롱이, 술부엉이 등 천연기념물 동식물이 12종에 이르며 하늘을 보고 자라는 일명 할미꽃은 학계에서는 미기록종 식물로 보고하고 있다. 2000년 2월 동강 하류부에 속하는 합수머리에는 전 세계적 희귀 조류인 흰꼬리독수리가 발견되기도 하였다. 2008. 11. 28. 선정' 동강 대교 인근 표지석 전문이 생명보호의 절실함을 시사하고 있다.

우리나라에서 원시성을 간직한 마지막 청정지역이 바로 어라연계곡이다. 어라연은 양쪽으로 천인단애의 절벽을 두르고 호기심을 자극한다. 그런데 물길 양쪽이 절벽이어서 걸어서 어라연의 절경을 조망하기는 어렵다. 옛날 삼옥재 길은 좁고, 위험하기는 했지만 멋스럽고 낭만적이었다. 길에 멈춰서서 절벽 아래 어라연을 바라보는 멋이 있었는데 2009년 삼옥재 터널이 개통되면서 많은 것을 잃어버렸다. 지나친 편리는 또 다른 문제를 부르는 법, 터널을 통과하다 보면 아름다운 어라연은 어디로 사라지고 볼거리도 없이 지나치고 만다. 옛날 덜커덩거리던 산길 대신 요즈음은 문산나루에서 물길을 따라 거운나루까지 내려오는 어라연 래프팅코스가 최고의 여행코스가 되었다. 그러나 숨막히는 긴장감의 연속인 래프팅은 간담이 서늘한 스릴뿐, 보고 느낄 여유가 없으니 아쉽다고나 할까.

어라연을 제대로 조망하고 싶다면 도보로 산길을 오르거나 래프팅을 통해 동강 속으로 들어가야 한다. 다행히 영월군은 거운리에서 잣봉에 이르는 기존 등산로를 확장하여 잣봉에서 동강을 따라 문산나루까지 이르는 9km의 올레길을 정비해 놓았다. 지난날 다가갈 수 없어 아름답게 느낀 어라연이라면 이젠 다가갈 수 있어 아름다운 어라연이다.

(뿌리, 2011. 가을)

양양 어성전계곡

　남대천 건너 양양대교 남단에서 우회전하여 물길을 끼고 가다보면 승용차로 약 20분 거리에서 어성전魚城田계곡이 시작된다. 어성전계곡은 오대산 감로수가 연곡 부연동과 양양 법수치를 흘러내려 모이는 계곡이다. 이 물줄기는 다시 양양 남대천으로 흘러 동해로 간다. 그 남대천 맑은 물에서 서식하는 은어 떼들이 산란을 위하여 물길로 거슬러 보금자리를 트는 곳이 산자수명한 어성전계곡이다. 한여름에도 발을 담그면 뼈속까지 시리고, 계곡 양편으로 칡넝쿨과 머루, 다래넝쿨이 한데 어우러져 원시림의 풍광을 만끽할 수 있는 지구촌 최후의 청정계곡이다.

　어성전계곡에서도 최고의 피서지는 들미소를 지나 양양영림서에서 운영하는 임간수련장 부근의 계곡을 꼽는다. 무릉도원에 비길 만한 이 구간은 특히 여름철 가족 단위의 휴양지로 인기가 높다. 그리고 어성전계곡이 거느린 심심산골 마을 어성전은 낮엔 숲 사이로 나부끼며 들어오는 햇살, 밤에는 쏟아지는 별빛을 보며 살아가는 동화 속의 고향 같은 마을이다. 이곳 사람들은 물이 깊어 고기도 많고, 산이 성처럼 둘러쳐 있어 춥지도 않고, 밭이 기름져 가히 부모를 모실 만한 이상향이라 믿고 살아간다.

그리고 세월에 빛바랜 유행가처럼 익숙하면서도 세련되지 못한 어눌하고 정겨운 이야기들이 드라마처럼 펼쳐지는 곳이 어성전계곡이다. 고려 목종 12년에 혜명慧明, 대주大珠 두 대사가 창건했다고 하는 명주사明珠寺, 용이 승천했다는 용소, 매월당 김시습이 이름을 지어준 운문암雲門庵을 비롯하여 양양 제일의 탁장사와 강릉의 권장사가 힘겨루기를 했다는 바다재 이야기 등 추억의 이야기속으로 빠져들다 보면 명주사 저녁 종소리에 밤은 이슥하게 깊어간다.

탁장사놀이는 양양 출신 탁씨 성을 가진 한 장사의 이야기를 소재로 한 민속놀이다. 조선시대에 경복궁 중건을 위해 전국의 목재를 거두어들였다. 그런데 공교롭게도 값이 많이 나가는 큰 소나무 한 그루가 두 마을 경계에 있어 서로 차지하려고 다투었다. 마침내 강릉에선 권장사, 양양에선 탁장사가 대표로 나서 힘겨루기를 하여, 그 나무토막을 짊어지는 쪽이 차지하기로 하였다. 강릉 권장사는 나무를 지다가 주저앉고, 양양 탁장사는 그 나무를 거뜬히 지고 마을로 내려와 한바탕 큰 잔치를 벌였다. 그 이후로 마을에선 매년 정월 대보름이면 탁장사 후계자를 뽑는 놀이와 함께 잔치를 벌였다.

한때 맥이 끊어졌던 이 놀이가 다시 등장한 것은 어성전마을이 농촌진흥청으로부터 전통테마마을로 지정되면서부터다. 민간에 전승되어 온 놀이로 정확히 틀에 박힌 양식은 없지만 보통 줄다리기, 지게지기, 목도놀이, 장작패기 등 4마당이다. 투박하면서도 순박함이 묻어나는 탁장사놀이는 연습도 필요 없이 현장에서 그냥 함께 참여하면 되는 단순한 놀이다. 그룹으로 마을을 찾아 통나무등짐을 지고, 목도놀이에 장작패기까지 함께 즐기면 된다.

그리고 어성십경魚城十景이 있으니 '아침저녁 나뭇가지에 걸친 연무, 고적재 구름, 향로봉 밝은 달, 명주사 저녁 종소리, 소沼 안에 노는 고기, 석양 진달래, 범람하는 폭포, 고기 잡는 아이들, 용소 포말과 굉음轟音, 운문암 흰돌'이 나그네를 유혹한다. 교통도 편리하여 어성전리-양양 시내버스 45분, 승용차로 하조대 10분, 낙산해수욕장 20분이면 갈 수 있다.

(산림문학, 2016. 가을)

강릉 단경골

　　단경골은 백두대간의 한 줄기 만덕봉에서 흘러내린 골짜기이다. 인근의 산세가 가파르고 험한 악산인데 비해 단경골은 비교적 완만하다. 그리고 기암절벽, 맑은 물, 울창한 숲은 경기가 나도록 아름답다. 경포대, 정동진, 오죽헌 등 인근의 유명세에 밀린 수려한 산수는 오히려 북적거리지 않고, 아늑한 피서지로서 적격이다. 그 밖에도 문화체험공간으로 민족혼이 살아 숨 쉬는 역사의 현장이다.

　　명산엔 큰 절집이 있기 마련이다. 그런데 단경골엔 절집도 절터도 찾아볼 수 없다. 신라의 고승 도선국사는 이 골짜기의 기암절벽과 높은 봉우리에 남성적인 양기가 넘치므로 절집을 지을 만한 승지라고 생각하고, 신라에서 제일 가는 절을 지으려고 했다. 그러나 막상 답사를 하고 보니 높이 오를수록 점점 평평해지고, 여성의 음부를 닮은 골짜기 지형이, 양기보다는 음기가 강했다. 도선국사는 여기에서 승려들이 수행을 하다가는 몸을 망칠가 염려되어 포기했다는 전설이 전한다.

　　그래서일까, 아픈 역사로 얼룩진 현장이 단경골이다. 단경골은 고려 왕조가 패망한 이후 조선왕조가 출범하자 최문한, 김중한, 이장 밀, 김경 등 고려 충신들이 이곳에 와서 고려 우왕의 위패를 모시는 어단御壇을 쌓고, 고려 사직에 대한 충절을 지켰다. 조선조의 벼슬은 하지 않겠다는 불사이군의 선비 정신이 드러난 것이었다. 그런데 어 단을 만든 사실이 발각되자 견딜 수 없는 고려 유신들은 단경골 뒷산 석병산에 사패를 몰래 모신 후 마을 이름을 단경改洞名曰壇京이라 고치 고 뿔뿔이 흩어져 몸을 숨겼다. 그리고 영동지역에서 가장 오래된 어 단리천주교회는 신유사옥(1801년 천주교도와 남인南人 탄압 사건) 때 천 주교 신도들이 탄압을 피해 이곳에 세웠다. 이와 같이 이 지역은 전 환기 역사의 소용돌이 속에서 아물지 않는 상흔을 남긴 상처투성이 마을이다.

그리고 송담서원이 불에 타 없어지자 유생들이 공부할 장소가 없 어서 떠났다고 해서 언별리彦別里라고 불렀다. 그만큼 송담서원은 이 지역에선 빼놓을 수 없는 소중한 정신문화유산이다.

송담서원은 율곡 이이의 위패를 모시고 제사지내며 학생을 교육 하던 곳으로 조선 인조 8년(1630)에 구정면 학산리에 석천묘를 짓 고, 효종 3년(1652)에 지금의 위치 언별리로 옮겼다. 그리고 현종 1 년(1660)에 임금으로부터 '송담'이라고 쓴 현판을 하사받고 사액서원 이 되었다. 또 영조 32년(1756)에 묘정비를 세웠다. 비의 전면은 비 제 "송담서원묘정비"라고 쓰고, 후면은 서원의 사적과 이이의 업적 을 기록하였다. 정호가 비문을 짓고 민지원이 글씨를 썼다. 송담서원 은 그 후 고종 8년(1871) 대원군서원철폐령으로 폐쇄되었다가 우여곡

절 끝에 1905년 다시 문을 열었다. 서원 안에는 위패를 모신 송담사, 양옆에는 세심재, 묘정비각 등이 있다. 세심재는 서원의 모든 행사와 학문의 강론장소로 사용되었다. 송담서원은 강원도유형문화재 제44호로 지정되어 민족 정신문화의 맥을 이어간다.

그리고 숨겨둔 비경 단경골은 1996년 비지정관광지로, 1992년엔 마을관리 휴양지로 지정되었다. 지금은 해마다 1만 명 이상의 피서객이 찾아든다. 기왕에 강릉행을 결정했다면 반나절만 더하면 된다. 계곡을 따라 비포장 도로가 있어 가족과 함께 트레킹을 즐기기에도 그저 그만이다. 일반인이 오를 수 있는 담정농원까지는 왕복 4시간 정도면 충분하다. 볼거리를 찾아 지금 떠나자.

(뿌리, 2011. 가을)

강릉 보현사계곡

보현사는 들머리가 아름다운 절집이다. 강릉 남대천을 거슬러 서쪽으로 가다가 성산초등학교를 지나 옛 영동고속도로 대관령 방면 초입에서 415번 지방도를 타고 2km 정도 들어가면 인적은 끊어지고 아늑한 분위기에 저절로 마음이 편안해지는 골짜기. 깊고 넓은 계곡은 아니지만 보기 드문 청정 보현사 계곡이다. 그리고 계곡이 깊어지고 백두대간이 시야를 압도할 즈음 '보현성지'라고 쓴 입석이 나그네를 반긴다. 여기서부터 속세를 떠나 부처님의 세계로 접어드는 것이다. 이어서 길가에 20여 기의 석종형 사리탑이 눈에 들어온다. 주인을 알 수 없는 사리탑들이 서방정토로 돌아갈 것을 믿고 세월을 지키고 있다. 이곳에서 300m쯤 더 가면 보현산 자락에 기대어 곤신봉과 선자령에서 흘러내리는 계곡에 발을 담그고 있는 보현사가 옆모습을 드러낸다. 동해가 아스라이 펼쳐지는 이곳에 누가 이런 절집을 지을 생각을 했을까. 보현사 계곡은 가히 절집이 깃들 만한 영지靈地라고 할 만하다.

보현사는 계곡을 앞에 두고 산기슭에 자리잡은 작은 절집이다. 그러나 도량에서 보면 작다는 느낌이 들지 않는다. 동남쪽으로 뻥 뚫린 계곡에서 느껴지는 시원함과 서북쪽을 감싸주는 우람한 산세 때문이리라. 그리고 보현사의 전각들은 정방형으로 배치되어 있다. 금강문을 지나서 대웅보전(강원도유형문화재 제37호) 뒤로 돌아들면 멋들어진 소나무들이 푸르다 못해 시리다. 그리고 영산전 뒤쪽 산기슭 돌계단을 오르면 낭원대사오진탑(보물 제191호)을 만날 수 있다. 고려 태조 23년에 세워진 낭원대사오진탑비에는 보현사를 보현산 지장선원이라고 기록하고 있다.

그리고 보현사에는 보현보살이 기다리고 있다.

'문수보살과 보현보살이 중국 오대산에서 부처님의 진신사리를 구하여 가지고 해동 신라의 오대산에 봉안하기로 하고, 뱃길로 지금 강릉 남대천 하구 남항진 한송사에 도착하여 하룻밤을 묵게 되었다. 이때 문수보살이 보현보살에게 말하기를, 오대산 안팎에 각기 절을 세우기로 하고, 그 위치는 내일 활쏘기로 결정하자고 했다. 다음날 아침 활을 쏘았는데 문수보살의 화살은 대관령을 넘어 오대산에 떨어지고, 보현보살의 화살은 보현산에 떨어졌다.'

그런데 문수와 보현은 늘 짝을 지어 석가모니불을 좌우에서 지키는 보살이기 때문에 오대산에는 문수보살이 머물고, 맞은편 보현산엔 보현보살이 머문다고 사람들은 믿고 있다.

또 숨겨둔 대공산성엔 우리 조상의 웅혼한 기상이 살아있다. 태백

산맥에서 돌출한 보현산에 자연적인 산세를 이용하여 축성한 석성으로 소금강 금강산성과 연계하여 국토의 대동맥을 지킨다.

이야기에 빠져들다가 늦게야 잠을 청하는데 정적을 깨고 개울물 소리가 들려온다. 보현사 계곡 물소리는 현대인에게 진정한 안식을 일깨워준다. 그리고 풍경소리에 고개를 돌리니 한지창에 얼비친 달빛이 은은하다. 달이 산을 넘어 벌써 새벽으로 가는 모양이다. 조심스럽게 문을 여니 동쪽 나뭇가지에 새벽달이 걸려 있다. 교교한 달빛에 산마루 소나무의 자태가 대낮보다 또렷하다. 어느새 불어오는 바람에 희뿌연 물안개가 산사를 어루만지는 새벽이다.

(서울문학, 2012. 봄)

강릉 왕산골

왕산골은 삽당령과 닭목령에서 흘러내리는 늘푸른 청정 계곡으로 옹기종기 80여 가구가 살아간다. 지구촌에 숨겨둔 마지막 숲속마을이라고나 할까. 마을 이름부터 동화 속에서나 볼 수 있는 쑥밭버덩, 곰자리골, 제리니골, 임내골, 검뎅이골, 큰골을 산밑 고샅마다 배치하였다. 그런데 삼삼오오 이웃사촌이 되어 형제처럼 정겹게 살아가는 사람들을 보면 서구 영화에 나오는 중세의 영주를 떠올리게 한다. 왕산골 사람들이야말로 골짜기를 통째로 거느리고 살아가는 현대판 영주가 아닐까.

사람만 그런 게 아니다. 왕산골은 오봉저수지를 향하여 한 그루의 나무처럼 물줄기를 살갑게 뻗고 있다. 그런 물줄기를 따라서 헤아릴 수 없이 수많은 어린 것들이 조화롭게 어우러져 살아간다. 뿐만 아니라 왕산골은 일급 청정수의 발원지로서 닭목령으로부터 시작되는 물이 도마천과 합하여 오봉저수지에서 만나 강릉 시민의 목을 추겨 주는 강릉시민의 젖줄이다.

그리고 왕산골 8경이 기다리고 있으니, 고려말 왕산골에 시집 온

종부가 아이를 갖지 못하자 면벽하고 기도를 하여 아홉 아들을 낳았다는 구남벽은 왕산 큰골 중간에 있으며 지금도 아낙들이 찾아들어 기도를 드린다. 그리고 왕산골 큰골 입구에 아낙네들이 삼베타래의 잿물을 헹구었다는 잿물소, 닭목령 길목 가래밭골에 무려 70여 미터의 폭포가 마치 한 마리의 용이 구름을 헤치고 하늘로 날아 올라가는 듯한 비룡폭포, 닭목령 초입에 폭포 소리가 마치 하늘에서 들려오는 소리같다는 3단의 천성폭포, 옛 어르신 말씀처럼 폭포와 소(웅덩이)가 연이어 있는 참참이소, 적색 너럭바위에 기묘한 수마형상의 찍소폭포, 봄이면 노란 개동백꽃, 순백색 돌배나무꽃이 아름다운데 겨우 7m 높이의 초미니 임내폭포, 제왕산의 멧돼지가 사람이 되고 싶어 산신령을 찾아갔다가 1000일의 약속 중 하루가 모자라 바위가 되었다는 돼지바위가 여행객의 눈과 귀를 즐겁게 해 준다.

그 밖에도 가족단위 생태체험여행에 어울리는 프로그램이 있으니 자연생태계 이해를 돕는 야생화 및 숲 관찰, 녹색환경 웰빙식단 체험을 할 수 있는 산나물채취, 추억의 시간 속으로 빠져들어보는 풀피리 만들어 불기, 우주에 대한 호기심을 자극하는 별자리 관찰 그리고 생명의 신비를 배울 수 있는 곤충 채집 프로그램이 기다리고 있다.

또 낮에는 동해 바닷가에서 파도를 만끽하고, 밤이 되면 풀벌레 소리를 즐길 수 있는 천혜의 여행지 왕산골 마을은 2002년 농림수산식품부 녹색농촌체험마을로 지정되었을 뿐만 아니라 2009년 농촌어메니티관광개발사업마을로 선정되었다. 그리고 주변 명승고적으로는 금선정, 칠연정, 노추산 이성대, 제왕산성, 황장봉산, 그리고 대기리

산천체험마을이 있다.

사람과 자연이 함께 조화를 이루고 풍요롭게 살아가는 왕산골은 그야말로 여행지로는 킹이요, 왕이요, 짱이다. 우리 모두 행복하고 소중한 추억여행을 떠나보는 것이 어떨까.

서울에서 출발하여 2시간 30분이면 강릉 도착이 가능하다. 승용차를 이용할 경우, 서울을 출발하여 → 영동고속도로 → 강릉톨게이트 → 성산 방면 우회전 → 성산 방면 좌회전 → 성산면 → 오봉저수지 → 대기리 방면 우회전 → 왕산리에 도착할 수 있다.

(서울문학, 2012. 봄)

삼척 덕풍계곡

　삼척에서 7번 국도를 타고 울진 방향으로 가다가 월천교 북단에서 가곡천을 왼쪽으로 끼고 416번 지방도로를 20여 분 달리면 오지 중 오지 마을 풍곡리다. 풍곡리는 그 이름처럼 많은 골짜기를 아우르고 있다. 강원도와 경북의 경계를 이루는 응봉산(998.5m)은 버릿골, 용소골, 문지골, 재랑박골, 온정골 등 무려 다섯 골짜기를 거느리고 있다. 그중 버릿골, 용소골, 문지골이 흘러내리는 덕풍계곡은 풍곡리 입구에서 덕풍 마을에 이르는 약 6km 구간이다. 폭포와 소沼가 숨바꼭질하며 계곡의 너럭바위와 울창한 숲과 어우러져 천혜의 자연경관을 자랑하는 비경이라고나 할까. 그리고 덕풍계곡을 따라서 올라가면 좌측은 용소골 우측은 문지골이다. 아름다운 용소골은 깊이를 알 수 없는 용소가 3개나 있고, 덕풍마을에서 1용소까지는 30분, 1용소에서 2용소까지 1시간, 3용소까지는 3시간 걸린다.

　덕풍계곡은 가슴 아픈 기억을 떠올리게 하는 문패가 있다. 제2용소에서 1시간 정도 3용소로 가다 보면, 오른쪽에 그냥 지나치기 쉬운 난채골이 있다. 난채골 입구 50m 아래쪽에 큰 소가 있고, 그 소 우측

길에서 5m 안쪽 암벽에 문패보다 조금 크게 임장록林長綠 세 글자가 새겨져 있다. 임란 때 36명이 숨어 살던 피난처란다.

그리고 의상대사의 나무 비둘기 이야기도 전한다. 신라 진덕여왕 때 의상대사가 이곳에 와서 나무로 만든 비둘기 세 마리를 날렸는데 한 마리는 울진 불영사에, 한 마리는 안동 홍제암에, 나머지 한 마리는 덕풍 계곡 용소에 떨어졌다. 용소골에 나무 비둘기가 날아들자 천지개벽이 일어나서 천하절경이 되었다. 상징적 의미는 그만두고라도 동화같은 재미가 있어 좋다.

한편 덕풍계곡은 깊은 골짜기에 걸맞게 풍부한 임산물 산지다. 계곡 진입로를 벗어나면 나무·산·석탄이 많다는 내삼방이 나오는데 경복궁 대들보인 삼척목이 이곳에서 생산되었다. 1865년 경복궁 재건 당시 대들보를 이곳 삼방산 금강송을 썼는데 이 대들보를 경복궁 삼척목이라 불렀다. 삼척목이 지나간 다리를 삼척목다리라고 명명할 정도로 지역인들의 자부심이 대단했다.

뿐만 아니라 덕풍계곡의 청정수를 모아 동해로 흘러가는 가곡천은 민물에 있어야 할 것은 뭐든지 다 있다. 꾸구리, 퉁사리, 버들치, 민물참게 그리고 1급수에서만 볼 수 있는 산천어와 은어 등이 서식하는 청정수역으로 보호수면으로 지정되어 있다. 그래서 봄부터 가을까지 세월을 낚는 강태공의 후예들을 쉽게 만날 수 있다. 그러나 신은 인간의 오만을 그냥 두고 보지만은 않는가. 신이 내린 땅에도 저주는 있기 마련이니 무자비한 포획을 응징이라도 하듯 민물고기를 회로 먹을 경우 디스토마를 비켜갈 수 없다는 걸 명심할 일이다.

덕풍계곡은 가까운 거리에 볼거리가 풍성하다. 계곡 입구에서 승용차로 15분 거리에 산촌체험장 '신리 너와마을'이 있고, 동해 바닷가에 궁촌, 용화, 장호해수욕장 등 아름다운 드라이브 코스가 기다리고 있다. 그리고 '1박 2일' 촬영 이후 방송망을 통해 알려지면서 전국에서 모여드는 계곡 트레킹 산악인들과 여행객이 붐비고 있다. 그런데 덕풍계곡은 골이 깊어 쉽게 물이 불어나는 위험한 곳이기도 하다. 비가 올 때나, 온 뒤에는 계곡에 들어가지 않는 것이 좋다.

(의왕문학, 2011.)

평창 흥전계곡

영동고속도로 진부 나들목을 나오자마자 삼거리에서 이정표가 시키는 대로 10여 분 달리면 월정사. 흥정계곡을 찾아가는 길에 월정사 일주문에서 월정사까지 이어지는 전나무숲길을 찾았다. 800m 남짓한 전나무숲길은 월정사의 자랑거리 중 하나이다. 이곳의 전나무는 약 1,700여 그루, 평균 수령은 80여 년, 최고 수령은 300년이 넘는 것들이다. 산속의 아침이라 기온이 떨어져 몸이 움츠려드는데 알싸한 전나무 피톤치드향이 코를 자극한다.

우리가 물과 공기의 고마움을 까마득하게 잊고 살아가듯이 숲 또한 즐겨 찾으면서도 그 은전을 잊고 살아가는 걸 어찌하랴. 국립산림과학원 자료에 의하면 현재 우리나라에 조성된 숲이 주는 공익적 가치는 어마어마하다. 연간 소양댐 10개에 해당하는 190억 톤의 물을 저장하는 자연 저수 18조를 비롯 동물 서식 1조, 흙사태 방지 13조, 쾌적한 쉼터 11조, 맑은 물 6조, 산사태 방지 4조, 그리고 맑은 공기 16조 등. 국민 1인당 151만 원, 국가수준 공익가치 73조 원을 웃돈다. 우리가 숲을 아끼고 사랑해야 하는 절실한 이유다.

이 생각 저 생각 발걸음을 옮기는데 회오리바람이 일더니 단풍잎이 내 머리에 떨어진다. 한용운의 시 한 구절이 생각난다.

"나뭇잎 하나가 아무 기척도 없이 내 어깨에 툭 내려앉는다. 내 몸에 우주가 손을 얹었다. 너무 가볍다."

(한용운 시편 중에서)

전나무숲길을 걸었으면 봉평 이효석을 찾을 일이다. 전나무숲길을 뒤로하고 꿀벌이 집을 드나들듯 영동고속도로를 다시 들어갔다가 장평 나들목을 나오니 이내 봉평으로 가는 길이다. 봉평은 허생원과 성씨 처녀가 물레방아간에서 만나 하룻밤 사랑을 속삭이며 동이를 얻고, 수운판관을 지내던 이원수와 신사임당이 만나 율곡 이이를 얻은 생명탄생의 복된 땅이다.

몽돌이 깔린 봉평 개울에 발을 담그고 이효석 〈메밀꽃 필 무렵〉을 들여다본다. 허생원과 성씨 처녀가 하룻밤 만리장성을 쌓은 물레방 앗간도 이런 개울가에 있었을 거라고 생각하자, 메밀꽃이 활짝 핀 밝은 달밤 허생원이 멱을 감으려고 옷을 벗으러 방앗간에 들어갔다가 울고 있는 성씨 처녀를 만나는 장면이 클로즈업된다. 옷을 벗으러 방앗간에 들어갔다가 어쩔 줄 몰라 하는 허생원, 무엇이 그리도 슬픈지 울고 있는 성씨 처녀, 그리고 느닷없이 나타난 허생원 앞에서 성씨 처녀는 얼마나 황당했을까. 순수했을 거라고 믿으면서도 꼬리를 물고 이어지는 징글징글한 생각들, 두 남녀가 쩔쩔매는 모습을 상상하는 것만으로도 쇼킹한 일이 아닐 수 없다. 〈메밀꽃 필 무렵〉은 봉평에서 대화로 가는 세 인물의 이야기를 통하여 허생원이 20여 년 전에 정을 통한 성씨 처녀의 아들 동이가 친자임을 확인하는 과정이 잘 묘사되었다. 봉평 메밀밭을 뒤로하고 6번 국도를 달리니 오른쪽으로 홍정계곡 이정표가 기다리고 있다. 잠깐 사이에 오늘의 목적지다.

홍정산에서 발원한 물줄기가 흘러가는 남한강 상류가 홍정계곡이다. 홍정계곡 전 구간은 우거진 숲을 끼고, 비교적 수량이 풍부한 편이나 강바닥이 넓고 물의 흐름이 완만하여 아이들이 물놀이하기에는 그저 그만이다. 단 한 군데 구유소沼는 홍정계곡 중 가장 깊고 물살이 센 곳이다. 여덟 가지 테마 가든 허브나라농원 옆 구유소는 생김새가 소나 말의 구유를 닮았다고 해서 구유소라고 한다. 무엇이 그리도 바쁜지 허이허이 바쁘게 포말을 지으며 흘러가는 물소리가 사뭇 숨가쁘다.

군계일학群鷄一鶴이라고 했던가. 절경 중에서도 홍정계곡 제일경은 팔석정이다. 아는 만큼 보인다고 했던가. 팔석정이 정자인 줄 알았더니 와서 보니 강가에 적당히 자리잡은 여덟 개의 잘 생긴 바위가 팔석정이란다. 조선 초기 문인 양사언이 강릉부사로 갈 때 이곳 경치에 빠져 정사도 잊은 채 8일 동안이나 머무르며 신선놀음을 하였다. 그리고 강릉을 떠난 후에도 여기에 찾아와 생김새에 걸맞은 이름을 석각石刻한 바위들을 보고 즐기며 시상을 다듬었다. 바위에는 전설에 나오는 삼신산의 이름을 딴 봉래, 방장, 영주를 비롯하여 낚시하기 좋은 석대두간, 낮잠 자기 좋은 석실한수, 푸른 연꽃이 핀 듯한 석지청

련, 뛰어 오르기 좋은 석요도약, 장기 두기 좋은 석평위기를 여덟 개
의 바위에 각각 새겨 두고 음풍농월을 일삼았다.

　양사언은 '세월을 끌어안고 청송에 누웠으니 바람소리에 귀가 열
리고, 아련히 꿈같은 세상이 눈에 아른거린다. 푸르름을 안고 신선이
되어 꿈을 꾸니 물속에 비친 내가 보이는구나.'라고 이곳 자연풍광을
예찬하였다. 세월이 흘러 양사언은 가고, 지금은 팔석정에 새겨진 그
의 글씨마저 쉽게 알아볼 수 없지만 돌단풍과 소나무가 있어 운치를
더하니 그나마 다행이라고 여기며 발길을 돌린다.

(문예비전, 2013. 3~4.)

버들골 풍경

　양양대교 남단에서 59번 국도를 타고 카레이싱이라도 하듯 남대천을 만나고 헤어지기를 몇 번 되풀이 하노라면 햇살이 유난히 다사로운 양지마을이다. 양지마을엔 마음씨가 봄볕처럼 따뜻한 사람들만 살고 있을 거라고 상상하며 양촌교를 건너려는데 이정표가 기다리는 우측이 버들골 입구다. '버들치가 지천으로 많다고 해서 버들골'이라는 사람도 있으나 59번 국도를 개통하면서 새로 지은 양촌교陽村橋 바로 밑에 옛날 유천교(柳川橋:버들.내.다리)가 있는 걸 보면 '봄이면 버들강아지가 지천으로 반겨서 버들골'이라는 말이 설득력이 있어 보인다. 지금도 개울바닥엔 갈대가 어우러지고 양옆으로 버들이 우거진 지구촌 마지막 청정 계곡이다.

　양촌교에서 마을로 접어들어 동화책에나 나올 법한 예쁜 해오름전원교회를 끼고, 600여 미터 정도 걸으면 첫째 잠수교가 기다리고, 다시 오르막 400여 미터 정도 걸어서 나지막한 언덕을 넘으면 둘째 잠수교다. 둘째 잠수교를 건너면 작은 마을이다. 59번 국도에서 걸어서 십여 분이면 도착하는 이곳은 마을이라고 부르기도 어색할 정도로 작은 마을이다. 지금 버들골은 원주민과 귀촌을 합쳐 가족같은 일곱 집인데 세 집은 어쩌다 한 번씩 쉬어가는 사람들이다.

이와 같이 가족적인 분위기의 버들골이 아이러니하게도 행정구역상 빈지골(서면 내현리)과 버들골(현북면 도리) 두 쪽으로 나뉘어져 있다. 몇 가구도 안 되는 자연부락에서 해만 뜨면 만나는 이웃사촌들이 반상회다 뭐다 흩어져서 가고 남은 사람들이 텅빈 마을을 지킨다.

그런데 첫째 잠수교에서 둘째 잠수교까지 코스가 가히 환상적이다. 그중에도 알퐁스 도데의 〈별〉에서 목동의 짝사랑 스테파네트 아가씨가 노새를 타고 나타나는 언덕을 빼어 닮은 마지막 언덕이 단연 압권이다. 나는 오늘도 〈별〉의 주인공 목동이 된다.

'목장에서 양떼와 같이 지내는 목동은 주인댁 따님 스테파네트 아가씨를 짝사랑한다. 어느 일요일 아가씨를 생각하며 식량이 오기를 기다리는데 그날따라 점심 때쯤 소나기가 퍼부어 아무도 오지 못하리라고 생각하고 외로움에 잠겨 있을 때, 드디어 세 시쯤 되어 하늘이 말끔히 걷히고, 나뭇잎이 반짝반짝 빛나고, 부활절 종소리처럼 경쾌한 방울소리가 들려오고, 그때 언덕 위로 노새를 타고 나타난 것은 놀랍게도 귀여운 스테파네트 아가씨가 아닌가.'

(〈별〉의 일부)

얼마나 감격스러운 장면인가. 예고도 없이 짝사랑이 나타나는 순간 손 하나 까딱 못하고 온몸이 녹아내리는 짜릿한 흥분을 상상만이라도 해 보았는가. 가끔 한가로운 시간이면 나는 버릇처럼 마지막 언덕을 바라보며 춤을 추듯 나풀나풀 언덕 위로 나타나는 나의 스테파네트를 상상하며 짝사랑의 포로가 되곤 한다.

마을 사람들 사이에 버들골만큼이나 친근한 마을 이름이 빈지골이다. 지금은 빈지골이 다섯 가구도 안 되지만 한때는 수십 가구가 살았는데 무장 공비가 침투하자 울진 삼척사건 이후 정부에서 화전민을 도시로 내보냈다. 도시로 나가기 전 빈지골엔 첩도 두고, 머슴도 거느린 부자가 있었다. 그런데 첩과 머슴이 눈이 맞아 도망을 가서 빈지굴에 숨어 지냈다. 그때 주인이 사람을 시켜 골짜기를 샅샅이 뒤지라고 했으나 겁이 많은 심부름꾼은 빈지굴엔 들어가지도 못하고 돌아와서 빈지굴에 아무도 없다고 하였다. 그 빈지굴이 있는 골짜기이므로 빈지골이라고 하는 것 같다.

빈지골의 명품은 몇 년 전 방영된 방송 드라마 〈지붕 뚫고 하이킥〉에서 신세경이 그 아버지와 숨어 사는 바로 그 집, 강원도 산촌에서도 보기 드문 전통가옥 굴피집을 빼놓을 수 없다. 굴피집은 6.25전쟁 참전용사 이용구 옹의 형이 짓고, 형이 세상을 떠난 이후론 이용구 옹이 살아온 집이다. 그 옛날 오순도순 가족의 따뜻한 보금자리였을 굴피집은 지금 방문을 굳게 걸어 잠근 채 3.8접경 마을의 애환을 간직하고 반세기가 넘는 세월을 지키고 있다.

빈지골 굴피집 앞에서 징검다리를 건너면 이내 산길로 접어든다. 개울을 우측에 끼고 숲속 비포장 길을 1킬로 남짓, 징검다리를 서너 번 건너면 남향받이 전원주택이 있고, 전원주택에서 개울을 좌측으로 저만치 두고 5백여 미터 들어가면 갑자기 폭포 소리가 요란하다. 폭포가 없다면 누가 이 좋은 경개를 생각이나 했을까. 빈지골 제일경은 역시 막바지 무명無名 폭포다. 그리고 또 빈지골의 자랑거리는 맑은 물과 여인의 꿀벅지처럼 잘 생긴 바위, 그것을 감싸주는 싱그러운 숲이다. 그런데 자연은 저마다의 자리가 있고 아름다움이 있다. 나무는 나무대로 풀벌레는 풀벌레대로 바위는 바위대로 주어진 자리에서 자연의 이법에 따라 안분지족하는 모습이 아름답다. 이제나저제나 개발이 되기를 기대하고, 조금 더 조금 더 하며 이익을 쫓는 우리 인간도 이제는 흐르는 물과 나무와 풀 한 포기까지도, 즐기는 대상이 아니라 함께 살아가는 이웃으로 생각했으면 좋으련만.

더 나아갈 수 없으니 맑은 물에 발을 담글 생각으로 때가 묻지 않은 뽀얀 바위에 앉는다. 옛날 사람들은 관수세심觀水洗心을 했다지만 나 같은 필부야 그저 흐르는 물에 발이나 담글 수밖에. 발을 담그니 바위틈으로 물이 여울져 흐른다. 그런데 흘러가다가 장애물이 있으면 잠깐 멈추었다가 비켜서 돌아가는 개울물은 보기에 따라서는 한가롭고 넉넉하게 보인다. 사람도 그랬으면 좋겠다. 어떤 어려움이 닥치더라도 개울물처럼 멈추어 물러서고 비켜서 돌아가는 여유도 있었으면 좋겠다. 관수세심은 후일로 미루고, 모처럼 즐거움을 누렸으니 이제 다시 일상으로 돌아가리라.

(한맥문학, 2012. 12.)

지금 여기 Now Here

피카소와 반 고흐는 서양미술사에서 한 획을 긋는 에폭 메이커(epoch maker)들이다. 파블로 루이스 피카소(Pablo Ruiz Picasso 1881~1973)는 스페인에서 태어나 주로 프랑스에서 활동한 20세기의 대표적 화가이자 조각가이고, 빈센트 빌럼 반 고흐(Vincent Willem van Gogh 1853~1890)는 네덜란드 화가로 서양 미술사상 가장 위대한 화가 중 한 사람으로 널리 알려져 있다.

약속이라도 한 듯, 두 거장은 젊은 시절 똑같이 시련으로 얼룩진 인생역전의 고비를 맞기도 했다. 그러나 세월이 흐른 후 두 사람은 전혀 다른 모습을 보여준다. 피카소는 30대에 백만장자가 되고, 나이가 들어갈수록 부와 명예를 동시에 거머쥔 스타로 세계적인 명성을 누리는 화가가 되었다. 그러나 반 고흐의 그림은 TV드라마의 엑스트라처럼 스포트라이트에서 비켜선 채 그의 생전엔 세상으로부터 인정을 받지 못했다. 그러기에 어쩔 수 없이 그는 세상을 떠날 때까지 가난을 면치 못하였고, 세상을 떠난 후에야 비로소 세상에 빛을 보게 되었으니 그나마도 불행 중 다행이라고나 할까. 피카소가 성공한 삶을 살았다면 반 고흐의 삶은 드라마 속의 엑스트라보다 더 외롭고 쓸쓸한 삶이었다.

두 사람의 차이는 어디에서 비롯되었을까? 피카소는 화폭에 그림을 그리는 것뿐 아니라 마음속으로도 긍정적이고 당찬 자신의 미래를 그렸다.

"나는 미술사에 한 획을 긋는 화가가 될 거야."
"나는 최고로 성공하는 화가가 될 거야."

그러나 반 고흐는 머뭇거리고 한 발짝 뒤로 물러서서 마음속엔 언제나 회의적인 생각을 그렸다.

"나는 이렇게 비참하게 살다 죽을 것 같아."
"불행은 나를 떠날 것 같지 않아."

두 사람의 인생은 그들의 마음속에 그리는 밑그림대로 펼쳐졌다. 피카소는 놀라울 정도로 신바람나는 순항을 했고, 반 고흐는 눈물겹도록 어려운 항해를 했다. 피카소가 고속도로를 질주했다면 반 고흐는 덜커덩거리는 비포장 도로를 수레를 타고 다녔다고나 할까.

그런데 피카소와 반 고흐의 이야기는 그들만의 이야기가 아니라 바로 우리 자신들의 이야기이기도 하다. 행복은 꿈꾸는 사람의 몫이다. 그러기에 인간은 누구나 행복을 꿈꾸며 살아간다. 인간은 꿈이 있으므로 행복할 수 있다. 꿈을 들여다보면 그가 어떤 사람인지 짐작할 수 있다. 어제의 꿈이 오늘의 그를 있게 했고, 오늘의 꿈이 내일의 그를 만들어간다. 꿈은 인생의 활력소다. 설령 우리의 모습이 마음에 들지 않을지라도, 우리의 꿈은 우리가 꾸었고, 그런 꿈을 꾸는 동안 지금의 우리가 되었다.

꿈이 미래를 결정한다. 꿈이 원대하면 위대한 인생이 되고, 꿈이 아름다우면 아름다운 삶이 된다. 인간의 일이란 바닥임을 느끼고 처절하게 고민할 때 변화가 오는 경우가 허다하다. 그리고 어떠한 역경에서도 불굴의 의지로 노력할 때 희망의 메시지가 들려온다. 한 예로 살아 나갈 수 있다는 꿈이 없었다면 칠레의 지하 칠백 미터의 33인 광부들은 살아오지 못했을 것이다. 궁하면 통한다. 이것이 〈주역〉이 바라보는 세계관이자 역사관이다. 힘들고 어려운 시대일수록 꿈을 가지고 막힌 건 뚫고 맺힌 건 풀어가는 노력과 지혜가 필요하지 않을까.

이 시대의 사람들은 화려한 미래를 꿈꾸며 스스로 풍요롭다고 착각하고 있다. 그러나 사람들의 내면은 고달프고, 헐벗고, 가난하면서도 풍요에 눈이 멀었다. 물신주의에 빠질수록 더 큰 정신적인 상실감으로 고통을 당하기 마련이다. 우리는 가장 중요한 정신적인 생활을 상실하였다. 20세기 사람들이 정치와 사회의 변화에 희망을 걸었다면 지금 21세기 우리는 기술 발전과 정보혁명에 모든 것을 걸고 있다. 그러나 더 안타까운 것은 영적인 생활을 상실하고 있다는 것이다.

떠나는 계절 가을이다. 지난날이 후회스럽고, 앞길이 막막하거든 홀홀 털고 여행을 떠나라. 아무것도 필요없다. 캐주얼하게 운동화 차림으로 주머니엔 배고픔을 달랠 약간의 용돈과 교통비만 있으면 된다. 자연이 인간에게 주는 것은 그 무엇보다 소중하며 그 어떤 것으로도 대체할 수 없다. 제 나름의 빛깔과 향기로 브랜드 가치를 높이기 위하여 'The First and Best'를 꿈꾸며 나아가야 한다. 톡톡 튀는 상상력으로 지금까지 전혀 몰랐던 것, 생각도 못한 꿈같은 세상과 소통하라. 무엇인가 보일 때까지 내 인생의 마지막 순간이라고 생각하고, 사력을 다하여 저 케냐의 마사이족처럼 지치지 말고 끝까지 걸어가라. 그러면 영광은 돌아오리라.

영어에서 'No Where.'는 '길이 없다' 전혀 희망이 없는 절망적 상태를 말한다. 그런데 Where의 W를 No에 옮겨놓으면 'Now Here.' '지금 여기' 절망이 아니라 희망으로 바뀐다. 웅비의 날개를 펴고 No Where를 Now Here로 바꾸는 용기와 지혜가 필요한 오늘이다.

(교육여행, 2010.)

세미원을 묻다

한 해의 끝자락에 한국산림문학회 문학기행에 동참했다. 양평 소나기마을에 들러 황순원을 만나고, 북한강과 남한강이 만나는 두물머리 세미원洗美苑으로 가고 있다. 몇 해 전 수종사 삼정헌에서 둥글레차를 마시며 바라본 두물머리는 차라리 한 폭의 그림이었다. 그 후 복선전철이 개통되고, 지난 여름 용문역까지 다녀오면서 전철을 비켜 있는 두물머리는 바쁘다는 핑계로 그냥 지나쳤다. 그런데 추억 속의 아름다운 풍경이 놀랍게도 지금 내 눈앞에 펼쳐질 줄이야.

버스가 멈추자 향원각(연박물관)에서 안내를 받고, 태극무늬 불이문 不二門을 들어선다. 불이문은 〈유마경維摩經〉의 '불이법문'에서 따온 것이다. 그러나 절집이 아닌 세미원 불이문은 자연과 인간은 둘이 아니고 하나란 뜻이리라. 나름대로 생각하며 문 안에 들어서서 팔괘를 새긴 태극담에 전시한 태극기, 기와조각 등 일제강점기 유물과, 단군신화를 묘사한 벽화에 빠져드는데 노산의 〈조국강산〉이 기다리고 있다.

'겨레여 우리에겐 조국이 있다. 내 사랑 바칠 곳은 오직 여기 뿐, 심장에 더운 피가 식을 때까지 즐거이 이 강산을 노래 부르자. 대대로 물려받은 조국 강산을 언제나 잊지 말고 노래 부르자. 높은 산 맑은 물이 우리 복지福地다. 어느 곳 가서든지 노래 부르자.'

(노산 이은상 〈조국강산〉중에서 박충식 쓰다)

언제 보아도 명문장이다. 공원으로 발길을 옮기는데 잡학박사 김사백의 세미원 이야기가 한창이다. 〈장자〉에 '물을 보며 마음을 씻고, 꽃을 보며 마음을 아름답게 한다. 觀水洗心, 觀花美心'고 했다. 한강을 보며 마음을 씻고, 연꽃을 보며 마음을 아름답게 하기를 바라는 간절한 소망을 담은 이름이 세미원이라는 걸 확인하는 순간이다. 아는 만큼 보인다는 말이 괜한 말이 아니다.

그런데 공원 입구부터 모든 길이 화강암 빨래판 징검다리다. 잘 다듬어진 빨래판길이야말로 재미난 발상이라고 생각해 본다. 노자 〈도덕경〉에 '가고 가고 또 가다 보면 가는 중에 알게 되고, 하고 하고 또 하다 보면 하는 중에 깨닫는다. 去去去中知, 行行行裏覺'고 했다. 살다 보면 알게 되고, 행하다 보면 깨닫게 되는 것이 인간의 일이리라. 빨래판 길이야말로 빨래를 하듯 걸으며 생각하며 마음을 씻고, 마음을 아름답게 하는 길이 아닐까.

매서운 바람이 불면 잠시 수련온실을 찾을 일이다. 비닐하우스 수련온실에 들르니 대형 족자에 쓴 〈애연설愛蓮說〉이 세월을 지키고 있다. 기왕에 쓰려면 편히 읽을 수 있게 쓸 일이지 완전 휘갈긴 초서는 쓴 사람이나 읽을 일이다. 그냥 지나치면 모르는 것도 흠은 아닐 텐데 대충 읽어 내려가다 보니 읽기도 어렵거니와 누가 짓고, 누가 썼는지 발문도 낙관도 없다. 그래서 어떤 작품이든 낙관이 없으면 짝퉁 신세를 면치 못하는가 보다.

〈애연설〉은 송나라의 대표적인 성리학자 주돈이周敦頤가 그의 만년에 연꽃을 예찬하여 쓴 글이다. 아침이면 봉우리를 열고 그윽한 향기를 내뿜으며 우아한 기품을 자랑하고, 저녁이 되면 봉우리를 다물고 침묵의 세계로 돌아가는 연꽃의 일상을 그린 것이다. 유학자의 안목으로 연꽃이 군자의 기품을 한껏 발산하고 있다.

'물과 뭍에 나는 꽃 중에는 좋아할 만한 것이 매우 많지만 水陸草木之花 可愛者甚蕃 / 진나라 도연명은 오로지 국화만을 좋아했고, 晋陶淵明 獨愛菊 / 당나라 이래로 사람들은 모란을 매우 좋아했다. 自李唐來 世人甚愛牧丹 / 나는 진흙탕에서 피지만 더러움에 물들지 않는 연꽃을 좋아하나니, 予獨愛蓮之出於泥而不染 / 맑은 물에 씻겼으나 요염하지 않고, 줄기의 속은 비어 있고, 겉은 곧으며, 濯淸漣而不妖 中通外直 / 덩굴지지 않고 가지를 치지도 아니하며, 향기는 멀수록 더욱 맑고, 不蔓不枝 香遠益淸 / 꼿꼿하게 서 있어 멀리서 바라볼 수 있으되, 亭亭淨植 可遠觀 / 함부로 만질 수 없음을 좋아한다. 而不可褻玩焉 / 내가 보기에 국화는 속세를 피해 숨어 사는 자요, 予謂菊花之隱逸者也 / 모란은 꽃 중에 부귀한 자요, 牧丹花之富貴者也 / 연꽃은 군자라고 할 만하다. 蓮花之君子者也 / 아! 국화를 사랑하는 이도 도연명 이후로 들어본 일이 드물거늘, 噫 菊之愛 陶後鮮有聞 / 연꽃 사랑을 나와 같이 할 사람

이 누가 있겠는가. 蓮之愛 同予者何人 / 모란을 사랑하는 사람은 틀림없이 많으리라. 牧丹之愛 宜乎衆矣'

(주돈이 〈애연설〉 전문)

세미원은 아름다운 자연과 재미난 역사가 어우러진 문화공간이다. 새소리, 물소리, 풀벌레 소리 같은 자연의 소리가 있고, 시가 있고, 그림이 있다. 그리고 우리 조상들이 두드려 보고 건넌 돌다리가 있고, 향수를 자극하는 연꽃 활짝 핀 뚝방 길이 있고, 즈려밟고 가라던 꽃길도 있다. 뿐만 아니라 우리의 민족혼이 깃든 광개토대왕비, 과학적 창의성이 빛나는 풍기대와 수표, 풍류가 넘치는 유상곡수流觴曲水, 상큼한 글로벌 감각으로 만들어낸 모네의 정원도 있다. 생활 속의 과학과 철학이 살아 숨 쉬는 세미원이다. 그리고 연간 백만여 관광객이 찾아 들어 양평을 먹여 살리는 굴뚝 없는 산업현장이다. 아름다운 자연, 쾌적한 환경이야말로 역동적인 산업현장이라는 것을 잘 말해 주고 있다. 한편 세미원은 불우이웃과 어르신을 초청하여 위로하는 나눔의 공간, 섬김의 공간이기도 하다. 그러기에 세미원은 삶에 지쳐 있을 때 누군가의 위로를 받기도 하고, 주기도 하며 마음을 추스르는 도량道場이라고나 할까.

그런데 여행은 발로 하는 것이 아니라 마음으로 하라는 말을 실감한다. 건성으로 스치면 대수롭지 않게 지나칠 수 있는 것들도 마음을 열면 상큼한 의미로 다가온다. 오늘은 세미원에서 내 안목이 한 차원 깊고 넓은 세계로 업그레이드되는 짜릿한 하루였다.

세미원 볼거리 중에 그래도 가장 눈길을 끄는 것은 기도하는 여인 바위를 중심으로 전시된 365개의 장독대분수다. 어쩌면 일 년 365일 하루도 빠짐없이 새벽마다 장독대에 정화수를 떠놓고 가족을 위해 간절히 기도하는 우리 어머니들의 모습이 아닐까. 마음이 울적하여 어머니가 그리울 때면 세미원을 찾을 일이다.

(문예비전, 2011. 3~4.)

웨지힐 한 켤레

구두를 오랫동안 신발장에 두었더니 말라 비틀어져서 신을 수 없이 되었다. 그러나 별로 신을 일도 없다 보니 미루고 미루다가 아파트 앞 구두병원에 수선을 하러 갔다. 구두를 보더니 내 말은 듣지도 않고, 심드렁한 표정으로 수선을 하지 말고 차라리 새 구두를 사 신으란다. 찌그러진 구두, 수리해 봤자 돈이 되는 것도 아닐 터이니 그럴 수밖에. 그런데 작업대 옆 신발장엔 수리가 끝난 듯한 고급스럽고 예쁜 웨지힐 한 켤레가 가지런히 놓여 있다.

명품 구두하면 페라가모와 구찌를 빼놓을 수 없다. 그중 페라가모는 최고의 소재로 만든 품질 좋은 명품으로 오늘날 사랑을 받고 있다. 그런데 페라가모를 보노라면 명품은 이름값에 걸맞은 사연이 있으며 저절로 탄생하는 것이 아니라 장인의 혼을 담금질한 후에야 어렵사리 명품 반열에 오르는 것을 알 수 있다.

스스로를 구두장이라며 언제나 겸손했던 살바토레 페라가모 Salvatore Ferragamo는 너무 가난하여 어린 시절 신발을 신어 보지 못하고 자랐다. 그런 페라가모가 아홉 살 되던 해에 여동생이 세례를 받게 되었다. 하지만 여동생 역시 세례식에 신고 갈 신발이 없었다. 페라가모는 가난하여 동생의 신발을 사줄 수 없는 것을 고민하다가 구두 가게에서 버리는 가죽과 천 조각을 주워 모아 며칠 밤을 새워 만든 구두를 동생에게 선물하였다. 여동생은 가죽과 천 조각을 꿰매고 풀로 붙여서 만든 이상한 신발을 신고 세례를 받았다. 이렇게 수제구두의 대명사 페라가모는 탄생하였다.

그러나 유명세를 타고 경제적 안정을 찾아가던 페라가모는 1930년 대에 밀어닥친 세계경제공황의 파고를 넘지 못하고 파산 선고를 받고 길거리로 내몰리는 불행한 신세가 되었다. 뿐만 아니라 그의 조국 이탈리아도 2차 세계대전으로 존망의 위기에 처했다. 전쟁으로 구두 소재인 가죽은 전부 전쟁물자로 거두어 들이고 민간이 쓸 수 있는 것은 아무것도 없었다. 그러다 보니 구두를 만들 수 없고, 생활은 점점 어려워졌다.

그런 와중에도 상류층의 사치스런 생활은 계속되었다. 피렌체에 살고 있는 비스콘티 데모토로네 후작 부인은 페라가모에게 사교 파티에 신고 갈 신발제작을 의뢰했다. 생계가 곤란한 페라가모는 선뜻 약속은 하였으나 도저히 구두 재료를 구할 길이 없으므로 어쩔 수 없이 코르크를 사용한 듣보잡 구두를 만들어 그녀에게 주었다. 코르크 조각으로 밑창과 힐 사이의 공간을 꽉 채우고 풀로 붙인 구두였지만 데모토로네 부인은 지금까지 구경도 못한 괴상망측한 듣보잡 구두를 신고 사교 모임에 나갔다. 이것이 후일 구두 역사상 최초의 특허등록 상품으로 자리매김한 웨지힐Wedge heel이다.

그 후 웨지힐은 1940년대까지 세계를 휩쓸었다. 페라가모는 파멸의 구렁텅이에서 일약 스타로 스타덤에 오르는 영광을 차지하였고, 비스콘티 데모토로네 후작 부인은 페라가모의 웨지힐을 제일 처음 신은 여인으로 세상에 이름을 남겼다. 그리고 오늘날 웨지힐 샌들, 웨지힐 부츠, 웨지힐 운동화, 웨지힐 스니커즈 등으로 진화하여 지구촌 멋쟁이들을 유혹하며 사랑을 받는다.

우리나라의 구두 역사는 얼마나 되었을까. 갑오경장이 지나고 개화기에 접어든 1898년 지금 광화문 네거리였던 황토마루에 이규익이 개업한 양화점이 처음이라고 알려져 있다. 한 세기가 훌쩍 지난 옛날이야기이다. 그때 구두 한 켤레 맞추어 신는 값이 9원이었다고 하니 부유층이 아닌 웬만한 사람은 언감생심 생각도 못할 일이었을 게다. 짚신 아니면 고무신을 신다가 가죽구두를 신었으니 공중부양이라도 하는 듯 신바람나는 가벼운 발걸음이었으리라.

그런데 구두사랑은 조세핀을 따를 만한 사람이 없다. 나폴레옹의 여인 조세핀의 낭비벽은 정말로 대단했다. 그녀가 가지고 있는 드레스가 900벌, 장갑이 1,000켤레나 되었다. 그리고 1년에 500켤레 이상의 구두를 샀다. 그의 신발장엔 항상 새 구두가 기다리고 있었으며 그가 외출할 때엔 그날 취향에 맞는 신발을 골라주느라 땀을 뺐다고 한다. 어디 조세핀만 그랬을까. 오늘날도 멋을 좋아하는 프리티걸들에게 구두는 어쩌면 화려한 외투보다 더 애틋한 것인지도 모를 일이다.

그래서일까. 오늘날 같은 불황에도 명품구두는 시장 분위기를 선도하며 짝퉁까지 판을 친다. 명품은 한 땀 한 땀 엮어가는 장인의 손

끝에서 탄생한다. 그러므로 명품은 수제화라는 등식이 성립한다. 기계로 찍어내는 대량생산된 구두는 희소가치가 떨어지므로 명품반열에서 멀어진다. 페라가모 웨지힐이 꾸준히 명품으로 자리매김할 수 있는 것도 그 때문이리라.

예쁘고 고급스런 웨지힐 한 켤레 때문이었을까. 나는 새 구두보다 소중한 내 구두를 무슨 보물이라도 되는 것처럼 신발장 빈자리에 도로 넣어 두었다. 따뜻한 봄날 다시 페라가모의 후예를 만나서 꿰매고 풀로 붙여 두고두고 신으리라. 세상이 어렵다고 아우성치는 지금 이야말로 아껴 쓰고, 나누어 쓰고, 바꾸어 쓰고, 다시 쓰는 말 그대로 아나바다운동을 실천할 때가 아닐까.

페라가모의 후예들이여, 수제화의 대명사 페라가모가 버려진 가죽과 천 조각으로 꿰매고 붙이듯이, 우리 한평생도 허물을 회개하며 삶속의 상처를 치유하는 것이 아닐까. 페라가모여! 홀륭한 일꾼이로다. 진정한 일꾼은 연장을 탓하지 않는다네.

(한맥문학, 2011. 4.)

실버 스트리트의 하숙인을 만나다

하숙의 역사는 참으로 오래되었다. 하숙에 대한 최초의 기록은 고대 그리스 시대로 거슬러 올라간다. 예나 이제나 하숙의 의미는 집을 떠나 타향살이하는 사람의 숙식 해결만은 아니었던 것 같다. 사랑하는 가족의 울타리 속에 묻혀 살다가 가족과 떨어져 느끼는 외로움을 달래는 것은 말할 것도 없고, 아직껏 몰랐던 사람과 난생 처음으로 한솥밥을 먹으며 새로운 세상을 향하여 날개를 달 수 있는 공간이 하숙이라고 할 수 있다. 그래서일까. 집 떠나면 고생인 줄 알면서도 색다른 경험으로 인한 고생을 마다하지 않고 찾아 나선 사람들도 있다.

그리고 이성 간 상큼한 만남의 설레임은 하숙생활의 또 다른 매력이다. 하숙집 딸과의 로맨스는 동서고금이 별반 다르지 않다. 빈센트 반 고흐는 스무 살 무렵 런던의 하숙집 딸을 열렬히 사랑했으나 이루어지지 않고 상처만 입고 방황하였다. 중국 황소의 난 때 격문을 써서 이름을 날린 최치원은 당나라 유학 시절 자신을 짝사랑하던 하숙집 딸에게 시 한 수를 지어 주었다는 야사의 기록이 있다.

찰스 니콜의 〈실버 스트리트의 하숙인〉이 극작가이기 전에 실버 스트리트의 하숙생이었던 셰익스피어의 일상을 다룬 이야기라고 하기에 관심을 가지고 보았다. 이 책은 셰익스피어가 직접 말한 내용을 기록한 유일한 진술서를 바탕으로 셰익스피어의 삶을 추리해 나갔다.

셰익스피어에 관한 기존의 기록들은 주로 그가 문학사에 미친 영향과 그의 전반적인 삶의 모습에 초점이 맞추어졌다. 그런데 세상 사람들은 훌륭한 그의 작품 못지않게 범인으로서 그의 삶이 궁금한 것도 사실이다. 〈실버 스트리트의 하숙인〉은 궁금했던 셰익스피어의 인간적인 모습을 보다 많이 접할 수 있으므로 흥미진진하다. 그가 서명한 법정 진술서를 근거로 더듬어가는 셰익스피어의 이야기는 호기심을 유발하기에 부족함이 없다.

셰익스피어가 실버 스트리트에서 하숙을 할 때, 하숙집 주인 마운트조이에게는 외동딸이 있었다. 셰익스피어는 마운트조이의 부탁을 받고, 도제로 있던 벨롯을 설득하여 결혼을 하게 했다. 이때 벨롯은 결혼과 동시에 마운트조이로부터 지참금을 받기로 약속했다. 그러나 결혼 후 지참금을 받지 못하자 벨롯은 소송을 제기했고, 마운트조이의 집에서 하숙을 하며 중매를 한 셰익스피어는 사건의 증인으로 불려 나갔다. 그래서 셰익스피어는 1612년 런던 웨스트민스터 소재 소액청구 재판소에서 소송관련 서류에 사인을 한다.

그 후 100여 년이 지나서 미국인 찰스 윌리엄 윌리스가 런던 소재 공문서 보관소에 보관중인 사건기록 〈벨롯 대 마운트조이Belott v Mountjoy〉에서 셰익스피어의 진술서를 발견한다. 그리고 문학탐정가이자 전기작가인 찰스 니콜이 진술서를 토대로 셰익스피어의 인간적인 모습을 섬세하게 추리하며 셰익스피어의 평범한 일상 속으로 독자들을 안내한다. 그리고 셰익스피어와 관련될 만한 모든 것을 찾아 그의 생활 속에 나타나는, 작품에 대한 단서들을 놓치지 않고 포착한다. 그리고 〈벨롯 대 마운트조이〉 소송 과정을 추적하는 가운데 그때에 남겼던 그의 희곡작품들과 주위 환경을 토대로 그의 생활을 추적해 나가는 즐거움을 맛볼 수 있다.

마운트조이 가족의 결혼 과정에서 빚어진 소송에 휘말린 중년의 셰익스피어가 겪었던 경험이 〈리어왕〉〈오셀로〉 등에 어떻게 반영되었는지 파노라마처럼 펼쳐진다. 이국적 분위기의 하숙집에서 낯선 이민자들과 어울리며 멈추지 않는 상상력을 동반하는 새로운 느낌과, 하숙집 주인이 운영했던 가게에서 맛본 당시의 경험이 작품에 녹아들어 있다. 셰익스피어는 일부러 외국인 하숙생이 많은 런던 뒷골목의 프랑스 이민자 가정에서 하숙을 했다. 두 가지 문화가 공존할 수밖에 없는 이민자 가정에서의 하숙생활은 그의 사상과 문학에 큰 영향을 미쳤고, 셰익스피어의 작품을 새롭게 해석할 수 있는 단서가 된다.

그런데 하숙하면 떠오르는 것이 하숙비 문제다. 하숙비 문제는 대학가의 뿌리 깊은 병리현상으로 하숙비 부담이 늘 학생들을 괴롭힌다. 신문을 보니 우리의 대학가 하숙촌에 계약서가 등장하였다. 계약 후 1년 이내에 나갈 경우 (미리 통보하더라도) 보증금을 돌려받을 수 없고, 일요일에는 식사가 제공되지 않는다는 문구도 적혀 있다고 한다. 학생들에게 하숙비를 선불로 요구하는 것도 모자라 이제는 하숙집에 보증금 개념까지 도입되었다. 하숙집 인심이 날이 갈수록 야박해져가고 있다.

하기야 우리의 하숙집만 그런 것은 아니다. 독일의 사회학자 막스 베버가 묘사한 대학 하숙촌 풍경을 보면 대학이 있는 동네의 하숙집 주인들은 학생 수가 1,000명이 넘으면 축제소동을 벌이고, 2,000명이 넘으면 횃불 행렬까지 한다고 했다. 이런 하숙집 단체행동은 오늘날 우리 서울의 대학촌 모습과 닮은꼴이다.

중세 유럽의 대학가 학생들도 그랬던 모양이다. 14세기 중반부터 여러 대학 학생들이 학생 조합을 만들어 하숙비 인상에 저항하기도 했다는 기록도 있다. 미래를 꿈꾸는 한국의 셰익스피어들은 야속한 하숙집 주인을 무어라고 할까.

(서울문학, 2011. 여름)

소광리 소나무 떼

　한국산림문학회 문학기행은 어제 울진 불영계곡 상류에 위치한 통고산자연휴양림에서 1박을 하고, 오늘은 수령 200년 이상 된 금강송 8만여 그루가 어우러진 소광리 금강송 군락지를 찾는 것으로 1박 2일의 일정을 마친다. 소광리는 남다른 유명세를 누리는 선택된 땅이라고나 할까. 조선 성종 때 태어난 수령 500여 년은 족히 된 우리나라 최고령 금강송이 여기에 있다. 그리고 소광리 금강송 숲은 2000년 산림청 주최 '아름다운 숲 전국대회'에서 대상을 받았을 뿐만 아니라 울진군에서 유네스코 세계자연유산으로 지정받기 위한 야심찬 꿈이 영글어가는 꿈의 진원지이다. 그러기에 참가자들은 어제는 불영계곡, 오늘은 금강송 숲, 기대와 설렘으로 연일 들떠 있다.

　소광천을 따라서 가다 보면 경북문화재자료 제300호 황장봉계표석이 있다. 이 표석은 소광리 금강송을 지키기 위해 숙종 때 바위에 새긴 것이다. 개울과 도로 사이 정방형 철책을 잡고 돌아 들어가니 경사진 자연 반석에 황장봉계 지명 생달현黃腸封界 地名 生達峴, 안일왕산安一王山, 대리大里, 당성堂城이 있고, 그 옆에 산직 명길山直 命吉이라고 음각되어 있다.

이것으로 보아 생달현, 안일왕산, 대리, 당성 네 구역을 명길이란 산지기로 하여금 관리하게 하였음을 알 수 있다. 황장이란 나무의 속 살이 황금색을 띠고 있다고 해서 붙여진 금강송의 다른 이름이며 봉 계란 금표禁標와 같은 말로, 이곳의 금강송은 함부로 베지 못한다는 엄중한 경고이다. 조선왕조는 양질의 목재를 충당하기 위하여 금강 송 군락지를 봉인하는 송목금벌松木禁伐 정책을 펼쳤다. 송목금벌정책 은 세계에서 보기 드문 일로 조선 숙종 6년 1680년에 시작하여 강원, 경상, 전라에 황장봉산이 무려 32읍 41군데나 되었다. 우리조상의 뿌 리깊은 애림사상과 앞선 산림정책이 유감없이 빛난다.

조심조심 철책을 잡고 돌아나오기가 힘들었던가 보다. 숨겨두기라 도 하듯 길을 등지고 있는 표석을 보고 나오며 '하필이면 사람 눈에 띄지도 않는 구석에다가 새겼을까,'하고 한 마디씩 볼멘소리다. 그러 나 지금은 길을 등지고 있어 그냥 지나치기 십상이지만 큰 길이 나기 전에는 냇가 오솔길을 따라 지나가는 사람들은 누구나 황장봉계표석 을 가까이 볼 수 있었으리라. 안목이 그 지경이니 별 걸 다 참지 못하 고 볼멘소리를 했을까. 이내 자신의 무지함이 부끄러워 실망을 하고, 전후 사정을 알고 난 후 한수 배웠다는 뿌듯함으로 돌아설 수 있는 것 이 문화재 답사의 묘미가 아닐까. 황장봉계표석을 저만치 두고 들어 가니 1600여ha 소광리 금강송 군락지다. 금강송 숲길 총 70km 4개 구 간 중 현재 1구간 13.5km만 개방하고, 하루 80명만 들어갈 수 있다.

숲길을 따라서 들어갈수록 나무며 풀들이 예사롭지 않다. 그중에서도 유독 소나무가 많다. 어떤 사람은 '한국 사람은 소나무 아래서 태어나 소나무와 살다가 소나무 아래로 돌아간다'고 했다. 그렇다. 서양이 참나무 문화라면 우리는 소나무 문화라고 할 만하다. 소나무로 집을 짓고, 소나무로 가구를 만들고, 죽어서는 소나무 관에 고이 잠든다. 그리고 한 조사연구에 의하면 한국인 50% 이상이 소나무를 가장 좋아한다고 했다. 건강에 좋다는 피톤치드가 아니라도 우리민족의 핏속에는 소나무를 좋아하는 유전인자가 전해지는가 보다.

울진은 지명이 말해주듯 진귀한 것이 많다. 그중 소나무는 글로벌 녹색성장을 선도하는 일등공신이다. 그런데 울진은 나에게 정겨운 고향같은 곳이기도 하다. 나에게 한 분밖에 없는 누님이 갓 스물에 강릉을 떠나 낯선 울진에서 사업을 시작하여 지금은 2남 1녀를 성공 아니면 출세를 시키어 남부럽잖게 여 보란 듯 살고 계신다. 어쩌면 남처럼 떵떵거릴 것도 같은데 겸손하기가 둘도 없는 조선조 여인으로, 고향 어머니같은 훌륭하신 나의 누님이시다. 그러기에 울진은 내가 살아가는 동안 오매불망 잊을 수 없다.

이런저런 생각으로 발길을 옮기다보니 울진군 서면 소광리 산39. 수령 500여 년을 살아온 할아버지 소나무가 기다리고 있다. 가슴 높이 지름 112cm, 키 23m, 수난의 역사, 산증인 앞에 서 있다. 솔숲 들머리부터 쭉쭉빵빵 저릅대처럼 훤칠하게 잘생긴 소나무만 보다가 가지에 상처가 나고 뒤틀린 할아버지 소나무를 보는 순간, 가까이는 일제 36년의 수탈이 있었고, 동족상잔의 피비린내나는 전쟁도 있었지만 까마득한 500여 성상을 살아남느라 멍들고 할퀸 수난의 역사를 생각한다. '못난 자식이 효도하고 굽은 소나무가 선산을 지킨다'는 옛말이 괜한 말이 아닌 성싶다.

잠시 발길을 옮겨 20여 미터 왼쪽 언덕으로 오르니 1,500여 평 되는 밭에 7~8년은 되어 보이는 금강송이 무럭무럭 자라고 있다. 동행한 전직 산림청장께서 재임 시 파종한 것이란다. 1,500여 그루가 저마다 자리를 잡고 푸른 숲을 연출할 날을 생각만 해도 마치 내가 한 일처럼 가슴 뿌듯하다. 한 사람의 아름다운 발상이 세상을 밝힌다는 말이 바로 이런 걸 두고 한 말인 것 같다.

이 세상 그 어디에 이보다 더 놀라운 곳이 있을까. 세계 자연유산으로 등록된 일본 홋카이도 동북부 끝 시레토코는 아이누어로 '세상의 끝'을 의미한다. 그렇다면 소광리는 '세상의 시작'이라고나 할까. 내가 보기로는 어제 불영계곡은 가히 한국의 그랜드캐니언이라고 할 만하다. 한낮보다는 해질녘의 풍경이 장관인 것 같고, 여름보다는 가을 경치가 일품일 것 같다. 그런데 지금 내가 있는 소광리 솔숲의 여름이야말로 총천연색 시네마스코프다. 자연이 주는 풍요로움과 아름다움을 추호도 아낌없이 꾹꾹 눌러 담고 있을 뿐만 아니라 연녹색을 뽐내는 야생 원시림에서 놀고 있는 것들을 한 눈에 담을 수 있다면 믿을까. 유월의 싱그러움과 평온함을 머금고 있는 이런 곳에서는 세상의 무서운 스나미나 피비린내 나는 전쟁이 있다 해도 남의 나라 이야기처럼 들렸으리라.

인간은 아름다운 자연에서 상처를 치유받고, 마음의 평정을 되찾는다. 그래서 우리 선인들은 인자요산仁者樂山이요, 지자요수知者樂水라고 했다. 아름다운 자연에 묻혀 편안한 숲길을 걷노라니 자연이 흩뿌려놓은 색채의 조화는 그 자체가 훌륭한 한 폭의 그림이다. 이대로 가다가는 누군가와 사랑에 빠져 집으로 돌아가지도 못하고 무슨 일을 치고야 말 것만 같다.

옛 사람들은 '물을 보며 마음을 씻고觀水洗心, 꽃을 보며 마음을 아름답게 한다觀花美心'고 했다. 울진을 찾는 사람이라면 불영계곡 청정수로 마음을 씻고, 꽃보다 아름다운 금강송을 보며 마음을 아름답게 다듬을 일이다. 우리 일행은 쉬며 걸으며 문학기행의 마침표를 찍는다.

(산림문학. 2011. 가을)

그냥

　히말라야의 어떤 새는 그 높은 산의 세찬 바람을 안고 고공비행을 하여 유유히 히말라야를 넘는다고 한다. 히말라야의 새는 고소 공포도 없이, 산소결핍도 모르고 본능적인 몸짓을 하는 것일까. 그 새는 높은 산의 기류를 타고 고통없이 히말라야를 넘을 수 있도록 진화하기까지 얼마나 많은 시간이 걸렸을까. 만약 그 새에게도 고통이 따른다면 과연 무엇 때문에 목숨을 걸고 고통을 느끼면서까지 히말라야를 넘는 것일까.

　그리고 케냐와 탄자니아에 걸쳐 있는 그레이트 리프트 벨리Great Rift Valley 지역에 거주하는 마사이Masai족은 눈만 뜨면 자신의 키만큼이나 큰 막대기를 하나씩 들고, 하루 종일 부지런히 걷는다. 그들은 맨발로 하루에 3만보 이상을 걷는다. 또 멕시코 북부에 살고 있는 원시부족 타라우마라Tarahumara족은 50대 중년이 되어도 험준한 산악을 10대처럼 맨발로 뛰어다닌다. 그들이 마치 무엇을 쫓듯 맨발로 뛰어다니는 것은 무엇 때문일까. 히말라야의 새가 아무 이유도 없이 그냥 어려운 몸짓을 이어가는 것이나, 마사이족과 타라우마라족이 종일토

86

록 부지런히 걷는 것이 현대인에게 주는 메시지는 무엇일까.

나는 역마살을 타고 났는지 어디론가 홀홀 떠나기를 좋아한다. 그러기에 어떤 정보도, 아무 준비도 없이 가고 싶은 곳에 대한 설렘으로 무작정 길을 떠날 때가 있다. 그런데 마음 내키는 바를 따라서 가다가 보면 이상하게도 그 길은 아주 익숙한 나만의 길로 다가온다. 그럴 때면 나만의 느낌, 나만의 감각으로 그곳의 풍경과 살아 있는 것들을 만날 수 있어서 좋다.

그런데 나는 오래전 산행을 하며 스틱을 구하여 노르딕 워킹Nordic Walking을 한답시고 흉내를 낸 일이 있다. 느낄 수 있을 정도로 몸의 반응이 좋았다. 그러나 그것도 잠시 인터넷을 통하여 노르딕 워킹의 요령을 이해하고, 나의 방법은 완전히 엉터리였다는 것을 깨달았다. 나는 그날부터 작심하고 산행 중에 주위는 아랑곳하지 않고, 인터넷을 통하여 배운 새로운 방법을 익히는 데 올인했다. 그런데 문제가 생겼다. 규칙에 올인하다 보니 아름다운 것들을 눈요기도 못하고, 동행하는 옆 사람과의 대화는 완전히 사라져버렸다. 외톨이가 된 나는 스틱 두 개를 양손에 잡고 발끝을 보며 하나둘만 되풀이 하다가 집으로 돌아오곤 했다. 나는 곰곰이 생각한 끝에 애써 터득한 노르딕 워킹을 포기하고 말았다.

내 경험으로는 개인차는 있겠지만 사람의 몸은 마음만 먹으면 스틱에 적응하고 균형을 잡을 수 있다. 그런데 나름대로 걸으면서 긴장을 풀고 행복을 느낄 수 있으면 좋으련만 사람들은 매사에 규칙을 만들지 못해 안달이다. 한결같이 건강을 위한 일이라고 말한다. 그러나 건강을 위한다고 하면서 정작 자신의 건강상태는 무시하고 남의 페이스에 휘말려 무리하다가 건강을 망치는 사람들이 얼마나 많은가. 일상생활에 있어서도 목적과 수단 방법 때문에 본말이 전도되는 일은 얼마든지 있으리라. 나는 잠시나마 노르딕 워킹을 즐기며 내 삶의 구석을 들여다볼 수 있었다. 경우에 따라서는 어떤 원칙과 기준을 정해 놓고 그것을 실천하며 살아가는 것이 무모한 일이라는 것을 실감하는 계기가 되었다.

우리의 삶도 이와 같은 것이 아닐까. 어쩌면 자신의 의지보다는 하나님의 뜻에 따라 주어진 삶을 살면 되지 않을까. 그러나 이 길이 나의 길이다. 이 길로 가야겠다는 식으로 미리 정한 이정표를 쫓아간다. 고집을 버리고, 흐름을 따라 리듬을 타고 즐겁게 잘할 수 있는 길을 찾아 가면 되지 않을까. 나름대로 야무지게 결심하고 살아간다고 하지만 사실 살아가면서 보면 자기 뜻대로 살아가는 사람이 몇이나 되며 그리고 자기의 느낌을 존중하면 새로운 삶이 펼쳐질 수 있다고 믿지만 과연 그런 보장이 어디 있는가.

인생살이에 보증수표를 받아 들고 평화롭게 행복을 누리는 사람도 있겠지만, 그렇지는 못하더라도 이것저것 따져 매달릴 일만은 아니다. 마음 내키는 바를 따라서 발걸음이 가는 대로 히말라야의 새나, 마사이족처럼 그냥 따라가면 되지 않을까. 목표를 정해놓고, 소요시간을 계산하는 것은 세상물정도 모르고 자연의 이법을 무시하는 인간의 오만이다. 진실로 자연을 아끼고 자신의 한평생을 사랑하는 사람은 이것저것 따지지 않는다. 참으로 바보같이 때로는 자존심 상하는 일이 있어도 덮어두고 도리어 상대방을 받아들이고 감싸주는 사람이 현명한 사람이라고나 할까.

예로부터 부모님과 존경하는 스승님께는 따지지 않는다. 믿음을 가지고 그냥 따르면 그만이다. 따지기보다는 무조건 믿고 따르며, 신앙처럼 매사에 고마운 마음으로 겸손하게 한 걸음 다가감이 어떨까. 당장은 손해보는 것 같지만 욕심을 버리고 그냥 자기만의 길을 걷는 사람은 상처마저도 행복의 디딤돌이 되지 않을까.

(교육여행, 2011.)

박수

현대는 감성의 시대다. 마음껏 느끼고, 느낀 것을 아낌없이 표현해야 직성이 풀린다. 그리고 마음속으로 생각만 하는 것이 아니라, 좋아하면 '좋아한다'고, 사랑하면 '사랑한다'고 말을 하고, 문자도 보내면서, 온몸으로 따뜻하게 포옹하며 스스로 느끼고, 상대방도 느끼게 해주는 시대다.

요즈음 공연문화의 저변확대로 공연장을 찾는 사람들이 많아졌다, 그런데 어떤 공연이든 시작과 마무리를 빛나게 하는 것은 관객의 박수다. 그러므로 공연장의 매너를 꼽으라면 무엇보다도 먼저 박수갈채를 들 수 있다. 공연장에 가보면 관객들의 반응이 과거와는 아주 딴판으로 많이 달라졌다. 무르익은 감성의 발로일까, 감동을 받는 순간 스스럼없이 거의 광적으로 반응한다. 과거에 비해 박수나 환호는 더욱 커졌을 뿐만 아니라 이제 기립박수도 일반화된 느낌이다,

박수하면 지구촌을 뒤흔들었던 2002년 월드컵박수를 빼놓을 수 없다. '대 한 민국'에 이어지는 박진감 넘치고 리드미컬한 박수, 어린아이부터 백 세 어르신까지 누구나 익숙한 월드컵 박수는 이제 국내

뿐 아니라 지구촌 어디든 널리 알려진 우리 응원문화의 베스트셀러이다. 그것은 어느 한 사람의 외침이 아니라 신이 창조한 그래서 민족혼이 묻어나는 우리 민족의 함성이다.

이러한 박수에는 긍정적 효과가 있다. 공연이 끝나고 터져나오는 힘찬 박수나 환호는 무대에서 수고한 연기자들에게 고단백 비타민 같은 것이라고나 할까. 관객에게는 마음껏 감동할 수 있었던 시간을 감사하는 뜻이 있고, 무대에 오른 사람에게는 노고에 대한 격려와 칭찬이 된다. 이와 같이 박수는 연기자나 관객 모두에게 긍정적인 효과가 있다. 왜냐하면 박수는 공연내용에 대한 평가를 반영하는 것이고, 좋은 평가에 연기자의 관심이 집중되기 때문이다. 타이밍을 맞춰 쏟아져 나오는 박수갈채는 공연을 돋보이게 한다.

그러나 적절한 타이밍의 박수는 연기자를 달뜨게도 하지만, 때로는 그 시점에 따라 부적절한 박수, 노래나 음악이 채 끝나기도 전에 터져나오는 안다박수 같은 경우 개운치 못한 감정을 유발한다. 오페라 또는 뮤지컬에서 노래나 연주가 끝나기도 전에 나오는 박수는 공연장 매너를 잘 몰라서 본의 아니게 다른 관객에게 피해를 주는 경우라고 할 수 있다. 공연에 열광하기 때문일 테지만 박수를 보내기에 적절한 시점을 놓치고 뜬금없이 터져나오는 박수는 여운을 즐기고자 하는 관객들에게 짜증나는 일이 아닐 수 없다. 그 박수가 얼마나 적절했느냐에 따라 그 공연에 대한 인상과 만족도가 좌우될 수 있다. 박수를 보내는 즐거움은 물론 받는 사람에게도 감격스러운 그럴듯하고 명쾌한 적시타는 없는 것일까.

앙코르나 커튼콜(공연이 끝난 후 출연자가 다시 나와서 인사하기를 청하는 박수)은 흐름을 따라가면 된다고 하지만 실전에서는 박수를 언제 치는 것이 좋을지 애매한 때가 있다. 흔히들 독주는 연주자가 연주를 마치고 악기를 내리고 인사를 하기 위해 자세를 푸는 순간이라고 말하고, 오케스트라는 연주가 끝나고 지휘자가 팔을 내리며 돌아서는 순간이라고 말한다. 그럴듯한 말이다.

노래방에 가면 노래를 잘하는 사람과 그렇지 못한 두 부류로 나뉘어진다. 무엇에 쫓기기라도 하듯 허겁지겁 반주보다 한 템포 빠르게 음정도 박자도 제멋대로 요리하는 사람이 있는가 하면 얄미울 정도로 한 템포 늦게 반주를 따라가며 감미롭게 노래를 즐기는 사람이 있나. 고득점의 영광은 한 템포 느리게 하는 그 사람에게 놀아간다. 공연장에서 박수도 마찬가지가 아닐까. 성급하게 미리 박수를 치지말고 조금 기다려 보는 게 좋을 듯하다. 다른 관객들 다수가 박수를 치면 그때 따라서 쳐도 절대 늦거나 창피하지 않을 테니까 말이다.

프로그램 진행자는 박수의 고수라고 할 수 있다. 프로그램 진행자는 분위기가 가라앉는다 싶으면 지체없이 분위기 전환을 위하여 박수를 유도한다. 그러면 분위기는 달아오른다. 우리 인생살이에도 박수를 유도하고 신바람을 불러오는 한평생의 진행자가 있으면 좋으련만. 축쳐진 어깨를 다독여 줄 힘찬 박수의 멘토가 있었으면 좋겠다.

박수도 시대를 따라 진화하는가 보다. 오늘날은 건강 박수도 있고, 웃음 레크리에이션 박수도 있다. 잠실 석촌호수를 산책하다보면 혹시 잘못된 것이 아닐까 싶을 정도로 호탕하게 웃으며 허공을 향해 박수를 치는 사람들이 있다. 건강 박수, 웃음 레크리에이션박수란다. 그 사람이 우리 인생의 멘토일지도 모를 일이니까 칭송을 받아 마땅하다는 생각을 해본다.

인생을 즐겁고 신나게 살고 싶다면 죽을힘을 다하여 기분 좋게 박수를 쳐라. 박수 보낼 일이 있든 없든 오늘 하루 사는가 싶이 살기 위하여 박수를 쳐라. 당신의 박수는 당신은 물론 주변 사람들에게도 기를 팍팍 불어넣어 줄 수가 있을 테니까. 그러면 기분 좋게 함께하는 인생, 다른 사람에게 어필하는 멋진 인생을 살았다고 말할 수 있으리라.

(문예비전, 2012. 1.)

빼빼로 데이

마트에 나갔더니 빼빼로를 박스 채 쌓아 놓았다. 매장 코너 담당에게 무슨 일이냐고 했더니 11월 11일이 빼빼로 데이란다. 올해 2011년 빼빼로 데이는 11이 세 번 들어간다고 해서 밀레니엄 빼빼로 데이란다. 천 년에 한 빈 귀하게 찾아오는 행운의 날이란다. 들은 바로는 어떤 산모는 11월 11일에 맞춰 조기분만을 하려고 제왕절개수술을 준비하고, 또 다른 산모는 11월 11일에 맞추기 위해 분만지연 한약을 복용한다는 말을 들었는데 뜬소문이 아닌 사실인가 보다. 그도 그럴 것이 비록 속설일지라도 천 년에 한 번 찾아오는 행운의 그날을 그냥 지나칠 사람이 어디 있겠는가. 더구나 자식 잘되는 일이라면 물불 가리지 않는 우리 어머니들이야 더 말해 무엇할까. 아무튼 어머니들의 넘치는 자식 사랑과 장사꾼들의 판매전략이 어우러진 특별한 이벤트인가 보다. 그야말로 잔머리 굴리는 데는 못말릴 장사꾼들이다. 무슨 구실을 붙여서라도 일 년 365일 하루도 빠짐없이 사람들을 꼬드기고 있으니 말이다.

그런데 바가지 상혼이 판을 치는 판촉행사는 말할 것도 없고, IT분

야에서 중공업에 이르기까지 듣기 좋게는 창의창안이요, 신제품 개발이라고 하지만 결국 잔머리 아닌 것이 어디 있는가. 그러니 밀레니엄 빼빼로 데이라고 별칭까지 지어내어 젊은이들을 유혹하는 장삿속을 나무랄 일만은 아니다. 우리 국제무역의 일등 공신은 장사꾼들의 잔머리일지도 모르니 말이다. 반짝반짝 빛나는 잔머리로 세계 10위권의 부국을 이룩하지 않았는가. 어찌 됐든 그냥 지나칠 하루인데도 기념일로 삼아 흥청망청 매출고공행진을 유도하는 수완은 깜짝 놀랍기만 하다.

빼빼로 데이는 발렌타인 데이나 화이트 데이와 무관하지 않은 것 같다. 로마 황제는 전쟁 중에 군의 기강을 다잡기 위하여 군인들의 결혼을 금지시켰다. 그때 신부 발렌타인이 젊은 남녀를 몰래 결혼시켰다가 발각되어 사형을 당했다. 발렌타인 신부가 사형을 당한 그날이 바로 발렌타인 데이라는 설도 있다. 또 영국에 포로로 잡혀간 프랑스의 오를레앙 공작 샤를르가 감옥에서 부인에게 사랑의 시를 보낸 것이 발렌타인 데이에 편지를 보낸 시초라고도 하고, 초콜릿을 주는 것은 제과업체의 초콜릿 판매전략이라고도 한다. 그리고 화이트 데이는 일본 제과업체의 판촉 이벤트에서 시작되었다고도 하니 결국 빼빼로 데이와 무늬만 다를 뿐이다.

우리나라는 이벤트 천국이다. 때와 장소를 가릴 것 없이 지역경제 발전 전략으로 이어지는 각종 이벤트로 온통 나라 전체가 설레고 있다. 눈으로 즐기는 억새축제가 있는가 하면 꽃박람회가 있고, 맛깔이 즐거운 빙어축제가 있는가 하면 갯벌에서 흙투성이가 되어 바지락을 캐는 갯벌체험도 있다. 그러고 보면 '죽겠다 죽겠다' 하지만 단군 이래 지금처럼 풍요를 누린 때가 언제 또 있었던가. 힘든 사람들에겐 미안한 말이지만 이벤트를 즐기는 중에 아름다운 소비가 하나의 트렌드로 자리잡는 모습이다. 아직 걸음마 단계이긴 하지만 판촉행사가 경제활성화의 촉진제가 될 뿐만 아니라 그 매출의 일부를 이웃돕기 성금으로 흔쾌히 내놓는다고 하니 나눔의 현장을 바라보는 마음 반갑고 뿌듯하지 않은가.

나눔의 미덕은 자랑스럽게도 우리 민족의 DNA 속에 녹아 흐르고 있는가 보다. 어디 국내뿐이랴. 크고 작은 기부 행위가 국내뿐만 아니라 지구촌 곳곳에서 들려온다. 재일 교포 손정의 씨는 4월 초 일본 지진이재민을 위해 개인성금 최고액인 100억 엔(약 1300억 원)을 기부했다. 일본인 중 최고 기부자인 야나이 다다시柳井正 유니클로 회장의 10억 엔(약 130억 원)보다 무려 10배나 많은 금액이라고 한다.

빈부의 격차가 심화되고 사회의 양극화 현상이 극도에 이르렀다고 아우성이지만 다행스럽게도 인간사회가 마음으로나마 넉넉하게 살수 있는 방향으로 진화하고 있다는 느낌이 든다. 크든 작든 사회가 변화될 조짐을 보이고 있으니 다행스러운 일이 아닐 수 없다. 그런데 아이러니하게도 베품은 가진 것이 많고 적음과는 별개인 것 같다. 언제 어디서나 받으려고 하는 사람은 가진 것이 모자란듯 싶어 항상 가난하고, 주려고 하는 사람은 가진 것은 없어도 비우려고 하니 모든 것을 가진 듯이 풍요롭다. 설령 부끄럽지 않을 만큼 가진 것은 없다 하더라도 우리가 가지고 있는 친절과 웃음, 타고난 재능은 우리가 가진 것이 없는데도 얼마든지 줄 수 있는 행복한 선물이 아닐까. 빼빼로 데이야말로 신이 내린 민족적 자선을 위한 대제전이라고나 할까. 자축할 만한 일이다.

그러나 '행차 뒤에 나팔'이라고 했던가. '사또 떠난 뒤에 나팔 분다'고 했던가. 아쉬운 건 우리의 예비신부들이다. 1년만 미리 결혼을 했더라면 밀레니엄 옥동자는 확실할 걸. 아쉬운들 이제 뒤늦게 어찌하겠는가. 예비신부들이여! 꿩 대신 닭이라고 이젠 같은 숫자가 반복되는 2012년 12월 12일이나 기다려야 하지 않을까.

(한맥문학, 2012. 1.)

양양 뚜거리탕

 남대천은 살아 숨 쉬는 것들을 거느리고 지켜온 양양 천년의 젖줄이다. 오색과 갈천 그리고 어성전 계곡의 아름다운 풍광을 담고 흘러내리는 청정수가 한데 어우러진 남대천은 생명을 잉태하고, 생명을 키우는 어머니의 품속이라고나 할까. 그리고 해오름의 고장 양양은 바다낚시와 민물낚시를 두루 즐길 수 있는 강태공들의 요람이라고 할 수 있다. 그러므로 양양은 먹거리 여행의 일번지로 뚜거리와 은어와 연어가 기다리는 남대천을 빼놓을 수 없다.

 여름철 비가 오고 물이 불었다 빠지면 수심이 얕은 남대천엔 반두(고기를 잡기 위해 두 개의 막대기를 맨 그물)로 고기를 잡는 사람들을 흔히 볼 수 있다. 한 사람 또는 두 사람이 고기가 빠져나가지 못하게 반두로 물길을 가로막고, 나머지 사람들이 흐르는 물을 긴 막대기로 두들기면 모래나 돌 틈에 숨어 있는 고기가 놀라서 튀어 나온다. 이때 반두로 순식간에 떠올리는 것이 기술이다. 이와 같이 반두질은 순발력과 테크닉이 필요하다.

 남대천에서 잡히는 고기 종류는 뚜거리, 은어, 버들개, 빠가사리 등 무수히 많다. 은어는 회나 튀김으로 먹고, 다른 고기들은 매운탕이나 어죽을 끓인다. 이렇게 고기를 잡아 개울가에서 매운탕이나 어죽을 끓여서 먹고 노는 것을 천렵이라고 한다. 내가 양양에서 알게 된 사람 중에는 천렵의 귀재들도 있다. 세 살 버릇 여든까지 간다고 했던가. 어릴 적 놀이삼아 했던 고기잡이를 버리지 못하고 생업으로 삼은 사람도 있다. 그 옛날 고기잡이가 성했던 것일까. 지금도 남대천 제방 너머 재래시장 철물점에서 돈 만 원이면 반두를 살 수 있다.

은어는 연어과에 가깝지만 다른 점도 많아 독립된 은어과로 분류된다. 은어는 하구에서 월동한 어린고기가 4~5월 경이면 상류로 올라와서 9월 경 산란을 시작하는데 어미 한 마리가 1만 개 안팎의 알을 낳는다. 알에서 깬 어린 고기는 본능적으로 수심이 얕은 하구로 내려가 겨울을 지내며 어미들이 그랬듯이 상류로 올라갈 봄을 기다린다. 맛이 좋기로 이름난 은어는 그 옛날 임금님께 진상하였으며 오늘날엔 인공양식이 발달하여 양식은 날이 갈수록 늘어나고 자연산은 나날이 줄고 있다.

그리고 은어는 여울진 하천에서 영역을 형성하여 다른 은어가 눈에 띄면 들어오지 못하게 공격한다. 이 습성을 이용하여 낚시를 하는데 미끼 없이 여러 개의 낚시를 매어 단 낚싯줄에 힘 좋고, 튼실하게 살아 있는 은어의 아가미를 꿰어 묶은 다음, 여울진 물속을 끌고 다니면 은어들이 침입자를 막기 위해 덤벼들고 이 순간을 놓칠쎄라 잽싸게 낚싯대를 낚아채면 낚시에 걸려 올라온다.

연어도 은어와 비슷한 길을 밟는다. 부화된 지 불과 일주일 남짓이면 남대천을 떠나 바다로 내려가서 4~5년 치열하게 살다가 동해에서 아련한 고향냄새를 맡고 모천母川으로 돌아와서 굶으며 알을 낳다가 허약해질 대로 허약해져서 끝내는 죽음을 맞이한다. 은어와 연어는 하나같이 빼닮은 꼴이다. 그래서 은어를 이야기하다 보면 연어를 빼놓을 수 없다. 그리고 양양하면 연어축제를 떠올리게 된다. 양양군에서는 오래전부터 해마다 시월이면 연어의 모성애 넘치는 생명여행을 담은 연어축제에 초대한다. 우리의 삶을 되돌아보게 하는 연어축제는 단순한 축제 이상의 메시지를 가지고 당신을 기다린다.

양양대교 남단에서 우회전하면 어성전길 입구에 뚜거리탕으로 유명한 천선식당(033-672-5566)이다. 반백 년은 족히 되었음직한 허름한 벽돌집 문을 열고 들어가니 50명은 앉을 수 있는 홀인데 먼저 온 팀들이 식사 중이다. 먹는 데 골몰한 나머지 쳐다볼 사이도 없는가 보다. 자리를 잡고 앉으니 아름다운 플라워 패턴의 벽지와 따끈한 전기 패널 장판이 익숙한 내 집처럼 편하게 느껴진다.

뚜거리탕이 나오기를 기다리는데 이 고장 출신 주인장이 있어 이야기에 빠져든다. 뚜거리로 쓰는 물고기는 뚜거리, 은어, 버들개, 빠가사리 등 수도 없이 많다. 큰 것이라도 어른의 검지손가락이 될까 말까한 뚜거리는 강바닥에 붙어서 사는 육식성 민물고기로 바닷물과 민물이 만나는 곳에 서식한다. 그리고 5~6월 여울목 돌 틈에 산란을 하면 부화 후 바다로 내려갔다가, 2~3개월 지나면 몸길이가 약 2cm 정도가 되어 다시 여울목으로 돌아온다. 뚜거리는 이름도 다양하여 강릉에서는 꾹저구, 양양에서는 뚜거리, 고성에서는 뚝저구, 삼척에선 뿌구리로 불리기도 한다. 그러니 뚜거리가 고기 종류이기도 하지만 뚜거리탕에 들어가는 잡고기를 통틀어 말하기도 하는가 보다. 이야기를 듣다 보니 뚝배기에 뚜거리탕이 나온다.

은어와 연어가 회와 튀김으로 으뜸이라면 부담없이 식도락을 즐길 수 있는 탕의 별미는 뭐니뭐니 해도 뚜거리탕이다. 뚜거리는 칼슘, 단백질 등 영양소가 많고, 기름기가 적어 소화가 잘되며 비린내가 나지 않고 담백하여 해장국으로도 그저 그만이다.

송강 정철이 강원도 관찰사로 동해안을 순행할 때 폭풍으로 출어를 못하여 대접할 어물이 없었다. 이에 현감은 할 수 없이 민물고기로 관찰사를 대접했다. 맛이 정말로 좋았던가 보다. 정철은 현감에게

"이게 무슨 물고기냐?"
"저구새가 꾹 집어 먹은 고기입니다."

그래서 송강은 '꾹저구'라고 부르도록 하였다. 믿거나 말거나 재미난 이름이라고 생각한다.

뚜거리탕은 따로 국밥은 별로다. 펄펄 끓는 뚝배기에 공기밥을 반쯤 덜어 넣고 말아 먹어야 제맛이 난다. 한 술 푹 떠서 깍두기 한쪽 얹어서 입에 넣으면 된장과 고추장이 하모니 되어 걸쭉하면서도 텁텁하지 않은 것이 식탐을 달래는 행복감을 뭐라고 말로 표현할 수 없다. 뚜거리탕에는 소쿠리에 소금을 뿌려 뚜껑을 덮어두었다가 조물조물 주물러서 진을 뺀 뚜거리와 대파, 부추, 마늘, 밀가루, 당면, 고

츳가루, 된장, 고추장이 들어간다. 물을 끓이다가 된장과 고추장을 3
대 1의 비율로 넣고 또 끓인다. 펄펄 끓는 물에 뚜거리를 큰 것은 반
으로 자르고 작은 것은 통째로 집어 넣는다. 뚜거리를 넣을 때는 수
제비를 넣고 대파와 부추를 썰어 밀가루를 묻혀 넣는다. 당면을 한
움큼 넣고 다진 마늘, 후춧가루, 산초를 첨가한 후 팍팍 끓어오르면
달걀을 푼다. 된장과 수제비 전분은 민물생선의 비린내를 제거해준
다. 그런데 여름 뚜거리탕도 좋지만 스산한 가을에 맛보는 얼큰한 뚜
거리탕이야말로 감칠맛이 그저 그만일뿐더러 아무리 걸차게 먹어도
탈 없이 소화가 잘되어 좋단다.

　예로부터 양양 사람들은 놀이와 잔치 베풀기를 좋아하였다. 그래
서 뚜거리잡이, 온이잡이, 연이집이 등 다양한 민속놀이가 지금도 전
한다. 특히 양양 사람들은 복날이면 천렵을 하여 뚜거리탕을 끓여 먹
는데 이것을 복대림이라고 한다. 지금도 양양에서 자랑스럽게 내놓
는 것은 맛도 만점 영양도 만점, 내노라하는 미식가들이 즐겨찾는 뚜
거리탕이다.

(한맥문학, 2012. 5.)

철새는 정情으로 산다

오랜만에 찾은 춘천이다. 으스스한 겨울 공지천이 기지개를 펴는 걸 보니 벌써 봄이 찾아오는가 보다. 그러나 겨울 철새는 계절을 잊었는가. 아직 얼어붙은 강바닥에 떼를 지어 마치 죽은 듯이 미동도 않고 있더니 겨울 끝자락 깨지는 소리에 깜짝 놀라 푸르륵 떼거리로 날아오른다. 그런데 보기에는 창공을 멋지고 자유롭게 군무를 즐기는 듯하지만 그건 개뿔도 모르는 인간의 착각이라는 걸 이 나이가 되어서야 비로소 알 것 같다. 지금까지 살아가는 데 골몰하여 철새 한 마리쯤 대수롭잖게 여긴 건 땅따먹기라도 하듯 말뚝을 박고, 내 땅이라고 고집하며 살아가는 탐욕에 찬 인간의 모습이었다고나 할까.

한 조사에 의하면 우리나라는 해마다 291종의 철새가 날아오고 날아간다. 그중 겨울새 114종, 여름새 68종, 잠시 잠깐 머무는 나그네새 109종으로 알려져 있다. 그들은 어디서 왔다가 어디로 가는 걸까. 지금 가면 내년에 다시 오기는 오는 걸까. 그 먼 곳을 무사히 갈 수 있을까. 허공을 날며 주린 배는 무엇으로 채우는 걸까. 가다가 병이라도 나면 어떻게 할려고... 오늘따라 그들을 향한 연민의 정을 주체할 수 없는 건 무엇 때문일까. 떼를 지어 하늘 높이 날아오르는 철새들의 아름다운 군무는 한겨울 정들었던 곳을 떠날 날이 가까워온 것을 알리는 신호가 아닐까. 그리고 시끄러운 철새들의 수다는 추위도 피할 곳 없이, 허기를 달랠 낟알 한 톨 없이 달랑 맨몸뚱이로 수천수만 킬로를 날아가야 하는 근심에 찬 불안한 수다가 아닐까.

철새 수천수만 마리가 동시에 고공비행을 하는 모습은 지구촌 최대의 에어쇼라고 할 만하다. 그런데 궁금한 건 동시에 같은 방향으로 날아가도 충돌하지 않는 것은 신의 가호인가, 아니면 타고난 동물적 본능인가. 수만 마리 중에 옆으로 빠지든가 반대 방향으로 가는 놈도 있으련만 그건 인간의 쓸데없는 걱정이다. 전혀 그럴 일이 없다. 인간의 두뇌로 해석 불가능한 그냥 동물적 본능이라고 하기에는 풀기 어려운 수수께끼가 한두 가지가 아니다. 동물적 본능은 인간 두뇌 이상의 오묘한 무엇이 있는가 보다. 박쥐를 보면 정말 그렇다.

박쥐는 시력은 형편없지만 초음파를 가지고 있어서 어두운 동굴 안을 마음대로 날며 먹이를 잡아 먹을 수 있다. 마치 레이더와 같이 전파를 사방으로 쏘아 보내고 되돌아오는 전파를 받아서 물체의 방향과 거리를 파악하여 부딪치지 않고 날아다닌다. 최근 한 연구에 의하면 박쥐는 자신의 초음파 반향을 받아들여 두뇌에서 3차원 화면을 구성하여 주변의 물체를 입체적으로 볼 수 있으며, 그 해상력이 1밀리미터 단위까지도 정확히 파악할 수 있다는 사실이 밝혀졌다. 즉 박쥐는 3차원 초음파 영상탐지기Ultrasonic Holography를 갖고 있다는 얘기다. 그냥 동물의 본능이라고만 하기에는 말로 표현이 부족한 걸 어찌하랴.

그러면 철새는 동물적 본능으로만 사는가. 그것도 아니다. 추운 겨울 달밤 따뜻한 남쪽 나라를 찾아가는 기러기 떼를 보면 삼각편대를 이룬다. 그 삼각편대의 맨 앞 우두머리 새는 공기 저항을 많이 받지만 뒤에 따르는 새는 공기 저항을 덜 받는다. 그러므로 우두머리 새가 지칠 때쯤이면 다른 새가 앞으로 나오고 지친 우두머리 새는 공기 저항을 피하며 뒤에서 날아간다. 그리고 기러기들은 날아갈 때 울음소리를 내는데, 이것은 슬퍼서 우는 것이 아니라 힘겨워하는 동료 새를 응원하는 소리다. 뿐만 아니라 무리 중에서 한 마리가 병이라도 나서 낙오가 되면 동료 두세 마리가 같이 남아서 회복을 기다리고, 회복이 되면 다시 대열에 합류한다. 이렇게 기러기는 협동심이 강하고 정이 두텁다.

이와 같이 인간이 빵으로만 살지 않고 정으로 살듯이, 철새는 본능만 가지고 사는 것이 아니라 사람보다 뜨겁게 정으로 산다. 멀리 가기를 포기한 듯 허공을 맴도는 것도 단순히 땅에 떨어진 낟알을 찾기 위해서가 아니다. 정 때문에 새끼를 생각하고 이웃이 눈에 밟혀서 떠나지 못한다. 한때나마 맺었던 인연을 추억하여 훌쩍 떠나지 못하는 것이다. 오로지 가지고 누리는 것만을 생각하는 인간의 비정함이란 아무리 따져봐도 철새만큼 후한 점수를 받기에는 아직 멀었다. 별것도 아닌 것을 서로 다투고, 시기하고 질투하는 꼴은 인정일랑 약으로 쓰려고 해도 없다.

고개를 돌리니 무리에서 떨어진 철새 여남은 마리가 인간들을 꾸짖고 비웃듯 한바탕 거들고 나선다.

"못된 인간들아, 어디 들볶으며 살아봐라. 삶이 고추보다 매운 것을
어쩌면 알 게다. 알 까고 새끼 키워보니 낟알도 낟알이려니와 그래도
소중한 게 정이더라."

철새든 텃새든 살아남게 한 무엇이 있다. 마음을 비우고 자연의 이
법을 따르는 본능이 그들을 살아남게 한 것이다. 그러나 동물적 본능
만은 아니다. 그들에게도 정이란 게 있다. 인간은 만물의 영장이라고
자화자찬하지만 부족하기 그지없는 존재다. 인간은 기러기처럼 삼각
편대비행도 할 수 없고, 박쥐처럼 3차원 초음파 탐지기도 없다. 그러
나 절망할 필요는 없다. 세상에 완벽한 인간은 태초부터 없었으니까.
그러니 완벽하지 않아도 좋다. 완벽을 추구하는 인간이 세상에서 가
장 미련한 인간이다. 인생은 어차피 미완성, 다가갈수록 결승선은 점
점 더 멀어지기만 하는 것을 어찌하랴. 그리고 탐욕을 버려라. 멈출
줄 모르는 탐욕이 오점을 남긴다. 부끄러운 탐욕을 내려놓고 마음을
비울 때 그토록 소망하는 감미로운 안식을 맞이할 수 있으리라.

(문예비전, 2012. 5~6.)

느리게 산다는 것

누가 쫓아오는 것도 아닌데 헐레벌떡 달려 온 지난날이었다. 뭐가 그리 급해서 그렇게 헉헉거리며 여기까지 달려왔는지 과속에 치어 멀미가 날 지경이다. 창조주의 안목으로 보면 인간이 제아무리 발발 거리고 뛰어도 시궁창에 사는 하찮은 미물이나 다름없이 꾸물거리는 존재이리라. 그런데 인간은 조금이라도 더 갖고 싶은 욕심 때문에 그 저 앞만 보고 달린다.

뿐만 아니라 산업사회가 되면서 속도가 미덕으로 자리잡았다. 그 러다 보니 현대인들은 속도에 매달려 가혹하리만치 자신을 들볶으며 느린 것을 안달하고 살아간다. 더구나 고속철도의 등장으로 전국이 두 시간 생활권으로 바뀌면서 이동거리뿐만 아니라 일처리에도 속 도는 중요한 요소가 되었다. 시테크, 아침형 인간 같은 새로운 용어 까지 등장하는가 하면 '열심히 부지런히'가 현대인의 모토가 되었다. 그러면 빠른 것은 편리한 것인가. 그렇지 않다. 과속은 일의 능률은 가져왔지만 그 대신 조화로운 생활의 균형을 잃어버렸다. 느림을 게 으르다고 몰아치며, 시간을 줄이려고 속도를 강조하다 보니 우리 민족 정체성의 뿌리가 되는 고유의 미풍양속도 예의범절도 잊혀져 간다. 이와 같이 어느 시대, 사회에도 치열한 생존경쟁은 천천히 생각하며 살아가는 마음의 여유를 허용하지 않았다.

그러면 지구촌에서 가장 근면한 민족이라고 스스로 자부하며 살아온 한국인은 과연 얼마나 행복할까. 시간에 쫓기다 보니 행복은 생각할 겨를도 없고, 누릴 여유도 없었다. 경제협력개발기구가 2011년 삶의 질을 수치로 발표한 행복지수는 OECD 34개 국가 중 26위였다. 그럴 수밖에 없는 것이 속도는 빨라졌으나 속도를 제어할 기능이 없다. 제어기능이 없으니 자고 일어나면 심심찮게 크고 작은 사건사고다. 현대사회는 고속문명이 가져다 준 과속의 충격에 심한 몸살을 하고 있다. 이것이 현대 고속사회가 안고 있는 문제다.

밀란 쿤데라의 소설 〈느림〉에 보면 '느림의 정도는 기억의 강도에 정비례하고, 빠름의 정도는 망각의 강도에 정비례한다.'고 했다. 그리고 속도는 기술혁명이 인간에게 선사한 엑스터시ecstasy라고 했다. 엑스터시(황홀경)는 순간적인 것이다. 그렇다면 속도는 지속할 수 없는 것이며 적당히 느림 속에 끼어들어야 제 빛을 발한다는 말이다. '빨리빨리'로 대변되는 우리네 정서가 정작 필요한 것을 놓친 어리석은 것은 아닌지 생각하게 한다.

프랑스의 철학자이자 작가인 피에르 쌍소는 그의 저서 〈느리게 산다는 것의 의미〉에서 특별한 이유도 없이 그저 허둥지둥 바쁜 사람들에게 바쁜 일상에서 벗어나 마음의 여유를 가지고 느리게 사는 법을 배우라고 일러준다. 그리고 〈느리게 산다는 것의 의미〉는 전 세계에 느림의 바람을 일으키기도 했다. 그는 '느림이란 시간을 급하게 다투지 않고, 시간의 조급함에 끌려가지 않겠다는 단호한 결심에서 나오는 것이며 살아가는 동안 자신을 잊어버리지 않고 지킬 수 있는 능력과 세상을 관용할 수 있는 능력을 갖추겠다는 의지에서 비롯된다.'고 하였다.

피에르 쌍소의 말을 따르면 느림은 흔히 생각하는 것처럼 단순히 개인의 성격이나 습관의 문제가 아니라 부드럽고 우아하고 배려하는 삶의 방식인 것이다. 느림은 살아가면서 다가오는 시간을 아주 천천히 그리고 경건하고 주의 깊게 느끼면서 살아가는 바람직한 생활방식이다. 그런데 느림은 우리 시대에 가장 가혹하게 매도되어 온 가치이다. 이제 느림은 매도의 대상이 아니라 우리의 일상생활에서 잃어버린 시간을 찾고, 시간에 쫓기어 잊었던 나를 찾고, 진정한 나의 자유를 찾는 키워드Key word가 되어야 한다. 빠른 속도만을 떠받드는 사회일수록 시련과 고통을 참고 견디며 성급함을 버리고 여유를 가지고 느긋하게 살아가는 것이 그나마도 행복으로 가는 길이 아닐까.

지저분한 시궁창에서 삶을 이어가는 미물은 느림을 불평하거나 삶을 원망하고 남과 비교할 줄도 모른다. 그런데 인간은 만물의 영장을 자처하면서도 오욕칠정에 사로잡혀 무엇이든 남보다 빨라야 한다고, 오로지 내 것만 생각하지 않는가. 차라리 미물처럼 때로는 유유자적, 느림을 운명처럼 받아들이고 순종하며 자연의 이법을 따라 살아가는 것은 어떨까.

농경문화에서 태어난 우리 문화는 본래 저속문화의 원조라고 할 만하다. 밥을 지을 때도 뜸을 들여야 하고, 국도 푹 끓여야 제맛이 난다. 옛날로 돌아가자는 말이 아니다. 속도를 앞세워 날것으로 먹는 유목문화와는 차원이 다르기 때문에 하는 말이다. 그런데 우리는 정도를 무시하는 과속의 위험하고 슬픈 광경들을 매일같이 보는 것도 모자라 탐닉하고 있다고나 할까. 속도가 물질적 풍요를 가져올지는 모르나 우리의 정신적인 삶을 살찌우지는 못한다. 이제 현대인들은 늦게나마 느림의 미학을 몸으로 실천할 때라고 생각한다.

지난날 성공을 가져왔던 가치들이 미래의 성공까지 보장하지는 못한다. 오히려 한 시대에 발전의 원동력이 되었던 고정관념들이 미래 발전의 발목을 잡을 수도 있다는 것을 명심해야 하지 않을까. 과속의 어지러움으로 팍팍해진 세상살이에 진저리가 나서 하는 말이다. 남들이 모두 뛰어가는 시대에 혼자 사색하며 사부작사부작 걷는 것도 용기라는 사실을 깨닫고 이제는 좀 천천히 가도 되지 않을까. 기쁨과 설렘으로 행복을 찾아 숨바꼭질하며 "오늘도 행복하다"고 말할 수 있었으면 좋겠다.

(문학공간. 2012. 9.)

온온사 단상斷想

서울지하철 4호선 과천역 7번 출구를 나와 도보로 7분 거리에 온온사穩穩舍가 있다. 경기도 유형문화재 100호 온온사는 얼핏 생각하면 절집 이름 같지만 산 좋고, 경개 좋은 곳에 자리잡은 조선시대 객사客舍다. 폐허가 되다시피한 뜨락엔 잡초만 무성하고, 그 옛날 거칠 것 없던 위풍당당은 어디로 가고 찾을 길 없다. 마침 휴일이라 중년의 여류해설사가 나그네를 맞아준다.

온온사는 옛날 정조가 수원에 있는 장릉을 참배할 때 그리고 사냥을 할 때 편히 쉬어 가던 곳이다. 온온사엔 600년 해묵은 은행나무가 역대 과천현감 비석군을 거느리고 추억을 반추한다. 비석군이 있는 비석거리를 과거엔 비선거리라고도 했는데 신도시 개발로 비석군을 과천초등학교 옆으로 옮겼다가 다시 온온사 입구로 옮겨왔단다.

조선조 지방 수령 중에 과천현감 자리는 누구나 가고 싶어 탐내는 자리였다. 서울이 가깝고, 오가는 관리를 접촉하기 쉽고, 징수하는 세금이 많았기 때문에 뇌물을 상납하여 중앙 내직으로 영전하는 자리로 정평이 난 요직이었다. 그래서 흔히들 조선시대 목사는 의주목

사요, 현감은 과천현감이라고 했다.

그런데 언제나 좋은 자리는 경쟁도 심하고, 말도 많은가 보다. 어느 날 갖은 수탈로 치부를 한 과천현감이 영전하게 되었는데 그를 따르던 무리들이 송덕비를 세워주기로 하고, 떠나는 현감에게 비문에 뭐라고 새길지를 여쭈었다. 기고만장한 현감은 알아서 하라고 했다. 그리고 챙길 것 챙겨 가지고 떠날 즈음 비문에 뭐라고 썼는지 궁금하였다. 그래서 가는 길에 잠시 행렬을 멈추고 가리어진 휘장을 젖히니

"오늘 이 도둑을 보내노라. 今日送此盜"고 써 있었다. 현감이 그것을 보고 옆에 한 줄 더 쓰되 "내일엔 다른 도둑이 오리라. 明日來他賊"하였다. 현감이 가고 나서 아전이 또 한 줄 보태서 "도둑놈만 끝임없이 오는구나. 此盜來不盡"라고 하니, 지나가던 과객이 보고 남은 한 줄 "세상이 모두 도둑놈뿐이로구나. 擧世皆爲盜"라고 하였다.

이렇게 비문이 완성되었다고 민간에 전한다. 듣고 있노라니 민족적 저항시라도 되는가. 순박한 무지렁이들의 울분이 눈물로 묻어난다.

어디 과천현감뿐이겠는가. "세상이 모두 도둑놈뿐"이라고 한 걸 보면 명예를 목숨보다 소중하게 여긴 조선조에도 부정부패는 다반사였던가 보다. 그런데 우리나라만 그런 게 아니다. 중국도 고사에 보면 춘추전국시대 자사가 위왕에게 구변을 추천했다.

"구변은 500대의 전차부대를 통솔할 능력이 있으니 그를 등용하면 천

하를 얻을 것입니다."하고 말하자 위왕은 "나 역시 그가 장군감인 줄 알고 있노라. 그러나 그가 지방관으로 있을 때 한 집에 달걀 2개씩 착복한 일이 있으니 그를 기용할 수 없다."

고 대답을 했다. 참 쬐쬐하기 그지없다, 대륙적 기질은 어디로 가고 달걀 몇 개 받은 것을 도마에 올렸을까.

조선 역대 왕들은 비리척결에 골머리를 앓았다. 비리척결은 세종을 따를 자가 없을 것이다. 세종은 신하들을 몰아치는데 도통한 인물이었다. 밤낮으로 시달리다 못한 김종서는 세종 곁에 있다가는 지레죽을 것 같아, 스스로 궁궐을 떠나 삭풍이 몰아치는 북방을 개척하겠다고 나섰고, 정인지는 세종이 너무 혹독하게 몰아치자 모친상을 핑계로 낙향하려 했으나 법령까지 고쳐가며 그를 붙잡아 두고 오히려더 가혹하게 일을 시켰다. 어디 그뿐일까. 심복 중의 심복, 황희 정승도 귀양을 보내고 유배도 보내며 거듭 불러 올려 부릴 대로 부리면서사람까지 붙여 철저하게 감시하고 꼼짝달싹 못하게 닦달하자 견디다못한 황희 정승은 "내 참 더러워서 뇌물을 받지 않으리라." 결심하고다시는 뇌물을 받지 않았다. 그런데 황희 정승은 정말로 청렴했을까?세종실록에 보면 주는 뇌물은 거절하지 않고 받아 챙겼다. 실록에 거론된 것만도 여러 차례니 남모르는 것까지 하면 엄청날 것이다. 그러나 아름다운 이야기도 전해지고 있으니 18년 동안 영의정을 지내면서도 이웃을 도와주며 자신은 끼니를 걱정하고, 비가 오면 천장에서빗물이 새는 집에서 살았다. 그리고 딸이 결혼을 하는데 돈이 없어서 세종이 직접 금일봉을 하사하였다. 그러니 황희 정승은 청백리가 되려고 노력해서 된 게 아니다. 주변 분위기가 그렇게 만들어준 케이스다. 세상에 아름다운 이름을 남긴 것은 철저하게 세종의 닦달이 가져다 준 상급이라고 하겠다.

그런데 비리에도 불구하고 세종은 황희 정승을 버리지 않았다. 왜 그랬을까. 황희 정승은 정치를 잘했다. 세종에겐 황희 정승만이 가지고 있는 탁월한 식견이 필요했다. 거칠 것도 주저할 것도 없는 위치에서도 황희 정승은 사람을 제대로 쓸 줄 아는 안목 있는 재상이었다. 황희 정승이 명재상으로 후대에 이름을 남긴 것이 세종의 공이라면 세종이 성군이 되는 데 가장 큰 공헌을 한 사람은 황희 정승이었다. 윗사람은 아랫사람의 신변을 책임지고, 아랫사람은 일로써 보답을 한 사례라고 하겠다. 그래서 인재는 태어나는 것이 아니라 만들어진다는 말이 설득력이 있는가 보다.

(한맥문학, 2012. 9.)

구룡령 옛길

　양양읍내에서 56번 국도를 타고 구룡령으로 가는 길은 볼거리가 즐비하게 널려 있다. 송천 떡마을을 지나면 양양에너지월드, 국립미천골자연휴양림, 갈천약수가 오가는 길손을 반긴다. 그 길 막바지에 자리잡은 고갯마루가 구룡령이다.

　양양군 서면 갈천리 산1번지 구룡령 옛길은 양양과 홍천을 넘나들던 길로 진부령, 미시령, 한계령보다 걷기 좋고 편리하여 양양과 고성에서 한양을 갈 때 주로 이 길을 거쳐 갔다. 뿐만 아니라 영동과 영서를 잇는 중요한 교역로였기에 등짐장수들이 5일장을 찾아 홍천의 농산물과 양양의 해산물을 팔고, 사고, 교환도 하며 살아가는 이야기도 주고받았으리라. 그래서 장사꾼들이 많이 다닌 그 옛날엔 바꾸미 길이라고도 했다. 그리고 양양, 고성 지방 선비들이 과거를 보러 한양으로 갈 때 간절했던 급제의 염원이 살아 숨 쉬는 길이기도 하다. 이런 역사적 족적을 인정하여 문화재청이 2007년 12월 17일 명승 제 29호로 지정하였다. 그래서 구룡령 옛길은 문경 새재, 토끼비리, 죽령 옛길과 더불어 우리나라 4대 명승길로 등재되어 있다.

갈천산촌체험학교(옛 갈천분교) 옆에 구룡령 옛길 시작을 알리는 이정표가 기다리고 있다. 이정표에서 옛길 정상까지는 오르막 길 2.75km이고, 옛길 정상에서 홍천 내면 명개리까지는 내리막길 3.5km이다. 우리 일행은 오르막 길 2.75km를 왕복하기로 하고 출발을 서두른다.

구절양장이라고나 할까. 구룡령 옛길은 마치 전설 속 아홉 마리의 용과 같이 신비의 원시림을 물 흐르듯 굽이쳐 흐른다. 혹시 걷다가 힘들기라도 할까 배려함인가, 반쟁 半程이 쉼터는 길손을 만나면 그 옛날의 이야기가 새록새록 기어 나온다. 험준한 옛길엔 타박타박 옮기는 발걸음에 서러운 삶의 이야기도 아름다움으로 승화되었으리라. 그러기에 구불구불 옛길에는 천년이 흘러도 민초들의 지난한 삶이 미담으로 전한다.

그런데 땀으로 범벅이 되어 지척도 분간하기 어려운 답답한 숲길을 걸으니 나그네의 생각은 쓸데없이 고약해지는가 보다. 신선이나 노닐 듯한 세상은 아랑곳 않고, 시야를 가릴 것도 없이 앞이 탁 트이는 겨울 산행이 눈요기를 하기에는 안성맞춤이라고 엉뚱한 푸념을 해 본다. 황야에서 낙원을 그리는 게 아니라 안복이 넘치니 괜한 트집이라고나 할까. 또 구룡은 무엇이란 말인가. 누구의 말처럼 그건 정말 전설 속에 용이 한 번에 아홉 마리의 새끼를 낳기 때문일까.

이름부터 정령이 나올 듯한 구룡령 설화는 사실처럼 그럴듯하여 실감을 더해 준다. '고려 중엽 갈천에 홀어머니를 모시는 노총각이 있었는데 산너머 홍천 땅 예쁜 처녀를 아내로 삼고 싶었다. 마침 집에 기르는 개가 총각 마음을 알고 어느 날 총각을 안내하여 처녀를 데리고 (아마도 보쌈일 게다) 오는데 홍천 총각들이 몽둥이를 들고 쫓아왔다. 그런데 갑자기 구름이 끼어 노총각은 홍천 총각들을 따돌리고 무사히 돌아와 처녀와 결혼하고 행복하게 살았다. 개가 안내하고, 구름이 끼었다고 해서 개구狗 자와 구름운雲 자를 조합하여 구운령狗雲嶺이라고 하다가 1874년 56번 국도가 개통되면서 구룡령이 되었다.' 그리고 '아홉 마리 용이 하늘로 오를 듯 굽이친다.' 하여 구룡령이라고도 하고, '고개를 넘던 아홉 마리의 용이 갈천리에서 쉬어갔다.'고 하여 구룡령이라고도 한단다. 설화가 민족의 전통 사상과 정서, 문화를 담고 있듯 구룡령 설화 역시 옛 사람들의 아름답고 순수한 삶을 잘 말해준다.

이 생각 저 생각 구룡령 입구에서 1킬로쯤 걸었을까. 크고 작은 몽돌이 아무렇게나 흩어진 돌무지가 지나는 길손의 눈길을 끈다. 묘반쟁이다. 조선시대 양양 수령과 홍천 수령이 각기 자기 관아에서 출발하여 만나는 곳을 경계로 삼기로 하고, 미리 약속한 시각에 출발하였다. 이때 양양 수령을 따르던 수행원이 수령을 업고 구룡령을 넘어 홍천 내면 명개리에서 홍천 수령을 만났으므로 그곳이 경계가 되어 지금까지 내려온다. 돌아오는 길에 그 수행원이 지쳐 죽으니 공덕을 기리어 묘를 쓴 곳이 묘반쟁이다.

다시 얼마쯤 걸으니 금강송 밀집 서식지 솔반쟁이다. 길섶엔 금강송 그루터기가 이끼를 뒤집어 쓴 채 길손을 맞는다. 1989년 경복궁을 복원할 때 쓰임받은 나무의 그루터기란다. 이와 같이 이곳의 자랑거리 금강소나무는 고궁 복원에 사용될 정도로 유명했다. 우리 민족은 소나무 밑에서 태어나서 소나무와 살다가 소나무 관에 잠든다. 그러나 지체 높은 사람이야 금강송 관에 잠들 일이지만 우리 같은 필부필부야 언감생심 생각이나 할 수 있었을까.

금강송을 저만치 두고 한참 더 올라가니 횟돌반쟁이다. 사람이 죽으면 매장을 할 때 나무뿌리가 관 속으로 뚫고 들어가지 못하도록 석회석을 부셔서 반죽을 하여 관을 덮었는데 그 석회석이 이곳 반쟁이에서 생산되었으므로 횟돌반쟁이다. 횟돌을 캐는 손길도, 그것을 부셔서 반죽을 만들어 죽은 자의 관을 덮는 손길도 슬픔의 눈물이었으리라. 그러나 살아서의 영예는 일장춘몽이 되고 한줌 흙으로 돌아가는데 나무뿌리에 포박되어 잠든다고 한들 그게 무슨 문제인가. 돌보는 이 없이 흩어진 횟돌 무덤이 세월의 무상함을 잘 말해준다. 구룡령 옛길은 이와 같이 화려한 이야기가 아니라 소박한 삶의 이야기를 간직하고 나그네를 사로잡는다.

가파른 고갯길을 몇 차례 가다 서다를 되풀이 하니 차츰 푸른 하늘이 열리고 나뭇잎에 부서지는 햇살이 눈부시다. 역시 좋아하는 산행보다 즐기는 산행이라는 걸 실감하는 순간이다. 마침내 해발 1,089m 구룡령 옛길 정상이다. 얼마나 오랫동안 와보고 싶던 곳인가. 내가 마음으로만 별러 온 오랜 세월 얼마나 많은 사람들이 오고 갔을까. 아마도 갈천 계곡을 흘러내리는 맑은 물만큼이나 심성이 곱고 해맑은 사람들이 오고 갔으리라. '오르지 못하거늘 내려감이 고이 할까'라고 한 옛 시인처럼 나야말로 이제 더 이상 오를 것 없이 내려가도 이상할 게 없으리라.

구룡령 옛길 숲속 오솔길은 경사가 심하지 않고 완만해 트레킹하기에도 좋다. 그리고 옛길 정상에서는 양양과 홍천으로 이어진 능선들이 펼쳐진 빼어난 풍경을 한눈으로 보며 즐길 수 있어 좋다. 그리고 구룡령 옛길 여행은 국립미천골자연휴양림에서 하룻밤 묵는 것이 제격이다. 휴양림에는 숲속의 집, 야영 데크 등이 마련돼 있어 호젓한 밤을 즐길 수 있다. 그래도 아직 욕심이 남았다면 돌아가는 길에 한가로운 옛길이 주는 정겨움과 운치를 마음껏 누릴 일이다. 나야말로 내리막길은 마음의 눈을 뜨고 아름다움을 찾아서 아주 천천히 놀며 쉬며 걸어보리라.

(문예비전, 2012. 9~10. 산림문학, 2012, 가을 겨울)

복수초福壽草

마지막 잔설이 봄을 시샘하는 매서운 겨울 끝자락. 남도여행을 마치고 돌아오는 길에 평소 가보고 싶던 대구 팔공산을 찾았다. 팔공산을 오르는 길에 노오란 꽃보라를 흩뿌린 꽁꽁 언 얼음밭을 보며 웬 민들레가 저리도 지천으로 많이 피었을까 놀랐다. 그도 그럴 것이 어릴 적 내 고향엔 민들레꽃이 논두렁 밭두렁을 따라 봄을 몰고 왔다. 어릴 적부터 눈에 익숙한 건 민들레 뿐이고 보면 노오란 꽃은 민들레로 보일 수밖에. 그래서 나의 무지는 금새 탄로나고 말았다. 알고 보니 그건 민들레가 아니라 우리나라에서 몇 안 되는 복수초 군락지란다. 복수초 노오란 꽃이 노오란 민들레와 어쩌면 그렇게 똑같을 수가 있을까.

그 옛날 볕 좋은 날이면 살짝 건드리기만 해도 하늘 높은 줄 모르고 날아오르는 민들레 홀씨를 날리며 시골 소년은 마냥 즐거웠다. 소년은 꿈속에서도 민들레 홀씨를 쫓아 논두렁, 밭두렁을 달렸다. 민들레 홀씨는 바람에 몸을 맡긴 채, 떨어진 곳이 어디든 아랑곳하지 않고 새봄이면 싹을 틔웠다.

그러나 흔한 것은 그저 그런 것으로도 통하는가. 봄꽃이 어찌 민들레뿐이겠는가? 민들레보다 성급하게 얼어붙은 눈 속에서 봄을 알리는 꽃이 복수초다. 어쩌면 수줍어서일까. 매화처럼 화사하지도 않고 차디찬 눈 속에서 외롭게 피어나는 꽃이기에 애련미愛憐美가 유별나다. 봄이 오기 전 춘설을 밀어내고 얼음 속에서 핀다고 하여 설련화 그리고 새해 원단에 핀다고 원일초 또는 어름새꽃이라고도 부른다. 봄꽃이 아니라 차라리 겨울꽃이라고 함이 좋을 듯하다.

복수초는 숲속에서 자라는 다년생 풀이다. 안타깝게도 개체수가 줄어 멸종 위기종으로 분류된다. 여름철 고온이 되면 줄기와 잎이 말라죽으므로 땅 위엔 흔적도 없다. 그렇지만 병든 소에서 얻은 우황을 만병통치약으로 쓰듯이, 빙설 속에서 참고 견딘 복수초 뿌리는 한방에선 진통제와 이뇨제로도 쓰인다.

어디 그뿐일까. 가난했던 지난날 겨울 김치가 떨어지고 먹을 반찬거리가 없을 때면 민들레 장아찌(고들빼기, 씀바귀, 민들레를 섞어 담근 것)가 유일한 반찬이었다. 밥 한 숟갈 떠서 소금에 절인 짭짜름하고 쌉싸름한 장아찌 한 점 놓아 먹는 맛은 그야말로 꿀맛이었다. 어머니는 언제나 쓴 것을 먹어야 입맛이 살아난다고 하셨다. 그래서일까 거짓말 같이 밥투정 한 번 하지 않고 언제나 게 눈 감추듯 밥 한 그릇 뚝딱 쉽게 해치웠다.

복수초 사랑이 어디 우리만의 일일까. 일본 북해도 아이누족은 복수초를 크론이라고 하고, 꽃말은 영원한 행복이다. 식물학에서는 그리스 신화에 나오는 아도니스가 산짐승 이빨에 물려 죽으며 흘린 피를 머금고 피어난 꽃이라고 하여 아도니스라고 하고 꽃말은 슬픈 추억이다. 그리고 티베트의 산악지방에서는 노드바라고 한다. 그리고 복수초는 안타깝고 애절한 설화도 있다.

 '옛날 하늘 나라에 크노멘 공주라는 아름다운 여신이 살고 있었다. 공주가 드레스를 나부끼며 걸어가면 태양은 황홀하게 빛나고, 바람은 멈추었다. 구슬비는 공주의 검은 머리를 쓰다듬고, 달은 무서운 밤을 지켜주었다. 그런데 공주에게는 사랑하는 남자가 있었다. 이 사실을 모르는 하느님은 공주가 나이 들자 꽃 신, 냇물 신, 원숭이 신, 새 신, 물고기 신, 산 신 등 젊은 남신男神들을 저울질하며 고민했다. 마침내 하느님은 두더지 신을 선택했다. 두더지 신은 젊은 신들 중에서 가장 못생겼지만 하느님은 마음이 아름다운 두더지 신을 찾아가 부탁했다.

 "우리 크노멘 공주를 아내로 맞아 주게나."
 "목숨을 걸고 공주를 소중하게 지키겠습니다."

 하느님과 두더지는 서로 약속의 징표로 칼을 교환하고, 결혼을 맹세했다. 두더지에게 시집보낸다는 이야기를 듣고, 공주는 못생긴 두더지와 결혼할 수 없다며 궁전을 뛰쳐나갔다. 그러나 공주가 싫어하는 것도 모르고 두더지는 정성을 다하여 선물을 보내며 기다렸다. 약속 기한이 되어 억지로라도 공주를 두더지에게 보내야겠다고 하느님이 말하자 공주는 추운 겨울밤 또 집을 나갔다. 그래서 공주는 추위를 피하게 해달라고 곰에게 부탁하고, 소나무에게 부탁하고, 북풍에게 부탁했지만 아무도 들어주지 않았다. 추위에 발을 동동 구르는 공주의 귀에 하느님의 음성이 들려왔다.

"제멋대로 하는 너를 더 이상 내 딸이라고 여기지 않겠다. 벌을 받아라."

말이 끝나자 눈 속에 있던 공주는 온데간데없고, 그 자리에 노랗고 조그만 꽃이 피었다. 눈 속에 피어난 이 꽃을 복수초라고 하고, 지금도 복수초는 눈 속에서 핀다. 그 후 두더지는 공주를 그리며 복수초에 내리는 눈을 쓸어 준다. 그래서 지금도 복수초 주위에 눈은 녹아 내리고, 두더지의 발자국이 남아 있다.'

꽃은 생명의 원천이다. 어쩌다 만난 한 떨기의 야생화도 나름대로 이름이 있고 꽃말이 있다. 어름새꽃 복수초는 이파리마다 감동을 부풀리고 전설 속의 세월을 피고 지며 호사가들을 유혹한다. 뿐만 아니라 잎을 다 떨어뜨린 채 안으로 안으로만 채찍질하여 아픈 만큼이나 성숙한 뿌리는 인간의 아픔을 달래주는 진통제로 거듭나는 눈물겹도록 고마운 꽃이다. 사계절 지천으로 피는 꽃 중에서도 이루지 못한 사랑의 아픔을 홀로 간직한 작은 거인 복수초는 가슴 아픈 연민의 정으로 내게 다가온다.

(산림문학, 2013. 봄)

하이델베르크의 추억

하이델베르크Heidelberg를 한 번 다녀온 사람들이 오래도록 그곳을 잊지 못하는 것은 하이델베르크대학에 대한 감명 깊은 추억 때문이 아닐까 싶다. 하이델베르크대학은 1386년 루페르트 1세가 설립한 대학으로 독일에서 가장 역사가 오랜 대학이다. 뿐만 아니라 17세기 초 독일 종교개혁의 보루였고, 노벨상 수상자를 무려 7명이나 배출한 대학으로 잘 알려져 있다. 그렇지만 명성을 따라다니는 위풍같은 건 어디에서도 찾아볼 수 없다. 울타리도 없이 웅장하지도 않은 대학 건물들은 가정집과 상가 골목길 사이에 땅 생긴 대로 자리잡은 품이 보는 이를 압도하기보다는 어쩌면 친근한 이웃집 같은 편안한 느낌이 든다. 대학 건물이 흩어져 있는 도시 전체가 젊음이 넘치는 대학 캠퍼스라고나 할까.

하이델베르크대학이 세계적인 대학으로 우뚝 설 수 있는 것은 그거 말고도 이유가 있다. 대학도서관은 장서 350만 권, 150여 명의 사서가 최상의 서비스를 하고, 학생들만 아니라 일반 시민들도 도서관을 이용할 수 있다. 그리고 140여 명의 시인이 쓴, 약 6천여 편의 시가 수록된 〈마네세〉는 이 도서관의 보물 중 보물이다.

하이델베르크 여행 중 나를 놀라게 한 것 중 또 하나가 프리드리히 성 지하 와인창고에 있는 세상에서 가장 큰 와인통 파스바우다. 1751년에 만든 파스바우는 통 만드는 데 참나무 130그루가 들었고, 용적량은 무려 18만 5천 5백 리터나 된다. 하이델베르크는 전쟁을 많이 겪은 곳으로 전쟁 중 마음 놓고 물을 먹을 수 없으므로 와인을 음료수로 사용하다 보니 파스바우 같은 거대한 와인통이 필요했으리라. 그리고 파스바우 앞 조각상은 페르게오로라는 난장이로 하루에 와인을 18병씩 마시고 언제나 취한 상태로 80세까지 살았다. 하는 일이라고는 와인 창고에서 유사시 비상벨을 울리는 것이 그가 하는 일의 전부였다. 아이러니하게도 그는 건강을 위해 술을 끊으라는 의사의 지시가 떨어지자 다음날 세상을 떠났다고 한다.

그리고 내 기억에 남아 있는 것은 하이델베르크대학 바로 코앞에 영화 〈황태자의 첫사랑〉의 무대가 된 맥주집, 무너진 성곽과 성곽에서 바라본 아름다운 시가지, 네카강을 가로지르는 카를 데오토르 다리, 그리고 철학자의 길, 30대 마리안네를 만나 사랑에 빠진 괴테처럼 어쩌면 나도 사랑이 이루어질지도 모르는 엘리자베스문 이런 것들이 지금껏 나를 즐겁게 하는 추억거리다.

또 잊을 수 없는 것은 뭐니뭐니 해도 학생감옥의 벽을 가득 채운 낙서들이다. 낙서로 도배塗褙를 한 벽을 보노라면 통제 속에서도 자유분방한 학생들과 함께하는 즐거움이 있어서 좋다. 하이델베르크대학 학생들은 감옥을 '그랜드 호텔', '로얄 궁', '솔리 튜테성', '숑스시성', 화장실을 '왕의 안락의자' 등으로 불렀다. 시위라도 하듯 표현의 자유를 만끽한 학생들 속으로 빠져들다 보면 눈을 의심할 정도로 반갑고 놀라운 것을 발견하게 된다. 학생감옥 복도 창문에 영어, 독어, 한국어로 된 경고문이 바로 그것이다.

"Plese do not Write on the Wall.
Bitte nicht auf die wande schreiben.
감시카메라가 지켜보고 있습니다. 낙서를 하면 처벌됩니다."

그리고 경고문 바로 밑에
"한국 축구 짱/ 4강 진출/ 히딩크 사랑해/ 2002. 6. 29."

가 또렷하게 다가온다. 얼마나 깜찍하고 반가운 한국어 안내문인가. 지난 세월 아는 사람보다 모르는 사람이 더 많았던 동방의 조그만 나라, 우리들만 대한민국이라고 외쳤던 그 시절을 생각하면 자꾸만 작아지는 우리나라. 그러나 지금 완전히 바뀐 국가 위상. 한국에 대한 신뢰가 가슴 뿌듯한 놀라움으로 다가오지 않는가.

그런데 지구촌 어디를 가나 관광객들은 심심찮게 낙서를 하는가 보다. 그중에도 한국인들이 낙서를 많이 한다고 소문이 나 있다. 한국어 낙서가 얼마나 많았으면 학생감옥 관리자가 한국 유학생에게 '낙서금지'를 한국어로 써 달라고 부탁까지 했을까. 어른의 소행은 아닐 테고 아이돌들의 장난끼에 혀를 내둘렀으리라. 그러나 낙서를 무조건 매도할 일만은 아닌 것 같다.

요지후리 분페이는 그의 저서 〈낙서 마스터〉에서 가장 큰 세계를 그리기 위한 가장 작은 그림이 낙서라고 하였다. 그리고 곡선이건 직선이건 선 하나에도 표정이 있고, 사실적인 풍경을 단순하게 그리는 가운데 저마다의 독특한 캐릭터를 만들어 살아있는 생명체로 탄생시키는 예술이 낙서라고 했다. 그리고 그는 낙서로 상상력을 일깨우라고 충고했다.

즐거움을 주는 낙서는 환영받아 마땅하다. 낙서란 스쳐가는 영감을 담는 예술로 타고난 해학성의 발로이며 번뜩이는 창의성의 표현이라고 할 수 있다. 한편 생각하면 못 말릴 한국의 아이돌이 오늘 IT 선진 한국을 이끌어가는 준재들이 아닌가. 생각할수록 자랑스러운 아이돌들이다. 그리고 우리나라 같으면 벽을 빼곡하게 채운 낙서를 페인트로라도 지울 법한데 문화재라도 되는 양, 점 하나 건드리지 않고 원형대로 보존한 이유를 이제야 알듯도 하다. 지구촌 사람들이 학생감옥의 낙서를 보고 얼마나 즐거워하는가. 톡톡 튀는 기지로 빛나는 낙서를 예찬해야 하는 이유다.

내가 다녀온 때가 여름내 꾸물대던 하늘이 가을 바람을 타고 저만치 멀리 달아나 있는 이맘 때쯤이었을 게다. 그런데 보고 들은 것이 놀라움의 연속이었기 때문일까, 10년이 다 된 지금도 하이델베르크 이름만 들어도 기분이 좋아지고 신바람이 난다. 어쩌면 고향 같은 곳, 하이델베르크에 가면 잃어버린 짝사랑도 찾고, 그야말로 좋은 인연도 나타날 것만 같은 환상으로 나의 그리움은 하이델베르크를 기웃거린다.

(한국수필, 2012. 11.)

나는 꿈속에도 고향에 간다

나는 꿈속에서도 고향에 간다. 강릉시 유천동 478번지, 느릅내 우리집엔 나의 젊은 시절이 있고, 나의 소중한 아이들의 미래가 있어서다. 비록 넉넉하지는 못했어도 추하게 손 벌리고 아쉬운 소리 한 적 없으니 아무에게도 험한 소리 들을 일은 없다. 그래서 항상 바른 마음으로 올곧게 살라시던 부모님의 뜻을 기리어 우리집을 정심원正心苑이라고 명명하고 싶다. 정심正心은 바른 마음으로 올곧게 살자 함이요, 담장 없이 사통팔달 소통하는 공간 원苑(담장으로 에워싼 정원을 원園)을 생각하는 것은 더불어 살아가는 아름다운 삶을 소망하기 때문이다. 가능하면 훗날에도 담장 없이 원苑으로 남겨 두었으면 한다. 오랜 세월이 흐른 뒤 우리 손자의 손자가 큰 사람이 되었을 때에도 주변은 그대로 두고, 옛날 부모님이 하신 대로 크지도 작지도 않은 아담한 집을 지금처럼 건좌乾坐(북서쪽을 등진 자리)로 앉히고 자연풍광을 살렸으면 좋지 않을까 싶어서다.

며칠 전 고향을 찾았다. 아직껏 태풍 루사 트라우마에서 벗어나지 못한 고향은 덴빈과 볼라벤으로 또 놀란 가슴을 쓸어내려야 했다. 2002년 8월 31일 루사가 휩쓸고 간 내 고향 강릉은 1일 강수량 870.5mm의 기록적인 폭우로 사망 46명, 실종 5명, 부상 17명 등 68명의 인명피해와 5조 원이 넘는 재산피해가 났다. 상처가 깊은 만큼 도움의 손길이 고마웠던 것일까. 지금도 강릉에서는 '리멤버 루사 2002'라는 보은행사가 열린다.

루사 때 애지중지 키워온 우리집 백일홍을 잃었다. 어느 시인이 "나는 생각한다. 나무처럼 사랑스러운 시는 / 결코 볼 수 없으리라."고 노래했다. 산사태로 흔적도 없이 휩쓸려간 쉰살 중년 우리집 백일홍은 나에게 있어 차라리 한 편의 아름다운 시, 그 이상이었다고나 할까. 그리고 혹자는 "화무십일홍花無十日紅"이라고 하지만 우리집 백일홍은 석 달 열흘, 아니 내 가슴속에 영원히 시들지 않고 피어 있으리라.

집을 떠나 하숙생활을 할 때 하숙집 마당가에 자귀나무mimosa tree가 분홍 솜사탕같이 탐스런 꽃을 피우면 달력을 보지 않아도 방학이 가까움을 알 수 있었다. 이렇게 여름방학은 7월 어느 날 자귀나무 꽃그늘에서 찾아왔다. 우리 3형제가 교장으로 정년퇴임을 할 때까지 방학의 부푼 기대는 남달랐다. 방학이 되어 온 가족이 모일 때면 기다렸다는 듯 마당가에 흐드러진 백일홍 그늘에서 어머님이 챙겨주시는 별식을 먹으며 즐거운 시간을 보냈다. 백일홍 그늘은 지친 영혼을 충전하는 우리들의 도량道場이었다고나 할까. 그리고 팔월이 끝날 무렵이면 백일홍 꽃비처럼 여름방학은 지나갔다.

백일홍은 부처꽃과에 속하는 낙엽교목으로 키는 5m 정도 자라며,

중국에서는 껍질이 붉은 빛을 띠기 때문에 자미紫薇, 또 사람이 가지를 만지면 간지럼을 타는 나무라고 하여 파양수怕痒樹라고도 하고, 일본에서는 Saru Suberi라고 한다. 또 원숭이도 오르기 어려울 정도로 줄기가 매끄러운 나무이므로 원숭이가 떨어지는 나무라고 부르기도 한다. 우리나라에서는 백일홍, 목백일홍 등으로 불렸으나 한해살이 초본 국화과 백일홍과 구분하기 위하여 배롱나무라고 부르게 되었다.

지난날 남정네들이 거처하는 사랑마당 같은 열린 공간에 백일홍을 심은 것은 백일홍 나무가 껍질을 벗어 버리듯 욕심을 벗어던지고 청백리가 되라는 깊은 뜻이 있었다고 하는데 아이러니하게도 껍질이 없는 나무가 여인의 벗은 속살을 보는 것 같아 상서롭지 못할뿐더러 짙붉은 꽃이 정욕情慾을 자극한다고 하여 규수가 머무는 뒷마당(안마당)에는 심지 않았다.

백일홍 중 우리나라에서 가장 오래된 천연기념물 제168호 8백 살 부산시 양정동 백일홍을 비롯하여 강릉 오죽헌 6백 살된 백일홍, 담양 명옥헌 백일홍 등이 살아 있는 백일홍의 지존至尊들이다. 백일홍이 있는 곳이면 언제 어디를 찾아가도 그럴듯한 옛날 이야기가 기다리고 있다.

먼 옛날 한 어촌 마을에서 가까운 섬에 머리가 세 개 달린 이무기가 살고 있었는데 마을에서는 재앙을 면하기 위해 해마다 처녀를 제물로 바쳤다. 어느 해 제물로 선발된 처녀가 눈물로 제삿날을 기다리는 중에 의협심이 강한 장사가 나타났다. 장사는 처녀의 옷으로 갈아입고 제단에서 기다리다가 이무기가 나타나자 이무기의 목 두 개를 베었고 이무기는 도망쳤다. 화를 면한 처녀는 감격하여 그의 아내가 되겠다고 했지만, 장사는 우선 이무기의 나머지 목을 베겠다고 다짐했다. 그리고 "섬에서 돌아올 때 이무기의 목을 베면 흰 깃발을 달고, 못 베면 붉은 깃발을 달고 돌아오겠다"고 말하고 섬으로 떠났다. 처녀가 장사를 위해 기도하는 사이 어느덧 백일이 되고, 장사가 섬에서 돌아오는 날이었다. 처녀는 장사가 이무기 목을 벨 때 이무기 피로 물든 깃발을 몰라보고 장사가 죽은 줄 알고 슬픔에 그 자리에서 자결하고 말았다. 그 후 처녀가 죽은 자리에 나무가 자라서 꽃이 피었는데 붉은 꽃이 백일 동안 피어 있었다. 그래서 백일홍百日紅이라고 하였다.

백일홍은 '떠나간 임을 그리워한다'는 꽃말처럼 지금도 짙붉은 아픔을 토해내고 있다. 그러나 삼복지경 뜨거운 태양 아래에서도 열정을 굽히지 않았던 탐스런 꽃도 이제는 홀홀히 떠날 시간이 다가와서인가 맥없이 떨어져서 딩구는 꽃잎을 보니 마음이 짠하다. 아침저녁으로 가을바람이 제법 쌀쌀하다. 하늘은 어느새 저만큼 높이 달아나 있다.

(교육여행, 2012. 강릉가는 길, 2013. 제4집)

탄천 억새 소리

서울에서는 잠실 한강 둔치를 자주 찾았는데 이곳 분당에 온 후로는 탄천을 자주 찾는다. 탄천에서는 서울에서 보고, 느끼지 못했던 것들을 자주 만난다. 새로운 만남 때문일까. 흩날리는 꽃보라 속을 거닐 때나, 풀벌레 소리를 음미하며 거닐 때나, 불곡산 단풍을 탐닉하며 거닐 때나, 눈밭을 거닐 때나, 나는 언제나 탄천을 온몸으로 사랑한다. 탄천은 행복을 가까이 두고, 행복을 찾아 헤매는 사람들을 행복의 나라로 초대한다. 그중에도 외로움에 흔들리는 억새가 칼바람을 가르는 소리는 타성에 젖어 무디어진 나의 의욕을 자극하여 좋다.

외로움에 흔들리는 것이 어디 억새뿐이겠는가. 이 세상은 모두 외롭다. 혼자 있는 사람도, 잘 나가는 사람도, 잘 사는 사람도, 누구랄 것 없이 외롭다. 동병상련이랄까. 억새의 외로움을 나는 잘 안다. 나도 찾는 이 없이 지리한 밤을 외로움에 눈물 흘리기 때문이다. 그리고 억새가 흔들리는 까닭도 잘 안다. 나도 가끔은 홀로 밤을 지새며 잠 못 이루고 뒤척이기 때문이다. 우리 사람이란 잔정을 털어버리지 못하여 미련에 흔들리고, 쓸데없이 알량한 이해타산에 흔들리고, 때로는 지난 일에 대한 후회의 정에 흔들린다고나 할까.

그래도 나는 외로움을 사랑한다. 외로움 때문에 더 열심히 살고, 외로움 때문에 뜨거운 사랑을 하고, 외로움 때문에 남의 일에 눈물도 흘리고, 다른 사람의 따뜻한 말 한 마디에 위안을 느낀다. 아플 정도로 외로운 만큼 영혼은 성숙한다고 믿기 때문에 나는 외로움을 사랑한다.

이 세상 그 무엇이든 살아있는 것은 존재이유가 있기 마련인가 보다. 사랑이란 것도 살아있음에 감사하는 마음에서 시작한다고나 할까. 그런데 이 눈치 저 눈치 보지 않고 마음 내키는 대로만 살아가는 것이 인생이라면 아픔도 외로움도 없으리라. 그러나 내 뜻과는 상관없이 억새가 흔들리듯이 조금씩 흔들리며 가는 것이 인생이 아닐까. 해만 뜨면 사라지는 아침이슬이나 다름없는 인생인 것을 마치 영원을 누릴 것처럼 내 것, 내 것 하며 얼마나 안달복달하는가. 그렇지만 습관처럼 뉘우치고 다시 제자리로 돌아와 자신을 추스르는 것을 생각하면 그나마도 다행스럽다. 이 나이가 되도록 별로 자랑할 것은 없지만 그래도 누구보다 착하게 열심히 살았다고 자부하며 그것에 대한 보상으로 지금의 나를 허락하였으리라 믿어 마음으로 감사한다.

그리고 보니 오늘이 절집 스님들이 동안거에 들어가는 음력 시월 보름이다. 인도에서는 수행하기 어려운 여름 3개월간 한곳에 머물면서 수행에 힘쓰는 하안거(음력 4월 보름 ~ 7월 보름)가 있었는데 불교가 중국으로 들어오면서 기후관계로 동안거를 하게 되었다. 참선에 들고, 독경도 하며 정진하기를 석 달이면 동안거는 끝나고, 만행(여행을 통하여 보고, 깨닫는 것)을 떠난다. 한곳에 오래 머물면 정이 들고, 정이 깊으면 미련을 남기고, 미련은 수행자를 욕정의 늪에 빠지게 한 다고 믿으므로 석 달 이상 한 곳에 머물지 않는다. 쓸데없는 기우인 것 같지만 지금도 여전히 지켜진다. 그런데 동안거는 불교도만이 아 니라 지구촌 사람들이 하나같이 관심을 가지는가 보다. 방법은 다른 지 모르지만 마이크로소프트 빌게이츠도 동안거를 한다. 이와 같이 동안거는 종교 종파를 넘어 자신을 살펴보는 자아성찰의 힐링캠프로 진화하고 있다.

그런데 정작 중요한 건 잊고 살아 온 게 우리 모두의 지난날이었 다. 안거까지는 아니더라도 넉넉지 못한 지난날 내 것 챙기는 데 눈 이 어두워 베푸는 것은 잊고 살아온 것은 아닌지 돌아볼 일이다. 서 로 베풀고, 도우며 더불어 살아가는 아름다운 삶이야말로 동서고금 을 초월하여 길이 빛난다. 실천이 어려울 뿐이지 누구나 가끔은 구속 된 현실에서 일탈하여 반짝 빛나는 삶을 꿈꾸는 건 사실이다. 한 번 뿐인 삶 스스로 섬기며 지나친 욕심에 악착하지 말고 허공을 누비는 새들처럼 마음을 비우고 자유롭게 살아갈 수는 없을까.

김순이는 억새의 노래 〈너는 기도할 때〉에서

"너는 기도할 때 눈을 감지만 / 나는 기도할 때 몸을 흔든다 / 너는 기도할 때 눈을 감지만 / 나는 기도할 때 몸을 흔든다. // 빛이 그림 자를 안고 있듯이 / 밤이 새벽을 열어 주듯이 / 그렇게 나도 / 그렇게 나도 / 눈부신 것 하나쯤 / 눈부신 것 하나쯤 / 지니고 싶어 / 지니고 싶어 / 바람에 흔들리며 / 바람에 흔들리며 / 기도한다 온몸으로 / 기도한다 온몸으로"라고 노래했다.

나도 억새처럼 바람에 흔들리며 외로움에 병든 허물 벗겨 주시옵고, 지금껏 버리지 못한 욕심 씻어주시옵기를 온몸으로 간절히 기도하리라.

바람이 차다. 그러나 억새에 착 달라붙어 흔들어 대는 칼바람도 찾아드는 봄기운을 가로막지는 못하리라. 저 통한의 억새 소리도 이 겨울이 지나면 봄을 몰고 오겠지.

(참여문학, 2013. 2.)

사랑과 신뢰

교수신문은 해마다 일 년 동안의 우리 사회상을 가장 잘 반영한 사자성어를 선정 발표하고 있다. 2010년은 장두노미藏頭露尾, 2011년은 엄이도종掩耳盜鍾이었다. 2012년은 교수 626명을 대상으로 설문조사를 한 결과 176명이 거세개탁擧世皆濁을 선택했다. 올 한 해가 그만큼 어렵고 힘들었다는 말도 되리라.

'거세개탁'은 굴원의 〈어부사〉에 나오는 말이다. 중국 전국 시대 초楚나라 굴원은 '제'나라 편 친제파親齊派와 '진'나라 편 친진파親秦派의 패권다툼이 치열한 와중에 진秦나라와 연합을 반대하고, 제齊나라와 동맹을 주장했다. 그러다 보니 친진파의 모함으로, 유배되고 풀려나기를 거듭하다가 결국 벼슬길에서 쫓겨나 강남으로 추방된다. 야인이 된 굴원은 장강長江(양쯔강)을 배회하며 그 유명한 〈이소離騷〉와 〈어부사漁夫辭〉를 남긴다.

〈어부사〉에 보면 굴원이 이미 벼슬길에서 추방되어 강물에서 놀기도 하고, 강둑을 거닐며 시를 읊조리기도 하는데, 얼굴빛이 창백하고, 몸은 야위었다. 하루는 어부가 굴원을 보고 묻기를, 당신은 초나라의 삼려대부가 아니시오? 어찌하여 이 지경에 이르렀소? 하니 "굴원이 말하기를 세상 사람들이 모두 썩었으나, 나만 홀로 깨끗하고, 세상 사람들이 모두 취했으나, 나만 홀로 깨어 있다가 이렇게 추방되었소.**"라고 했다. 〈어부사〉는 유배생활 중에 굴원이 갖는 이상과 현실의 갈등을 잘 말해주고 있다.

'거세개탁은 지위의 높고 낮음에 관계없이 모든 사람이 올바르지 못하다는 말도 되리라. 그런데 우리 사회현실을 감안할 때 거세개탁을 선정한 것은 시의적절한 일이라고 이해는 한다. 하지만 '아독청我獨淸'에 이르면 독야청청 나만 깨끗하다고 강변하는 굴원의 오만과 독선이 스멀스멀 기어나와 뒷맛이 개운치 않다. 아름다운 문장으로 회자되는 〈어부사〉에 옥의 티라고나 할까. 진작에 '오역불면吾亦不免(나 또한 책임을 면할 수 없다.)'이라고 했더라면 박수갈채를 따따블로 받았을 터인데 말이다. 이것이 굴원의 한계가 아닌가 싶다. 일상생활도 '오역불면'의 자세로 임한다면 최소한 염치없다는 조롱도 피하고, 부끄러움도 없을 거라는 생각이 든다.

그리고 거세개탁에 이어 교수들이 많이 꼽은 사자성어 중에 눈길을 끄는 것은 '무신불립無信不立'이다. 공자는 첫째, 식량을 넉넉하게 하고, 둘째, 군대를 충원하고, 셋째, 백성의 신뢰를 얻는 것**을 정치의 3요소라고 하였다. 그중 '백성의 신뢰를 얻지 못하면 국가는 존립

---

* 屈原曰, 擧世皆濁이나, 我獨淸하고, 衆人皆醉나 我獨醒하여 是以見放이라.-〈漁夫辭〉
** 足食 足兵 民信之矣, 民無信不立. -〈論語〉

자체가 불가능하다.'고 하여 백성의 신뢰를 가장 중요시했다. 정치에서 가장 중요한 것이 백성의 신뢰라는 것은 왕도정치를 주창한 공자 정치사상의 근본이라고 할 수 있다.

신뢰는 어디서 오는 걸까. 신뢰는 내가 베푼 만큼 메아리되어 돌아온다. 그리고 사랑과 신뢰는 둘이 아니고 하나다. 신뢰 없이는 사랑을 주고받을 수 없고, 사랑 없이는 신뢰가 오갈 수 없다. 사랑은 신뢰를 두텁게 하고, 신뢰는 사랑을 깊게 한다. 뿐만 아니라 신뢰는 사람을 바꾸고 사회를 바꾼다. 칭기스칸을 보라. 몽골 사람들에게 칭기스칸은 지난날의 영웅이 아니라 살아 있는 영웅이다. 칭기스칸은 몽골을 무력으로 통일하지 않았다. 변함없는 신뢰로 사람들의 마음을 사로잡았고, 흩어진 몽골 사람들을 하나로 뭉치게 했다. 그러므로 지금도 '칭기스칸'이라는 상표는 최고의 상품에만 허용되고, 울란바토르 최고의 호텔도 칭기스칸호텔이며, 최고의 보드카도 칭기스칸보드카이다. 몽골의 변화는 사람의 마음을 움직이는 방법을 아는 칭기스칸의 신뢰와 사랑에서 시작되었다.

세상이 혼탁하다고 하지만, 다행히도 우리에게는 아름다운 세상을 만들려고 애쓰는 사람들이 있다. 화염 속으로 뛰어들어 인명구조를 하다가 숨진 소방관, 이름은 숨기고 거액을 박스 채 놓고 가는 숨은 자선가, 서럽고 배고픈 어르신들을 위해 땀 흘리는 최일도 밥퍼 목사 같은 분, 어디 그뿐인가. 행복전도사로서 종교 지도자들의 치유 잰걸음은 그간 혼탁했던 종교계의 흙탕물 속에서 아름다운 꽃향기로 피어난다. 그래서 우리나라는 지구촌 어느 나라보다도 살 만하다. 보기에 따라서는 개탁일지 몰라도 이 세상 사람 전부가 개탁이 아니라 신뢰로 하나 된다는 것을 알았으면 싶다. 어려운 듯하지만 세상은 여전히 따뜻하다. 그 중심에 나보다 못한 이들을 돕는 무명의 손길들이 있다. 우리 사회가 이만큼 발전한 것도 남을 배려하고 신뢰하는 그들의 따뜻한 희생적 사랑이 있었기에 가능했다.

'생각이 너그럽고 후덕한 사람은 봄바람과 같아서, 이를 만나면 만물이 살아나고, 생각이 각박하고 냉혹한 사람은 칼바람 몰아치는 엄동설한 같아서, 이를 만나면 만물이 죽어버린다.' 〈채근담〉에 나오는 말이다. 살 만한 세상을 만들기 위하여 사랑과 신뢰가 필요한 이유다.

(한맥문학, 2013. 3.)

망월사 가는 길

매서운 추위 때문에 겨울 산행을 접었다가 오랜만에 남한산성南漢 山城을 찾아 나섰다. 서울지하철 5호선 마천역은 산에 접근하기가 비 교적 수월할 뿐만 아니라 마천역에서 산성 서문을 향해 오르는 길은 가파른 오르막길로 힘은 들지만 걷는 재미가 쏠쏠하다. 그래서 나는 5호선 마천역에서 서문으로 가는 길을 즐겨 찾는다. 아직 얼어붙은 골짜기엔 빙판에 잔설이 쌓여 있어 발걸음이 조심스러운데 앞서 가 는 사람들은 무슨 할 얘기가 그리도 많은지 좀처럼 그칠 줄 모른다. 조금 떨어져 걸으며 귀동냥을 즐기다 보니 어느새 내게 익숙한 서문 이다. 오늘은 산성의 아홉 절집 중 가장 오래된 경기기념물 111호 망 월사를 찾아가기로 했다.

경기도 광주, 성남, 하남 3개 시에 걸쳐 있는 남한산성은 수난의 역사를 간직한 채 연 280만여 명이 방문하는 편안한 나들이 겸 등산 코스로 유명세를 타고 있다. 산성은 수어장대가 자리잡은 청량산을 중심으로 북쪽 연주봉, 동쪽 벌봉, 남쪽 한봉으로 이어지는 능선을 따라서 축조되었다. 그리고 동 좌익문, 서 우익문, 남 지화문, 북 전 승문 등 4대문과 암문(비밀통로) 16개소가 있다. 국내 어느 산성보다 도 출입구가 많은 것이 특징이라면 특징이다. 화강편마암이 솟아오 른 융기평원으로 넓은 분지를 이루고 있는 산성 마을은 가파른 성곽 이 둘러치고 있어 외부에서 공략하기 어려운 전략적 요충지이다. 산 성 안에는 수십 개의 연못과 샘이 있으며 산정 서쪽은 탄천으로, 동 쪽은 광안천으로 흘러 보낸다. 사시사철 식수공급이 충분하여 장기 간 외부와 차단되어도 견딜 수 있는 천혜의 요새다. 남한산성은 명산 에는 절집이 있고, 절집은 명당을 찾아들어 자리잡았다는 풍수의 말 그대로다. 어디 그뿐이랴. 산성은 물이 있고, 적을 피하여 숨을 은거 지가 있고, 그리고 유사시 적어도 3개월은 자급자족할 수 있어야 한 다는 말이 삼합을 갖춘 남한산성을 두고 한 말이 아닌가 싶다. 그러 나 이러한 천혜의 요새도 1636년 병자호란의 치욕을 극복하지 못한 채 불운의 역사를 운명으로 받아들여야만 했다.

　새로 수축한 행궁을 살피며 서문에서 성안 마을을 가로질러 눈요 기를 하다 보니 진출입차로 확장에 밀려난 동문이 초라하다. 동문을 나가기 직전 이정표가 시키는 대로 좌측 남향받이 아스팔트 길 2백여 미터를 올라가면 망월사다. 오르막길을 불도를 닦는 길이라고 여기 며 급경사에 가쁜 숨을 몰아쉬기를 5분여 되었을까. 우측으로 이웃집 같은 장경사로 가는 산모롱이 길을 저만치 두고 쌍둥이 돌기둥이 기 다리고 있다. 하나는 '대한불교조계종비구니수도원망월사大韓佛敎曹溪 宗比丘尼修道院 望月寺', 또 하나는 '삼일수심三日修心은 천재보千載寶요 백

년탐물百年貪物은 일조진一朝塵이로다', 삼일 닦은 마음은 천년의 보배이지만, 한평생 욕심낸 재물은 하루아침에 티끌이로다. '초발심 자경문'이다. 올라오기 힘들었던가 보다. '다 왔다'는 탄성에 망월사를 향해 고개를 돌리니 천야만야千耶萬耶 하늘 높이 플래카드를 걸어 놓은 듯, 매달린 현판에 '청량산망월사淸涼山望月寺', 단청도 올리지 않은 새로 지은 일주문이다. 기다렸다는 듯 내방객을 맞이하는 일주문을 들어서니 부처님의 세계다.

남한산성에는 원래 망월사와 옥정사 두 절집이 있었다. 그런데 지금은 개원사, 망월사, 국청사, 장경사 네 절집이 남아 있고, 천주사. 남단사, 동림사, 한흥사, 옥정사는 옛터에 주춧돌만 남아 있다. 이와 같이 산성에 절집이 많은 것은 조선 인조 때 남한산성을 지으면서 승군들의 숙식과 훈련을 담당할 절집을 추가로 짓다 보니 성안에 절집이 무려 아홉이나 되었다. 승군들은 비상시에 전투에 나아가 적을 토벌하는 한편, 군량미의 수송, 성곽 축조와 보수, 둔전의 개간, 무기 제작 같은 임무를 수행하였다. 실제로 병자호란 때에는 270여 명의 승군이 청나라 군대와 맞서 싸우기도 했다. 그리고 승군들은 본연의 종교적인 의식을 수행하는 것은 물론 서책 인쇄 같은 잡역에 동원되기도 하였다. 승군은 전국에서 차출된 승려 500여 명이 절집마다 50여 명씩 머물며 매년 2개월씩 군사훈련을 받고 산성을 지켰다.

망월사를 바라보며 좌측으로 스님들이 거처하는 요사채를 끼고 비탈길을 올라가니 극락보전이 앞을 가로막는다. 극락보전 앞뜰에 서니 신천지가 펼쳐진다. 어쩌면 서울에서 조망권이 제일 좋다는 도봉산 망월사 영산원과 빼닮은 꼴이다. 일출 광경이 황홀찬란하리라 생각이 든다. 그러나 해가 이미 중천에 있으니 일출을 보지 못함이 못내 아쉽다.

망월사는 망월암에서 유래를 찾을 수 있다. 이성계가 조선을 개국할 때 한양에 있는 장의사를 허물고 그곳의 불상, 금자화엄경, 금솥金鼎 등을 이곳으로 옮겨 놓았다. 그리고 대형 맷돌도 옮겨왔다. 그러나 불행하게도 옛 망월사는 일제시대에 불타버리고 옛날 중심 전각이 있던 자리에 법당을 지었다. 경내 곳곳에 남아 있는 축대를 보면 그 옛날 망월사의 규모를 대충이나마 짐작할 수 있다.

대웅보전 우측에 인도 인디라 간디 수상으로부터 직접 모셔온 진신사리를 봉안한 13층 사리탑이 있다. 층층이 날아갈 듯 아름다운 스카이라인은 감탄만으로는 표현이 부족하다. 고개를 돌리니 산과 절집이 절묘하게 어우러지고, 풍경 소리며, 바람 소리며, 나뭇잎 스치는 소리까지 어느 것 하나도 예사롭지 않다. 망월사야말로 비구니의 요람답다고나 할까. 절집이 깨끗하고 잘 정돈되어 있어 불도량이 과연 이런 곳인가 놀라울 뿐이다. 그리고 대웅보전을 좌측에 두고 돌계단을 오르니 장난끼가 발동한 산신령이 호랑이 등을 타고 내방객을 희롱한다. 무속신앙과 밀착되어 있는 한국불교의 현주소를 말해주는 것이 아닌가 싶다.

절집을 뒤로하고 자항문慈航門(새로 지은 일주문)을 나와 속세에 발을 내딛는 순간 조금 전에 본 자경문 한 구절이 나그네를 붙잡는다. '한평생 욕심낸 재물은 하루아침에 티끌이로다.' 과연 그렇구나. 빈손으로 왔다가 빈손으로 가는 것이 인생이고 보면, 풍진세상에 태어나 달랑 배냇저고리 한 벌 얻어 입고 살다가 겨우 수의 한 벌 걸치고 가는 것을. 내 재물도 연연할 것이 없거늘 하물며 남의 것까지 탐할 것이 무엇이란 말인가. 우리 인간이란 욕심을 버리지 못하고 진주를 품은 조개처럼 아프고 힘들게 살아가는 것은 아닐런지.

(한맥문학, 2013. 6.)

99%의 행복

다람쥐의 건망증은 단연 금메달 감이다. 다람쥐는 도토리를 하나 주워 먹으면 반드시 그 자리에 구덩이를 파고 겨울에 먹을 것을 묻어 둔다. 그리고 겨우내 잠만 자는 것이 아니라 사나흘에 한 번씩 깨어나 먹이를 먹으며 겨울을 난다. 그런데 막상 겨울이 되면 도토리를 어디에 묻었는지 까마득하게 잊어버린다. 다람쥐가 건망증 때문에 찾지 못한 도토리는 땅속에서 겨울을 나고, 봄이 되면 싹이 터서, 세월이 가면 자라서 울창한 숲을 이룬다. 사람도 다람쥐처럼 비록 나를 위한 작은 나눔이라고 하더라도 이웃에 도움이 된다면 얼마나 좋을까.

나눔하면 노블레스 오블리주Noblesse Oblige를 떠올린다. 14세기 영국과 프랑스의 백년전쟁에서 영국군이 프랑스 '칼레'를 점령한다. 점령군 영국왕 에드워드 3세는 칼레의 대표 6명을 처형하려고 한다. 이에 칼레시장, 상인, 법률가 등 6명이 자청하여 형장으로 나간다. 형장에 나온 에드워드 3세는 죽음을 자청한 칼레 시민정신에 감동하여 사형을 집행하지 못하고 풀어준다. 이것이 노블레스 오블리주의 상징이 되었다.

노블레스 오블리주란 프랑스어로 '귀족성은 의무를 갖는다.'는 뜻이다. 보통 부와 권력, 명성은 사회에 대한 책임이 따른다는 의미로 쓰인다. 그리고 노블레스 오블리주를 '닭의 벼슬'과 '달걀의 노른자'에 빗대어 말하기도 한다. 닭의 존재 이유가 벼슬 자랑에 있지 않고, 알을 낳는데 있음을 비유한 것이라고나 할까. 말을 바꾸면 부자의 존재 이유는 가진 것을 자랑하는 데 있지 않고 가진 것으로 사회에 이바지하는 데 있음을 새겨볼 일이다.

지난 반세기 동안 우리 사회는 급속한 산업화의 소용돌이 속에서 현대식 상류계층이 형성되었다. 하지만 한국의 상류계층은 오블리주 없는 노블레스, 사회적 책임과 의무를 망각한 계층이라는 질타가 끊이지 않고 있다. 물론 우리나라에도 오블리주가 전혀 없는 것은 아니다. 다행히 근래에 와서 우리에게도 남을 돕는 일이 익숙하게 다가오는 것 같다. 경주 최부자집이나 유한양행 창업자 유일한 박사를 비롯하여 상속세로 1,300억 원을 납부한 교보생명 신용호 회장, 전 재산을 장학회에 기탁한 장한 할머니, 외국 영주권을 갖고 자원입대해 병역의무를 수행하고 있는 교포청년들은 우리 사회의 도덕적·윤리적인 책임을 다한 자랑스런 오블리주들이다.

그런데 세모가 되니 마음이 허해져서 연민의 정을 더 느끼는 걸까. 모이는 자리마다 자기 자식 걱정에 마음부터 허겁지겁 바쁘다. 이것이 자식 둔 부모의 지병이라고나 할까. 하기야 기어다니고 날아다니는 미물도 제 새끼는 아끼거늘 자식 생각 안 하는 부모를 어찌 부모라 하며 그런 부모가 또 어디 있을까만 지나친 것은 아닌지. 숭산 스님의 법문이 생각난다. '아차비아我且非我이거늘 하우자재何憂子財이리오. 나 또한 내가 아니거늘, 어찌하여 자식의 재산까지 걱정하리오.'라고 했다.

문제는 우리들의 유별나고 극성스러운 자식사랑이 문제다. 아이들은 아이들대로 살 테니 괜한 염려는 접어두고 오늘 하루만이라도 홀가분한 마음으로 살겠노라고 작심하지만 그것도 잠깐 가족이라는 멍에를 벗어나지 못하고 안절부절 어쩔 줄 모르는 것이 우리들의 실상이 아닌가 싶다. 그러나 한편 생각하면 그건 가족이라는 멍에가 우리를 놓아주지 않는 걸 어찌하랴. 어떤 사람은 '가족family'의 어원은 '아버지, 어머니. 나는 당신을 사랑합니다. Father And Mother. I love you.'의 머릿자를 합성한 것이라고 한다. 새삼스런 것은 아닐지라도 참으로 그럴듯하다. 태어나면서부터 지금까지 가족이란 말보다 더 정겹고 뜨거운 말을 들어본 일이 있는가. 이 세상에서 가족이란 말보다 더 친근한 말이 또 있을까. 가족이란 말만 들어도 신바람이 나고, 일도 없이 안쓰러워지기도 하고, 눈시울이 촉촉해지지 않는가. 어렵고 힘들 때 내 편이 되어 줄 사람이 가족 말고 또 있을까. 사랑으로 달이고 우려낸 말이 가족이 아닐까.

그러니 다른 사람의 호불호는 생각하지 않고 가진 것은 몽땅 내 가족 챙기는 데 바치다보니, 살뜰한 이웃 사랑은 실종된 것이 아닌가 싶다. 지구촌 어떤 복지국가도 배고픈 사람은 있기 마련, 국민소득 3만 불 우리 주변에도 배고픈 사람은 여전히 있으니 말이다. 통계

청 발표에 의하면 국민 45%가 스스로 하층민이라고 생각하고, 그중 58%가 지금 현실에 대하여 희망이 없다고 했다. 상대적 박탈감에 편치 않은 우리 현실을 잘 말해준다. 우리 사는 세상 58%의 상실감을 무엇으로 치유할 것인가.

너나 할 것 없이 욕심을 내려놓고, 이웃을 위해 나의 1%만이라도 베풀 수는 없을까. 1%의 나눔으로 99%의 행복을 가져올 수 있다면 얼마나 좋을까. 가뭄에 단비같은 복음을 전해줄 기부천사가 기다려지는 오늘이다. 쉘 실버스타인의 동화 〈아낌없이 주는 나무〉 같은 그런 사람은 지금 어디쯤 오고 있을까?

(문학공간, 2013. 9.)

에스프레소 커피 같은 사람

며칠 전 외국계 커피점을 운영하는 친구로부터 신장개업을 하였다는 전화를 받았다. 그런데 백수가 과로사한다고, 하는 일 없이 시간에 쫓기다 보니 미안하게도 개업축하 자리에 가지 못했다. 젊은 시절부터 오지랖이 넓은 만큼이나 씀씀이가 남달리 좋은 그 친구는 상업수완도 물이 올라 있다. 내가 보기로는 억지로 일을 하는 것이 아니라 자기가 하는 일을 놀이처럼 즐기는 친구, 그래서일까, 국내외 여건이 어렵다고들 하지만 놀랍게도 꾸준히 외길을 승승장구하고 있다. 시내에 나갈 때마다 길거리에서 지하철에서 종이컵을 들고 주름 빨대로 쫄쫄 빨고 다니는 아이들을 보며 똑같은 종이컵에 커피를 내리고 있을 친구를 생각한다.

요즈음 우리 사회의 대표적 문화 흐름 중 하나가 커피문화다. 한국 사람들이 접대용으로 애호하는 음료가 커피이고, 전 국민이 가장 즐겨 찾는 음료가 커피라는 것을 방증이라도 하는 것일까. 서울 강남역, 잠실역처럼 통행이 빈번한 전철역 부근 목 좋은 빌딩은 각종 브랜드의 외국계 커피 전문점들이 거의 차지하고 있다. 보도에 의하면

2012년 11월 말 국내에 입점한 외국계 커피 전문점은 카페베네 831, 할리스커피 396, 탐앤탐스 347, 투썸커피 282개 점포나 된다.

이렇게 많은 커피점을 먹여 살리는 커피가 에스프레소Espresso 커피이다. 이탈리아에서 처음 생산하기 시작한 에스프레소 커피는 여과기에 볶은 커피 가루를 넣고, 뜨거운 고압 수증기 열탕을 통과시켜 커피 원액을 추출한다. 적은 양이라도 순수한 커피의 참맛을 느낄 수 있기 때문에 커피의 대명사로 불린다. 그런데 아이러니하게도 전문점에서 유독 잘 팔리지 않는 것이 에스프레소 커피이다. 너무 쓴 데다 맛이 없을 뿐만 아니라 양마저 너무 적기 때문이다. 그러나 에스프레소 커피는 전문점 메뉴에는 언제나 약방의 감초처럼 끼어 있다. 비록 인기는 없지만 에스프레소 커피는 쓴맛을 간직한 채 첨가물로 애호가들의 까다로운 입맛에 맞는 커피를 선물하기 때문이다.

에스프레소 커피에 뜨거운 물을 첨가하면 아메리카노가 되고, 스팀 밀크를 첨가하면 카페라떼가 되고, 스팀 밀크와 우유 거품을 첨가하면 마끼아또가 되고, 스팀 밀크와 초코 시럽을 첨가하면 카페모카로 변신한다. 그리고 우유 거품과 계핏가루를 첨가하면 카푸치노가 되고, 휘핑크림을 첨가하면 에스프레소 콘파나가 되고, 아이스크림을 첨가하면 에스프레소 아포가토가 된다. 이처럼 쓰고 맛없는 에스프레소 커피는 모든 커피에 없어서는 안 될 꼭 필요한 원액이다. 결국, 커피 애호가들은 첨가물로 맛과 향이 가미된 에스프레소 커피를 즐기는 것이다.

에스프레소 커피에서 생명탄생의 신비를 배울 일이다. 에스프레소 커피가 생명과도 같은 쓴맛을 고집하지 않고, 물과 밀크와 우유와 초코 그리고 계피와 크림을 받아들여 새로운 맛을 탄생시키듯이 주는 것과 받는 것은 생명탄생의 원리이다. 어느 한쪽이 막히면 소통이 끊어져서 생명력을 상실하고 원치 않는 기형이 탄생하기도 한다. 생명이 약동하는 호수도 받아들이기만 하면 아무것도 서식할 수 없는 사해死海가 되고, 어디론가 흘러보내기만 하면 풀 한 포기 없는 황량한 사막이 되듯 주고받는 것이야말로 삼라만상을 거느리는 자연의 이법이다. 흔히 주는 것과 받는 것을 별개의 것으로 생각하기 쉽지만 받는 것이 곧 주는 것이요, 주는 것이 곧 받는 것임을 알아야 하지 않을까. 주기 때문에 받고, 받기 때문에 주는 것이다.

커피뿐만 아니라 사람들 중에도 에스프레소 커피처럼 살아가는 사람이 있다. 스포트라이트가 비켜 간 어둡고 낮은 곳에서 자기가 맡은 일에 충실한 사람, 기본을 갖춘 참된 사람 그래서 쓰임 받는 사람, 잠시 인기에 영합하는 것이 아니라 언제 어디서나 누군가에게 환영받는 사람, 스타는 아니지만 스타를 빛나게 하는 들러리, 다른 사람의 훌륭한 점을 시샘하는 것이 아니라 응원하고 격려할 줄 아는 여유가 있는 사람, 그리고 에스프레소 커피가 고유의 쓴맛을 고집하지 않고 새로운 맛을 드러내듯 창의적인 일에 자신을 바치는 사람이야말로 진정으로 에스프레소 커피 같은 사람이라고 할 만하다.

어렵고 힘든 하루하루를 헤쳐 나갈 에스프레소 커피 같은 사람이 그리워지는 오늘이다.

(강릉가는 길, 2013. 제5집)

불곡산 가는 길

장엄하게 타오르는 아침해를 보며 불곡산은 태양을 건져 올리는 태양의 신 헬리오스의 영토라는 생각을 한다. 불곡산을 찾으며 무기력한 일상을 다독거리고 살아온지도 일 년이 지났다. 불곡산은 나른하게 지친 내 영혼의 안식처이자 무디어진 영감을 흔들어 깨우는 이미지의 천국이다. 그러기에 나는 아침이건 저녁이건 틈나는 대로 불곡산을 찾는다. 그럴 때 나의 가슴을 파고드는 잔잔한 감동은 불곡산이 주는 소중한 보너스라고나 할까.

부드러운 능선을 거느리고 있어서일까? 불곡산은 팍팍한 돌계단을 오르는 수락산이나 소요산처럼 오만하지 않고 우호적이다. 언제나 옛날이야기 잘하는 오랜 절친처럼 익숙하게 다가오는 고마운 산이다. 흔하면서도 천하지 않은 참나무, 소나무를 비롯하여 으아리, 엉겅퀴, 흰쑥바귀, 둥굴레 등이 떼를 지어 서식하는 열락의 정원이다. 소중한 사람을 데리고 함께 정겨운 시간을 보내고 싶은 그런 산이다. 그리고 불곡산 자락을 싸고 흐르는 탄천 개울물은 불곡산 초록 그림자와 청자빛 하늘이 어우러져 한강으로 흘러간다. 가다가 웅덩이를 만나면 멈추고, 맴돌다 쉬어가는 개울물을 보며 어느 시인의 〈지금은 쉴 때입니다〉를 떠올려 본다.

"아름다운 음악을 들으면서도 / 마음에 감동이 흐르지 않는다면 / 지금은 쉴 때입니다. // 오랜만에 걸려온 친구의 전화를 받고 / 바쁘다는 말만하고 끊었다면 / 지금은 쉴 때입니다. // 사랑하는 사람과 헤어진 뒤 / 멀어지는 뒷모습을 보기 위해 한 번 더 / 뒤돌아보지 않는다면 / 지금은 쉴 때입니다."

라고 노래했다.

그렇다. 우리 인간이란 힘들고 지쳐 쓰러질듯 하다가도 보듬어줄 안식처가 있으므로 해서 행복할 수 있다. 바쁜 일상 속에서도 함께할 수 있는 무엇이 있을 때에 언제나 행복한 것이다. 내가 불곡산을 좋아하고, 탄천을 사랑하는 이유다.

그런데 요즈음 봄은 너무 단명하다는 생각이 든다. 예측 불허의 기상이변에 사계절 나름대로의 멋도 흘러간 옛노래가 되었는가보다. 한겨울 지리한 기다림 끝에 수줍은 바람같이 다가온 봄은 가진 것을 있는 대로 내어주고, 어느새 온갖 것들이 초록색 여름 매무시로 다가온다. 어디 그뿐인가. 나무는 나무대로 풀은 풀대로 그 나름대로 주어진 자리에서 좋고 나쁨을 가리지 않고 저마다 운치를 자랑한다.

걷는 것은 나에게 있어 운명같은 것이라고나 할까. 나는 지칠 줄 모르고, 나를 반겨줄 안식처를 찾는다. 눈만 뜨면 막대기 하나 들고

집을 나서는 마사이족처럼 나도 어디론가 훌훌 떠나야만 직성이 풀린다. 그리고 나에게 있어 걷는 것은 지난날을 돌아보고 탄생과 존재의 의미를 생각하며 진솔한 나를 찾으려는 작업이다. 헝클어진 머리를 빗는 여인처럼 삶의 잡다한 생각들을 가지런히 정리하는 일이다. 이런저런 오묘한 자연의 비밀을 생각하며 걷다 보면 겁도 없이 치솟던 나의 자만심은 고개를 숙이고, 마음은 평정을 회복하고 겸손을 찾는다.

그리고 난 언제나 편한 마음으로 걷기를 좋아한다. 나를 비하하는 못난 생각도, 주제도 모르고 치켜세우는 허세도 내 마음속에 끼어드는 것을 원치 않는다. 나는 조금은 부족하더라도 순진무구한 사람이고 싶다. 분에 넘치는 장미빛 미래같은 건 애당초 생각도 없고, 있는 듯 없는 듯 소리없이 살고 싶다. 그리하여 주변의 물상들과 하나 되어 서로 다독거리며 살고 싶다.

그러므로 걷기는 내게 있어서 기도 같은 것. 나는 머리에서 발끝까지 멋을 부리며 떠나는 크루즈여행이나 사랑하는 사람을 동반하는 밀월이 아니라 불교에서 말하는 만행(여행을 통하여 보고, 깨닫는 것)을 떠나고 싶다.

(산림문학, 2013. 가을)

서스펜디드 커피

성급하게 일찍 찾아온 무더위가 밤잠을 설칠 정도로 기승을 부린다. 그런데 지하철역엔 한낮 불볕더위도 아랑곳하지 않고 떼거리로 모여서 집회를 하고 있다. 사람들은 누구랄 것도 없이 살아가면서 할 말이 많은 모양이다. 사람들 틈새를 비집고 지하철로 향하는데 구루마에선 찬송가가 한창이다. 복음은 낮은 곳에서 울려 퍼진다더니 그런가 보다. 불편한 하반신을 고무 튜브에 감싼 채 구루마를 밀고 다니며 복음을 전하는 그 사람은 무슨 원죄라도 있는 걸까. 온통 물세례를 받기라도 한듯 땀과 먼지로 흠뻑 젖은 얼굴은 노상 훔치는 데도 눈을 뜨기조차 힘들어 보인다. 한쪽 팔꿈치론 땅을 짚고, 한 손으론 종이컵을 들고, 앞으로 밀고 나아가려고 하지만 그냥 제자리다. 아마도 누군가가 자판기 커피를 적선積善한 모양이다. 따뜻한 커피 한 잔을 베푼 아름다운 마음이 고맙다. 이탈리아의 서스펜디드 커피처럼 우리도 따뜻한 사랑의 나눔이 이어진다면 커피를 마시는 순간만이라도 설움도 외로움도 잊은 채 행복할 수 있지 않을까.

이탈리아에서 비롯된 서스펜디드 커피suspended coffee 운동이 우리나라에도 상륙하고 있다는 반가운 소식이다. 이 운동은 100여 년 전 나폴리에서 '맡겨둔 커피coffee sospeso'라는 이름표를 달고 세상에 나왔으나 별로 호응이 없다가 2010년 12월 10일 세계인권의 날을 시작으로 새바람을 일으키고 있다. 카페를 찾은 손님이 커피값을 계산할 때 마실 만큼 필요한 외에 한 잔이든 두 잔이든 추가로 커피 값을 더 내고 "서스펜디드 커피"라고 말하면 그 커피는 맡겨지게 된다. 그리고 커피를 마시고 싶은 사람은 "서스펜디드 커피 있나요?"하고 커피를 찾으면 커피를 준다. 이와 같이 카페 주인이 커피 기부를 받아서 마시고 싶지만 돈이 없는 사람들에게 커피를 서비스하는 방식이다. 남겨둔 커피란 뜻으로도 통하는 서스펜디드 커피는 커피를 맡긴 사람은 누군가를 돕고 싶은 마음을 실천으로 옮길 수 있어서 좋고, 카페 주인은 따뜻한 커피 한 잔을 어려운 사람들에게 전하는 즐거움은 물론 매출신장으로 이어져 영업이익을 가져올 수도 있어서 좋다.

그런데 베푸는 것도 정서적 소통이 문제다. 인도에 가면 돈을 주더라도 고마워하기는커녕 돈을 준 사람에게 '나니까 받아주지, 고마운 줄이나 알라'고 오히려 호통을 치는 거지가 있다고 한다. 그걸 보면 우리가 칭송해 마지않는 나눔이 과연 바람직한 것인지 아닌지 판단이 안 선다. 우리가 흔히 선행이라고 하는 베풀기는 자기만족일 뿐 장기적으로는 도움받는 사람을 무기력증에 빠져들게 할 수 있다고 보는 부정적인 견해도 있으니 하는 말이다. 그런데 보잘것없는 작은 금액이라도 베푼 후에 갖는 뿌듯함은 베푼 사람만이 누릴 수 있는 특권이라고나 할까. 비록 가진 것이 없다고 할지라도 베푼 순간만큼은

이 세상 모든 것을 가진 듯이 마음이 넉넉해지지 않는가. 그러면 베푸는 쪽이 행복할까, 받는 쪽이 행복할까. 어느 편이 더 행복할지 헷갈린다. 그런데 선을 쌓는 기회를 얻었으니 준 사람이 득이라고 하는 주장이 설득력이 있어 보인다. 베푸는 행위 자체로 자신이 행복한 것은 부정할 수 없는 사실이니까.

지난날 유교사회에서는 '적선지가 필유여경積善之家 必有餘慶'이라고 하여 착한 일을 많이 하면 경사스러운 일이 자손에게까지 미친다'고 믿었다. 오로지 자식 잘 되기를 바라는 우리 어머니들에게 적선은 자식의 경사를 보장받는 절호의 공덕일 뿐만 아니라 한편으론 벗어날 수 없는 멍에가 되었다고나 할까. 우리 어머니들은 이웃은 물론 지나는 길손까지도 그냥 보내는 일이 없었다. 길을 가다가 때가 지나 출출한 판에 된장찌개에 식은 밥 한술 뚝딱 물에 말아 먹고 '잘 먹었다'는 인사 한 마디 남기고 떠나는 길손의 마음속에 식은 밥은 두고두고 고마움으로 남으리라. 베푸는 즐거움과 고마운 마음 하나로 살아온 우리 어머니들이다. 이것이 오늘의 한국으로 우뚝 설 수 있는 우리 민족의 저력이다.

하지만 적선에도 용기가 필요하다. 어떤 사람은 막대한 재산을 단체에 기부하기도 하고, 또 어떤 사람은 종교재단에 헌금을 하기도 하고, 여러 가지 방법으로 적선을 하여 뭇사람으로부터 칭송을 받기도 하지만 대부분의 사람들은 마음에는 있지만 선뜻 용기가 나지 않아서 행동으로 옮기지 못한다.

우리 주위엔 힘들어하는 사람들이 너무나 많다. 그리고 적선할 일도 적선할 곳도 얼마든지 있다. 나만 아프다고 생각하며 살다가 어느 날 나보다 더 힘들고 아픈 사람을 보고, 내가 치유 받고, 나의 치유를 통해서 다른 사람을 위로할 수도 있다면 얼마나 다행스러운 일인가.

그런데 적선이 어찌 커피뿐이겠는가. 먹거리만 하더라도 외식이 잦은 요즈음은 음식점에서 먹고 남은 음식을 깔끔하게 포장하여 받는 사람 기분 좋게 나눌 수도 있으리라. 새삼스러운 것도 아니다. 이미 오랜 옛날부터 우리 어머니들이 해 오던 일을 지금 우리들이 하지 않을 뿐이다. 옛날에는 잔치집이 있으면 바리바리 싸 들고 이웃을 찾았는데 먹고살 만하다고 못할 일이 무엇이란 말인가. 그리고 저마다의 베풂은 개인에 그치는 것이 아니라 한 걸음 나아가 인류사회에 울려 퍼지는 나비효과를 기대할 수도 있다. 그럴 때에 진정으로 사는가 싶은 복지사회라고 말할 수 있으리라.

(서울문학, 2013. 겨울)

거미 이야기

 도심을 떠나 몇 달이라도 머물 듯이 집을 나서지만 산 좋고 물 좋은 곳에서도 며칠 밤 자고 나면 집이 그리워지는 것을 어찌하랴. '집을 떠나 집을 그리는 정은 나도 몰라 하노라.' 어디서 들어본 듯 익숙하다.

 벽돌집보다 목조건물이 미물에게도 좋은가 보다. 서울 아파트는 몇 년이 가도 거미줄 보기가 쉽지 않은데 산골 목조는 애써 치워도 자고 나면 거미줄이다. 그런데 내 등쌀에 거미도 이젠 전쟁을 피하려는 듯 손이 닿지 않는 높은 허공에 그물을 친다. 나 또한 내 영역 밖은 공격할 뜻이 없으니 거미와의 전쟁은 휴전을 선포하고 관망하는 상태라고나 할까.

 테크에 앉아 잠시 한눈을 파는 사이 거미는 처마 끝 이쪽저쪽을 부지런히 오가며 줄을 치고 있다. 거미는 허공을 얽어 짜는 재주가 프로급이다. 어쩌면 우주공간이 통째로 거미의 영역인지도 모를 일이다. 어느새 이웃 펜션에서 학생이 다가와 기웃거린다. 내가 무엇을 하는지 궁금한 모양이다. 거미집 짓는 것이 신기한 것일까. 학생은 거미에서 눈을 떼지 못한다. 내가 거미 이야기를 하자 내 이야기를 무척이나 반기는 눈치다. 부모님 따라 체험학습을 왔단다. 학구파 범생인가. 오지랖이 넓은 건가. 금새 내 친구가 되어 거미 이야기에 맞장구를 친다.

거미에게는 아픈 운명의 비밀이 있다. 그리스 신화에 보면 아라크네는 리디아에 사는 염색공 이드몬의 딸로 베를 짜는 솜씨가 뛰어났다. 그녀는 공예의 여신 아테나보다 자기 솜씨가 훨씬 낫다고 자랑삼아 말했다. 이 소문을 전해 들은 아테나는 그녀를 찾아가서 신을 욕보이는 말을 삼가하라고 충고하였다. 그러나 그녀는 충고를 듣지 않았고 결국 아테나와 베 짜는 솜씨를 겨루게 되었다. 그녀는 최고의 신 제우스와 태양의 신 아폴론, 바다의 신 포세이돈, 술의 신 디오니소스의 겁탈과 비행은 물론 올림포스 십이 신과 신들의 벌을 받은 인간의 이야기까지 동원하여 감동적으로 표현하였다. 그래서 그녀의 작품은 아테나조차도 흠잡을 수 없을 만큼 훌륭하였다. 이것을 질투한 아테나는 그녀가 짠 베를 갈기갈기 찢어버렸다. 이에 격분한 아라크네는 목을 매 자살을 시도하였다. 그러나 아테나는 아라크네의 자살마저도 허용하지 않고, 뱃속에서 실을 뽑아내는 거미로 둔갑시켜 버렸다. 아테나의 도술은 축복인가, 저주인가. 거미는 오늘도 뱃속의 실을 뽑아 줄을 쳐 놓고 먹이감이 걸려들기만을 마냥 기다리고 있다.

거미줄은 여러 가지로 쓰임이 많을 뿐만 아니라 친환경 무공해 천연 단백질이다. 그래서 많은 학자들이 거미줄 연구에 올인했다. 그러나 실험에 쓰기 위한 거미줄을 얻기 위해서는 많은 거미가 필요한데 서로 잡아먹기를 좋아하는 거미를 다량으로 사육하는 방법을 찾기란 쉽지 않았다. 마침내 1989년 거미줄 성분 단백질 생성 유전자를 발견함으로써 인공 거미줄 대량 생산에 주목할 만한 성과를 거두었다. 일본의 스파이바는 누에의 유전자를 조작하여 단시간에 누에고치에서 거미줄과 같은 단백질을 대량 생산하게 되었고, 캐나다의 넥시아바이오테크놀로지는 염소의 유방 세포 안에 거미줄 유전자를 삽입시켜 염소가 젖으로 거미줄 단백질을 분비하게 만들었다. 이 밖에 거미줄 유전자를 담배와 감자의 세포에 삽입하여 담배와 감자 잎에서 거미줄 단백질을 얻기도 했다.

거미줄의 이용은 과학적 연구가 있기 이전 고대로 거슬러 올라간다. 고대 그리스인들은 상처의 출혈을 멈추게 하기 위해 거미줄을 상처에 붙쳤고, 뉴기니인들은 낚싯줄이나 그물에 거미줄을 꼬아 넣기도 했다. 또 남태평양 바누아투 군도에서는 담배나 화살촉 쌈지를 만드는 재료로 거미줄을 사용했다고 전해지고 있다.

그런데 첨단기술로 생산되는 거미줄은 강철보다 20배 이상 강도가 높고, 방탄복 소재 케블라 섬유보다도 강도가 높다. 탄력은 나일론보다 뛰어나고, 방수기능도 뛰어나다. 그래서 군사용, 산업용으로도 활용이 가능하다. '웹숏'이라 불리는 거미줄 총은 방아쇠를 당기면 3m 넓이로 두꺼운 거미줄이 퍼지도록 되어 있어 적을 무력화시켜 사로잡을 수 있다. 웹숏에서 나오는 거미줄은 시속 70km로 달리는 3~4t 무게의 트럭도 꼼짝 못하게 만들 정도다. 그리고 연필만 한 굵기로 거미줄을 만들면 날아오는 미사일도 막을 수 있다고 한다.

그리고 자동차를 거미줄 섬유로 만들 경우 자동차의 무게가 줄어들어 지금 자동차보다 휘발류는 18% 절약할 수 있고, 내뿜는 이산화

탄소는 15% 줄일 수 있어 자원절약과 환경보호에도 큰 도움을 줄 수 있다. 또 거미줄은 의료 부문에서도 쓰임새가 다양하다. 거미줄로 사람 눈의 각막을 개발한 미국의 데이비드 캐플런은 거미줄은 인체에 삽입수술을 했을 경우 부작용을 일으키지 않기 때문에 인공 심줄이나 인공 장기를 만들 때 사용할 수 있으며 수술부위를 꿰매는 실로도 쓸 수 있다고 했다. 이 밖에도 인공 거미줄 섬유로 평생 입어도 헤지거나 구멍이 나지 않는 옷을 만들 수 있고, 가볍고 단단한 헬멧이나, 방탄복 소재로도 사용할 수 있다고 한다.

과학기술의 발달로 가까운 장래에는 우리가 가볍고 질긴 거미줄 옷을 입고, 거미줄로 만든 인공장기를 몸에 달고 거리를 활보하게 될지도 모른다. 그렇게 되면 아테나의 저주 이후 징그럽게만 여겨지던 거미가 귀한 몸으로 환생하여 사람들의 사랑을 독차지할지도 모른다.

지난 20세기 산업사회의 심벌이 개미였다면 글로벌 시대의 심벌 이미지는 단연 거미다. 개미가 먹이를 찾아 줄을 이탈하지 않고 열심히 깃발을 따라가는 단체행군에 익숙하다면 유유자적 그물을 쳐놓고 자나깨나 허공에 매달려 세월을 엮는 거미는, 놀라울 정도로 전술에 능하고 허허실실 지략이 뛰어나다고나 할까. 인간의 일도 거미처럼 허허실실 깜짝 놀랄 창조를 요구하는 글로벌 시대다.

무엇을 알았다는 듯 고개를 끄덕이며 끝까지 이야기를 경청하는 그 모습이 대견스럽다.

(한맥문학, 2014. 2.)

* 아라크네 - 그리스 신화에 나오는 베 짜는 솜씨가 뛰어난 여자

악수

　언제나 선거철이 되면 후보는 참모를 거느리고 마을 안 골목길, 재래시장, 지하철역 어디든 사람이 모이는 곳이면 가리지 않고 찾아 나선다. 선거에 있어서 악수는 후보를 당선권으로 끌어올리는 일등공신이라고나 할까. 악수세례를 퍼붓는 가운데 후보는 유권자들에게 알려지고 많이 알려진 후보에게 당선의 영광은 돌아가기 마련이다.

　이러한 악수는 언어, 문화, 종족의 벽을 뛰어 넘는 전 세계인의 공통 언어이다. 처음 만난 사람도 손을 잡고 눈빛 하나로 '처음 뵙겠습니다. 잘 부탁합니다.' 한마디면 십년지기가 된다. 악수는 나와 너를 연결하여 사회생활을 가능케 하는 거멀못이 된다고나 할까. 어쩌면 신이 인간에게 내린 자기표현수단 중 가장 편리하고 소중한 방편일지도 모른다.

　악수는 언제 어디에서 이어져 내려온 것일까. 악수의 유래를 보면 천상의 신이 지상의 통치자에게 권력을 내려주는 제스처라는 설이 있다. 기원전 1800년경 바빌로니아에서는 신년 축제 때 왕이 최고의 신 말두크상의 손을 잡았다. 이것은 최고의 신 말두크의 통치권을 왕에게 내려주는 의식이었다. 이집트 상형문자에서 손을 내밀고 있는 그림이 '주다'라는 뜻을 의미하는 것도 이러한 의식과 일맥상통하는 것으로 이해할 수 있다.

또 하나는 상대방과 서로 오른손을 잡는 것은 싸울 뜻이 없음을 알리기 위한 제스처라는 설이다. 옛날에 남성들은 호신용으로 칼을 몸에 지니고 다니다가 낯선 사람을 만나면 지니고 있는 칼을 손에 들고 방어자세를 취했다. 그리고 서로를 경계하며 마주 본 채 상대방에게 천천히 다가갔다. 서로 싸울 뜻이 없음을 확인한 다음 비로소 칼을 거두고 무기를 쓰는 오른손을 내밀어 해칠 뜻이 없다는 것을 나타내 보였다. 실제로 무기를 갖지 않은 여성에게는 굳이 악수할 필요가 없었다. 여성들에게 악수가 일반화되지 않았던 이유가 바로 여기에 있다. 후자가 더 설득력이 있어 보인다.

한편 이러한 악수에는 에티켓이 있다. 동성끼리는 손위 사람이 손아래 사람에게, 선배가 후배에게, 기혼자가 미혼자에게 먼저 손을 내밀어서 악수를 청하는 것이 예의다. 여성은 남성과 악수를 하지 않는 것이 보통인데 여성 쪽에서 손을 내밀었을 때에는 남성은 악수를 해도 좋다. 그러나 남성 쪽에서 먼저 손을 내미는 것은 결례다. 또 왼손은 불결한 손이라고 믿고 있기 때문에 반드시 오른손으로 악수를 해야 한다. 부인은 장갑을 낀 채 악수해도 괜찮지만, 남성은 장갑을 벗는 것이 예의다. 대통령이나 왕족 앞에서는 머리를 숙이고 악수하는 것이 바른 예의고, 일반적으로는 상대방의 눈을 쳐다보면서 악수를 하는 것이 올바른 예의다. 우리의 경우 상대방 손을 너무 세게 잡고 흔드는 것도 결례지만 너무 느슨하게 잡은 듯 만 듯 하는 것도 거드름피는 것으로 보여 결례가 된다.

그런데 각국의 악수법은 다소 차이가 있다. 미국인들은 손을 힘차게 잡고 두세 번 흔들고, 독일은 강하고 짧게 두 번 정도 흔들고, 프랑스인들은 손에 힘을 주지 않고 가볍게 악수한다. 민족성과도 깊은 관계가 있는 것 같다.

그리고 우리에게 일상적 인사법이 된 악수는 다양한 형태의 메시지를 동반한다. 백년지기를 만난 반가운 악수가 있는가 하면 마음에 별로 내키지 않고 심드렁한 의례적인 악수, 받는 쪽이 공포 내지는 모멸감을 느끼는 불쾌하고 압도적인 악수, 극히 이기적인 발상의 아첨을 동반한 악수 등 악수를 청하는 사람과 받는 사람이 누구인가에 따라 다양한 메시지를 전달하게 된다. 뿐만 아니라 경우에 따라서는 무사가 칼을 뽑지 않고도 눈싸움으로 겨루듯 맞잡은 두 손이 보이지 않는 싸움의 전초전일 수도 있다. 이와 같이 악수의 메시지는 상호 간의 처지와 형편에 따라 천차만별이라고 할 수 있다.

메시지야 어찌 되었든 손을 내미는 사람이나 손을 잡히는 사람이나 반가움으로 다가서는 본래의 초심에는 변함이 없어야 한다. 내가 외롭고 쓸쓸할 때 누군가가 고맙게도 나에게 손을 내민 것처럼 나 역시 손을 내밀어 외로운 누군가의 손을 잡아주어야 한다. 아주 지극히 작은 일에서부터 우리의 가슴이 따뜻해진다는 것을 생각해야 되지 않을까. 내가 먼저 따뜻한 가슴으로 상대방에게 다가갈 때 상대방도 열린 가슴으로 나에게 다가오고 서로 의기투합한 결과 기적을 낳을 수 있다는 것을 알아야 하지 않을까.

우리는 대상이 누구이든 악수의 횟수가 문제가 아니라 악수를 통하여 전해지는 마음을 읽을 줄 알아야 한다. 지금 어느 골목에서 악수 세례를 퍼붓고 있을 후보에게 하고 싶은 말이다.

(문예운동, 2006. 가을)

올든버그 스프링

　청계천 출발 지점에 가면 340만 달러를 들여 세계적 설치미술가 클래스 올든버그의 스프링을 설치한다고 한다. 높이 20m짜리 다슬기 모양 조형물을 두고 많은 예산을 쏟아붓는다고 반대하는 목소리가 높다. 우리 조각가도 많은데 굳이 외화를 낭비한다는 문제제기는 일리가 있었지만 편협한 이기주의라는 생각이 든다. 국제화 시대에 걸맞게 해외로 눈을 돌려 남의 사례를 타신지석으로 삼아야할 것 같다.

　로마와 파리는 역사를 자랑하는 세계적인 예술의 도시이다. 로마의 뿌리는 기원전 로마시대로 거슬러 올라가는 반면 파리의 주요 문화재 역사는 고작 수백 년이다. 그러나 파리는 과거와 현재가 공존하고 외국의 두뇌를 널리 인정하고 받아들이는 점에서 로마를 압도한다.

　파리 루브르박물관은 명성에 걸맞게 2009년 한 해 730만 명의 관람객이 다녀갔다. 18세기에 문을 연 루브르박물관은 고대와 현대, 프랑스와 미국이 공존하는 세계적 문화유산이다. 루브르박물관 입구에 있는 유리피라미드는 중국계 미국인 이오 밍 페이의 아이디어로 탄생하였다. 그리고 파리 서쪽 라데팡스의 그랑다르슈(신개선문)는 덴마크 건축가 요한 오토 폰 스프레켈센의 작품이고, 퐁피두센터는 이탈리아 렌조 피아노와 영국 리처드 로저스의 합작품이다. 파리가 세계 속에 우뚝 선 비결은 남의 것을 수용하는 열린문화 바로 여기에 있다.

그런데 파리를 찾는 관광객 중 유리피라미드를 보는 중국인들은 이오 밍 페이를 자랑스럽게 생각하며 남다른 감회와 뿌듯한 자부심을 가지고 돌아갈 것이다. 그들의 입을 통하여 13억 중국인에게 파리가 알려지고 유리피라미드를 보기 위하여 파리를 찾는 중국인의 행렬은 이어지리라. 한쪽은 민족적 자긍심을 선양하고 다른 쪽은 관광 수입을 올리고 그야말로 주거니 받거니 제대로 챙기지 않는가.

우리의 서울 남산 리움미술관도 스위스 마리오 보타, 프랑스 장 누벨, 네델란드 렘 쿨하스의 합작이다. 부끄럽게도 우리가 누구의 작품인지도 모르고 지나칠 때에 스위스, 프랑스, 네델란드 관광객은 서울 남산에 올라 한국인을 선진문화의 불감증에 걸린 이방인처럼 여겼을지도 모를 일이다.

루브르박물관 유리피라미드가 13억 중국인의 민족적 자긍심을 선양하는 일등공신이듯이 리움미술관은 스위스, 프랑스, 네델란드의 국가위상을 드높이는 메카이다. 그런데 남의 나라만 좋은 것이 아니라 리움미술관을 보고 돌아간 사람들의 자부심 속에 우리 서울의 볼거리는 입소문으로 퍼져갈 것이다. 그리고 우리도 모르는 사이에 리움미술관을 찾는 발걸음은 이어지고 우리의 관광 수입도 늘어날 것이 아닌가. 그리고 아직껏 리움미술관이 남의 손에 만들어졌다고 폄하하거나 불편을 말하는 것을 본 적도 없고 들은 적도 없다.

서구영화를 보면 어느 작품 할 것 없이 백인들 틈에 흑인이 감초처럼 끼어 있다. 그것은 인종차별의 극복도 아니고, 흑인을 위한 배려도 아니다. 영화 속에 흑인이 있으므로 해서 수많은 흑인 팬이 영화를 관람하고 결국 영화는 흥행에 성공한다. 흑인 배우의 등장은 철두철미 흥행을 위하여 계산된 배역 설정이다.

요즈음 우리가 즐기는 축구경기도 그렇다. 대상과 승패에 관계없이 박지성과 이영표가 없는 축구경기는 아예 생각할 수 없다. 어떤 국제경기든 박지성과 이영표가 출장하면 남녀노소 없이 TV를 시청하고, 중계 방송사는 흥행에 성공하고, 국민은 대동단결하여 국가발전의 원동력을 창출하지 않는가. 일석이조가 아니라 일석구조는 족히 되는 것 같다.

누구도 청계천 출발점에 자리한 클래스 올든버그의 스프링을 반대할 이유도 없고, 해서도 안 된다. 웰빙 한국 대역사의 현장 청계천에 올든버그를 아는 사람들이 줄을 잇고, 그들의 입을 통하여 우리 청계천이 세계적인 관광명소로 자리매김하게 될 것을 생각만 해도 가슴이 설렌다. 격려는 못해 줄망정 꽁무니를 잡는 것은 도리가 아니다.

피부색도 다르고 언어도 다르지만 어울려 살아가는 것이 오늘의 국제사회이다. 그러므로 한국적인 것을 독점할 권리는 누구에게도 없다. 또 그럴 수도 없다. 국제화 시대에 있어서 한국인의 문화적 요소가 다양해지는 것은 환영할 일이지 전통의 훼손이라고 생각하는 것은 큰 오산이다.

21C는 문화가 지배한다. 내 것만을 고집하는 시대는 지났다. 적극적으로 남의 좋은 것을 찾아가고, 찾아오는 상대방을 받아들이는 포용성을 필요로 한다. 국제사회는 주고받는 가운데 여유롭게 생존할 수 있다는 상생의 원리를 몸으로 실천하기를 요구한다.

(한국수필가, 2006. 가을~겨울)

행복을 갈아 입자

나는 저녁이면 습관처럼 석촌호수를 찾는다. 호수를 끼고 도는 산책로는 인라인스케이트나 자전거 출입이 없어 좋고, 약속이라도 한 듯 모두 시계 반대방향으로 돌기 때문에 설령 아는 사람이 있더라도 마주치는 부담이 없어 좋다. 그리고 우레탄 탄성재 포장을 하여 무릎에 충격이 없어 좋고, 호수에 떠 있는 매직 아일랜드는 눈요기 거리가 많아서 지루하지 않으니 그것 또한 좋다. 집에서 출발하여 동·서호 2,532m를 한 바퀴 돌아오면 나의 하루 목표 만보 남짓 된다. 그러니 내 몸을 추수르기엔 안성맞춤이라고나 할까.

연중무휴 2,532m에 이어지는 인간띠를 보며 건강이야말로 현대인이 갖는 간절한 소망이 아닐까 생각한다. 현대인의 소망에 화답이라도 하는 걸까. 서쪽 호수 꼭지점에 있는 수변무대에선 가끔 웃음클럽이 특강을 한다. 웃으면 복이 온다고 젊은 강사가 신바람이 난 가운데 모여든 사람들이 스스럼없이 강사가 시키는 대로 한바탕 웃고 자리를 뜨면 또 다른 사람들이 빈자리를 채운다. 저마다 건강을 챙기며 행복을 담금질하는 석촌호수는 부담스럽지 않고 걷기에 편해서 좋다.

행복은 우리만의 화두가 아닌가 보다. 요즈음 미국 대학가에서는 행복학 강의가 유행하고 있다. 수업시간에 '8시간 이상 잠자기'를 과제로 주는가 하면, '흥분상태에서 심장 박동수를 누가 빨리 줄이느냐'는 퀴즈를 내기도 한다. 학술논문보다 까다로운 대입논술 덫에 초등학교 때부터 학원으로 내몰리는 우리 아이들을 생각하면 상상도 할 수 없는 그야말로 쇼킹한 사건이 아닐 수 없다. 도저히 우리 생각으로는 언뜻 이해하기 어려운 별난 미국의 대학이다.

경쟁이라도 하듯 영국 BBC방송이 제작 방영한 다큐멘터리 〈행복〉은 작년에 영국 슬라우 지방에서 실시한 실험을 통하여 행복의 비밀을 밝히고 있다. 곧 누구나 따라할 수 있는 행복의 실천 방법들을 구체적으로 소개하고 있다. 〈행복〉의 필자는 유사 이래 인간이 추구해 온 행복은 멀고 추상적인 것이 아님을 말해주고 있다. 행복은 반복되는 연습으로 습득할 수 있는 실천 가능한 기술이며 그러한 행복지수는 실제로 측정할 수 있는 구체적인 것임을 말해주고 있다. BBC가 다큐멘터리로 방영한 이 실험들은 반복적인 학습과정이 행복을 누리는 과정임을 보여 주고 있다.

그들이 제시한 행복 10계명을 보면 실천이 가능한 활동들임을 쉽게 알 수 있다. '운동을 하라. 좋았던 일을 떠올려 보라. 대화를 나누라. 식물을 가꾸라. TV시청 시간을 반으로 줄여라. 미소를 지으라. 친구에게 전화하라. 하루에 한 번 유쾌하게 웃으라. 매일 자신에게 작은 선물을 하라. 매일 누군가에게 친절을 베풀라.'

힘들거나 어려워서 못할 일은 하나도 없다. 전부 실천 가능한 일상생활의 쉬운 일들이다. 기존의 정신병리학이 병적인 불안과 우울증을 정상적인 상태로 되돌리는 데 주력했다면 최근 긍정심리학은 기쁨과 재미 등 일상의 행복감을 증가시키는 데 힘쓴다. 곧 추상적이고 상대적인 행복감도 얼마든지 반복활동을 통하여 증진시킬 수 있다고 보는 것이다.

그런 상큼한 서구의 바람이 불어온 까닭일까. 우리 사회도 틈새만 있으면 심심찮게 행복이 화두로 등장한다. 인간이 한평생 갈구하는 최고 목표가 결국은 행복이라는 것을 생각하면 이상할 것도 없이 다행스러운 일이라고나 할까.

그렇다면 사람들은 어떤 경우에 행복을 느낄 수 있을까. 행복은 반드시 물질적 풍요 속에서만 향유할 수 있는 것일까. 아이러니하게도 지구촌에서 가장 가난한 나라 방글라데시는 국민 행복지수가 세계 최고이다. 현재와 미래에 대하여 갖는 국민의 긍정적 낙관적 사고가 행복지수의 상위권 유지를 가능케 한다고 본다.

우리에게는 행복지수를 상위권으로 끌어올릴 그 무엇은 없는 것일까. 경제가 말이 아니고, 사회가 엉망진창이므로 실낱같은 희망도 없는 것일까. 만나는 사람마다 힘들다고 한숨을 몰아쉬는데 한숨을 쓸어내릴 골리앗의 용기와 솔로몬의 지혜는 실종된 것일까.

그렇지 않다. 서울 시청 앞에서 상암경기장에서 열흘 넘게 목이 터져라 외친 '대~한민국'은 우리의 행복을 보여주기에 부족함이 없었다. 졸음도 잊고 배고픔도 잊고 오로지 축구 중계 화면에만 올인했다. 온 국민 누구나 설렘 속에 흥겨움을 만끽하는 시간이었다. 더 바랄 것 없이 눈물겹도록 행복했다. 16강 좌절로 우리의 붉은악마에게서 흥분은 사라졌지만 꿈과 희망마저 버린 것은 아니다. 그라운드에 엎드려 눈물 흘리는 선수를 보며 그래도 꿈꾸는 사람만이 영광 뒤에 행복을 누릴 수 있음을 마음속으로 새겼다.

우리 붉은악마는 4년 전보다 한층 성숙하게 지구촌에 유례가 없는 응원문화를 선보였다. 국내뿐 아니라 극성스럽게도 독일까지 원정을 하여 전 세계 응원문화를 선도하며 세계 속의 축제, 놀이문화로 업그레이드시켰다. 이제야말로 스포츠가 이벤트화하는 것이 아닐까. 붉은악마의 그 열기가 월드컵으로 끝날 것이 아니라 영원으로 이어져 우리의 가슴에 시들지 않는 행복의 꽃으로 피어있으면 좋으련만.

유월이다. 우리 모두 행복을 갈아 입자.

(문예비전, 2006. 11~12.)

아침이 나를 유혹한다

참 좋은 선생님이 내 방에 탁상시계 저금통을 놓고 갔다. 색상도 곱고, 디자인이 심플하면서도 너무 예쁘기에 자세히 보니 영문으로 'Time is Money.'라고 찍혀 있다. 문득 내 어릴 적 책상 앞에 써 붙였던 'Time is Gold.'가 생각난다. 그저 돈, 돈, 하는 세상이 역겨운 때문일까. Money라고 한 것이 조금은 느낌이 그렇다.

어떤 사람은 부자가 되려면 '시간은 돈'이라는 진리를 먼저 깨달아야 한다고 말한다. 시간이 소중하니 시간 아까운 줄이나 알라는 경고처럼 들린다. 부지런한 사람들이 여유롭게 살아가는 걸 보면 부의 축적은 시간과 함수관계가 있다는 말도 그럴 듯하다. 금이든 돈이든 시간이 소중함을 전하는 메시지인 걸 보면 부를 꿈꾸는 저금통에 'Time is Money.'는 찰떡궁합이라고나 할까.

어쨌거나 예쁜 탁상시계 저금통은 우리 서영이에게 백일 선물로 주어야겠다. 'Time is Gold.'는 할아버지 시대 유물이니 접어두고 현실에 맞게 'Time is Money.'를 마음속에 새기며 부자로 살라고 간절히 기도해야겠다.

이 세상 모든 사람들은 창조주의 공평함에 감사해야 한다. 많은 것을 가진 사람이나, 가진 것 없이 가난한 사람이나, 예외 없이 하루 24시간을 보장받았다. 그리고 24시간이라는 프리미엄을 달콤하든 지리하든 저마다 형편에 맞게 누리며 살아갈 수 있도록 배려하고 있다. 한평생 하는 일없이 빈들거리는 사람이 있는가 하면 몸을 두 쪽으로 나누어도 감당 못할 정도로 눈코 뜰 사이 없이 바쁜 사람도 있다. 프리미엄을 어떻게 쓰는가는 자신에게 달려 있고, 다행으로 시간을 잘 활용하는 사람은 성공적인 삶을 누릴 수 있다.

그런데 하루 중에서도 아침 시간은 단순히 일상생활의 차원이 아니라 삶의 질을 한 단계 업그레이드하는 골든타임이라는 특별한 의미가 있다. 〈배로 사는 아침형 인간〉의 저자 사이쇼 히로시는 '인생의 다양한 목표달성을 위한 왕도는 아침 시간을 어떻게 활용하느냐에 달려있다'고 했다. 강철왕 카네기는 '아침잠은 인생에서 가장 큰 지출이다'고 했다. 미국에서는 좋은 승용차를 타는 사람일수록 출근이 빠르다는 연구 결과도 있다. 주변에 보면 건강하게 장수하는 사람일수록 기상시간이 빠르고 규칙적이다. 남보다 일찍 일어나 먼저 하루를 시작하는 사람이 보다 많은 일을 함으로써 성공하는 것은 극히 당연한 일이다.

마침 정부에서 서머타임제 실시를 검토하는 모양이다. 표준시간을 한 시간 앞당기는 서머타임제 도입을 위하여 산업자원부에서 시행 타당성 검토 작업에 들어간 것으로 알려지고 있다. 서머타임제는 여름철 일광시간의 효과적 활용을 위해 매년 4월부터 10월까지 표준

시간을 1시간 앞당겨 조정하는 제도로 현재 전 세계 86개국에서 실시하고 있다. OECD 회원국 가운데 이 제도를 실시하지 않는 나라는 우리나라와 일본, 아이슬란드 3개국이라고 한다. 때늦은 감은 있지만 아침 시간을 늘려서 보다 나은 양질의 삶을 확보할 수 있는 서머타임 제를 검토하는 것만으로도 다행스러운 일이다.

미국 심리학자 스탠리 코런 교수의 〈잠도둑들〉을 보면 1913년 평균 수면시간은 9시간, 90년대엔 7시간 30분이다. 수면시간은 정상상태에서 하루의 3분의 1이다. 유아시절과 노년에는 수면시간이 보다 길어서 3분의 1을 초과한다고 보면 한평생 중 잠자는 시간은 도대체 얼마나 될까. 깨어있는 시간이 한평생의 3분의 2도 안되는 것을 생각하면 더더욱 아침 시간의 소중함을 느끼게 된다.

에디슨은 '대부분의 사람들은 필요한 것보다 두 배나 더 많이 먹고, 두 배나 더 많이 잔다. 그것이 좋기 때문이다. 이렇게 넘치게 먹고 자는 것은 그들의 건강을 해치고 비능률적으로 만든다.'고 일상생활의 문제점을 지적했다. 어쩌면 오늘날 퍼지게 먹고, 마시며, 마냥 즐기기를 일삼는 세대를 꾸짖는 것 같기도 하다. 이 문제에 대한 그의 해법이 전구의 발명이다.

에디슨의 전구 발명으로 인간생활의 리듬이 완전히 바뀌었다. 인류는 깊은 잠에서 깨어나고 안식을 주는 숙면의 밤은 실종되었다. 노동시간이 연장됨으로써 산업의 발전은 가속화 되었지만 자본이 시간을 최후 식민지로 삼아 24시간 잠들지 않는 세상을 만들었다.

독일 월드컵 기간 중에는 에디슨의 전구 발명 후 최대의 잠도둑을 맞았다. 온통 올빼미가 되라고 강요하는 월드컵 경기는 단잠을 즐기는 사람들을 꽤도 힘들게 했다. 그러다 보니 밤낮이 뒤바뀐 야행성이 우선 해결해야 할 과제로 떠올랐다. 생활리듬의 파괴로 인하여 올빼미처럼 밤늦게 활동하다가 늦잠을 자는 습관이 정상적인 생활리듬을 흐트러 놓았다.

아침이 나를 유혹한다. 아침 일찍 일어나 이제 막 깨어난 자연과 호흡하며 상쾌함을 즐길 수 있다는 자체가 신의 축복이 아니고 무엇이랴. 눈이 빨갛도록 뜬구름을 찾는 야행성 늦잠꾸러기들이 아침맛을 알기나 하는 걸까. '아침형 인간'만이 주어진 인생을 업그레이드할 수 있다는 진리를 정말 알고나 있을까. 축복으로 넘치는 오늘같은 아침에 우리 늦잠꾸러기들이 한평생을 두 배, 세 배로 사는 '아침형 인간'으로 거듭날 수만 있다면 얼마나 좋을까.

(농민문학, 2006. 가을)

응원의 즐거움

　지난 토요일은 상암월드컵경기장 VIP석에서 이란과의 한판 승부를 관전하는 호사를 누렸다. 6만 명 이상 수용 가능한 경기장이 연출하는 우리의 선진 건축예술과 스포츠문화의 어울림은 감탄을 연발하기에 충분했다. 잘 가꾸어진 잔디구장, 박진감 넘치는 선수들의 파이팅을 보며 마음은 2002년 월드컵을 오가고 있었다.

　2002 월드컵은 평생에 한 번 만나기 어려운 볼거리 축제였다. 차라리 신이 내린 호기심 천국이었다고나 할까. 축구팬들에게는 축구 사랑의 원년으로 그들의 기억 속에 오래오래 갈무리되어 있으리라.

　2002 월드컵, 그 후 4년이 지나고 독일 월드컵을 거치면서 요원의 불길처럼 번진 우리의 축구 사랑은 축구로 하나되는 민족의 저력을 아낌없이 과시했다. 게다가 숏돌이 축구단이 해외원정까지 다녀오는가 하면 어린이들에겐 선망의 대상이 되고, 젖떼기 어린아이도 축구 가자고 떼를 쓰는 것을 보면 누구랄 것 없이 심각한 축구중독증에 걸린 것은 아닐까.

　그렇다고 우리만 광적으로 축구를 좋아하는 것은 아니다. 국제축구연맹(FIFA) 회원국이 UN 회원국 191개국보다 많은 207개국인 것만 보아도 지역과 종족을 넘어 모든 지구촌 사람들이 얼마나 축구를 좋아하는지 알 만하다.

우리가 못 말릴 정도로 축구를 좋아하는 이유를 축구만이 갖는 넘치는 박진감을 들기도 하고, 일반적 스포츠 상식으로 편하게 즐길 수 있는 축구의 특성 때문이라고도 하지만 그것만도 아닌 것 같다.

축구경기의 분위기는 골세레머니에 이어지는 관중의 함성이 선도한다. 골이 터질 때마다 관중석에서 쏟아지는 환호는 인류가 창조한 가장 멋지고 강렬한 행위예술이라고나 할까. 축구를 관전하노라면 어쩌다 상대편에 밀려 한 골 내주었다 하더라도 기대에 못 미친 실망과 아쉬움은 이내 함성 속으로 수그러들기 마련이다.

그런데 가만히 보면 축구를 좋아하기보다는 응원을 좋아한다. 쫓고 쫓기는 그라운드의 넘치는 스릴보다는 손바닥이 아프도록 박수치고 환호하는 그 자체를 좋아한다. 잠시나마 나를 잊고 우리라는 일체감에 빠져들 수 있는 거기에 응원의 즐거움이 있다. 이기고 지는 화끈한 승부의 세계이지만 완전한 승자도 패자도 없다. 비록 지금은 패자이지만 다음엔 승자가 될 수 있는 빙글빙글 돌아가는 축구공 같은 그런 승부의 세계가 팬들을 열광하게 한다. 설령 지는 게임으로 기분을 잡쳤다 하더라도 마냥 즐거웠던 그 자체로 이미 충분한 보상이 되지 않았는가.

이제 우리는 입추의 여지없이 몰려들었다가 썰물처럼 빠져나간 텅빈 경기장에 선수만 남겨 두는 지금까지의 냄비식 축구 사랑은 끝내야 한다. 거국적 관심 속에 달아오르는가 싶더니 어느새 식어버린 K 리그 경기장에서 보는 컵라면같은 축구 사랑이 아니라 보글보글 된 장찌개처럼 깊은 맛이 우러나는 축구 사랑을 생각해 본다. 이제야말로 축구 자체를 생활 속에서 즐기고 사랑할 줄 알아야 하지 않을까.

한목소리, 한마음으로 끌어안고, 땀에 젖어 함께 응원했던 그 순간의 행복을 누구도 잊지 못하리라. 붉은 티셔츠만 걸치면 애국충정이 넘치는 우리, '대~한민국' 한 마디로 온 국민이 한마음 되는 놀라운 나라, 축제는 끝났지만 자랑스러운 대~한민국은 계속되어야 한다. 오래오래 하나 되어 유구한 역사 속에 빛나는 대~한민국이기를 빌어본다.

(생각하는 사람들, 2006. 11.)

배낭을 챙기며

인간은 태고적부터 산과 밀접한 관계를 맺고 살아왔다. 멀리 원시시대엔 맹수에 대한 공포와 변화무쌍한 대자연의 위력에 저항하면서 살아남기 위하여 걷기 시작한 것이 등산의 시작이라고 하는 사람도 있다. 그러나 그것은 등산에 대한 뚜렷한 목적의식이 없이 사냥 등 생활의 방편으로 산을 오르내렸을 것으로 생각된다. 그리고 알렉산더 대왕이 힌두쿠시 산맥을 넘고, 한니발 장군이 알프스를 넘은 기록이 있으나 그것은 등산이 아니라 군사훈련이 아니면 전쟁이었다.

나의 등산은 다른 사람들이 보기에는 가벼운 산책 정도라고나 할까. 그러나 내 나름대로 등산은 미지의 세계에 대한 궁금증을 부풀리며 삶의 깊이를 더해가는 지극히 즐겁고 유익한 연단의 과정이라고 할 만하다. 지금까지 그냥 지나쳤던 것에 대하여 애착을 갖고 다시 생각하게 되고, 나의 생에 대한 새로운 발견을 가능케 하는 원동력이라고 할 수 있으리라.

오늘은 모처럼 번거로운 계획도 목적지도 없이 숲의 소리와 향기, 맛깔스런 숲의 정취에 이끌려 그야말로 편안한 마음으로 사뿐사뿐

명상의 숲을 걸으며 하루를 보내리라. 욕심이 없으면 괴로움도 없다는데 내가 욕심이 없었던 건가. 젊은 시절엔 유유자적 이렇게 좋은 하루하루를 모르고 살았으니 말이다. 지금은 다행스럽게도 내 옆에서 나를 응원해주는 아내 덕에 오늘도 배낭을 챙기며 떠날 준비로 신바람나는 하루를 시작한다.

그런데 생활에 여유가 생긴 때문일까. 힐링이 이 시대의 화두가 되고 있다. 어떤 사람은 시간을 내어 온몸이 달아오르고 땀이 날 때까지 걸으라고 말한다. 그리고 걸으면서 생각하라, 아름답고 유익하면서도 깜짝 놀라운 생각이 날 때까지 걸음을 멈추지 말고 숲으로 달려가라고 충고한다. 숲에 몸을 맡기는 순간 나뭇잎을 비집고 새어드는 햇빛과 초록 훈풍이 가뭄에 단비처럼 메마른 영혼을 촉촉이 적셔주리라. 그러면 근심 걱정은 봄눈 녹듯 사라지고 행복한 시간을 맞으리라. 그러니 지구촌에서 가장 많이 걷는다고 하는 마사이족이 아니더라도 걷기를 생활 속에서 실천할 일이다.

옛날 인도 아쇼카왕은 사는 동안 다섯 그루의 나무를 심으라고 했다. 첫째 치유에 좋은 나무를 심고, 둘째 열매를 맺는 나무를 심고, 셋째 땔감용 나무를 심고, 넷째 재목이 될 나무를 심고 그리고 꽃나무를 심으라고 했다. 무엇보다도 치유에 좋은 나무를 심으라고 한 걸 보면 아쇼카왕의 생명존중에 놀라지 않을 수 없다.

새삼스런 이야기일지는 몰라도 현대인은 행복이란 무엇인지, 행복의 요소는 무엇인지, 어떠한 경우에 행복을 느끼는지, 행복하기 위해서 어떻게 해야 하는지에 대한 어리석은 질문들이 행복인 줄 착각하고 있다. 하지만 우리가 미처 생각지 못한 것이 있으니 행복은 우리가 흔히 생각하는 것처럼 머리로 하는 것이 아니라 가슴으로 누리는 것이다. 심신수련을 위한 방편으로서 등산을 선호하는 것도 그 때문이리라. 산을 지키는 나무를 보라. 나무는 계절이 바뀌면 버려야 할 것을 알고, 때를 알아 아름다운 단풍으로 불탄다. 때가 되면 물과 자양분을 거절하는 나무는 제 삶의 이유, 제 몸의 전부까지 버리고, 생의 절정으로 치닫는 뺄셈의 명수다. 행복의 근원은 뺄셈에 있다. 그런데 나무에 비하면 우리 사람들은 뺄셈에 너무 인색하다.

　등산에 있어서 가장 중요한 일은 배낭 챙기기라고 하겠다. 배낭 챙기기의 핵심은 무엇을 넣을 것이냐가 아니라 무엇을 뺄 것인가이다. 험준한 대자연 속에서 살아남기 위하여 무엇을 빼고 무엇을 넣을 것인지가 등산의 전부이다. 시작이 반이라는 말이 있듯이 배낭만 제대로 챙기면 등산은 반은 성공이라고 할 수 있으리라. 혹시나 하는 불안과 욕심에 넣은 것들이 발걸음을 붙잡고 지치게 하지는 않는지 생각할 일이다. 한 예로 해외여행을 하는 경우 일정과 목적지가 같으면서도 각자의 캐리어가 천차만별이다.

　우리의 인생도 마찬가지이다. 저마다의 배낭엔 나름대로 삶이 담겨 있기 마련이다. 과연 나는 내 인생의 목적지와 여정에 맞는 배낭을 챙기고 있을까. 혹시나 하는 불안과 욕심이 빌미가 되어 내 힘으로 버티지도 못할 쓸데없는 것들을 바리바리 짊어지고 스스로 자초한 생고생을 하며 한평생을 살아가는 것은 아닐까.

(산림문학, 2014. 봄. 서울문학, 2014. 겨울)

밀레화가 박수근을 만나다

서울지하철 2호선 시청역 2번 출구를 나와 대한문 앞에 도착하니 덕수궁 수문장 교대의식이 한창이다. 사람이 많이 붐비는 재래시장 같기도 하고, 어릴 적 초등학교 운동회만큼이나 모두들 들뜬 분위기다. 봄방학 기간이라 학생들로 발 디딜 틈이 없다. 의식이 끝나고 관람객을 위한 인증샷 시간이다. 나라를 먹여 살리는 세계 1위의 스마트폰이 유감없이 위력을 발휘한다. 수문장 한 사람에 많게는 서너 명씩 달라붙어 김치김치를 연발한다. 눈요기를 끝내고 대한문을 들어서니 해묵은 하마비가 세월을 잊은 채 방문객을 맞는다.

해설가의 안내를 받는 한 무리의 탐방객을 뒤로 하고, 오늘 나의 행선지 〈한국근현대회화 100선〉이 전시되고 있는 국립현대미술관을 찾았다. 전시장에 들어서니 1부 1920~1930년대, 2부 1940~1950년대, 3부 수묵채색화, 4부 1960~1970년대에 걸쳐 한국미술사에 큰 업적을 남긴 57명의 작품 100점을 엄선하여 네 개의 방에 전시하고 있다. 20세기 역사의 격랑 속에서 화가들이 이룩한 성과는 매우 크다. 그런데 미술작품이 애호가들 사이에 매매되다 보니 같은 화가의 작품이라도 소장자들이 각기 다른 작품들을 한 자리에 전시하기란 여러 가지로 쉬운 일이 아니리라. 어쩌면 나 같은 필부는 평생에 한 번 보기도 어려운 천재일우의 좋은 기회라고나 할까. 그래서일까. 내 마음은 숨막히도록 긴장되고 주체할 수 없이 달뜬다.

제1부에서 김인승, 오지호, 구본웅, 배운성을 만나고, 맞은편 2부를 찾았다. 2부엔 이중섭, 박고석, 박수근, 김환기가 기다리고 있다. 시간을 보니 벌써 12시다. 서둘러 윗층에 전시된 3부에서 이응노, 변관식, 김기창, 천경자를 만나고 시간에 쫓기기라도 하듯 맞은편 4부에 들러 유영국, 장욱진, 최영림, 한묵의 작품을 관람했다. 내 딴엔 다시 보기 어렵다고 생각했기 때문일까. 아니면 박수근의 작품세계를 좋아하기 때문일까. 나도 모르게 발길은 어느새 2부에 있는 박수근의 작품 앞에 섰다.

박수근(1914~1965)은 강원도 양구군 양구읍 정림리 출생으로 기독교 가정에서 태어났다. 그러나 양구보통학교가 학력의 전부인 그는 부유한 해외유학파 화가가 아닌, 가난하게 출발하여 성장한 순수국내파 서민적인 토종화가이다. 그가 열두 살에 밀레의 〈만종〉을 보고 크게 감명을 받은 것은 그에게 있어 일대 사건이었다. 그로부터 그는 "밀레와 같은 화가가 되게 해 달라"고 하느님께 기도했다. 그래서 사람들은 그를 한국의 밀레화가라고 부르기도 한다. 그리고 독학으로 미술 공부를 하여 1932년 제11회 조선미술전람회에 입선함으로써 화단에 등단하였다.

박수근의 화풍은 회백색을 주로 하며 단조로운 것이 특징이다. 가장 평범한 서민의 일상을 그린 서민적인 화가이다. 그는 가난하고 못났지만 생긴 그대로 열심히 살아가는 사람들이 선하고 진실한 사람이라고 생각했고 '인간의 선함과 진실함'의 표현을 자신의 예술철학으로 삼았다. 그것은 박수근의 작품세계를 평생 동안 든든하게 떠받쳐 주는 버팀목 역할을 하였다. 그래서 박수근의 작품을 소박하면서도 특유의 질감이 묻어나는 작품으로 인간에 대한 긍정적 사고와 사랑에서 느껴지는 시대를 뛰어넘는 감동적인 울림이 있다고 말한다. 슬프기 때문에 아름다울 수 있는 것, 이것이 박수근의 또 다른 작품세계이다. 그는 자신의 삶을 그대로 받아들여 꾸밈없이 표현했다. 고급 의자에 책상다리를 하고 앉아 멋지게 파이프를 물고 거드름을 피는 귀공자는 그의 그림에 없다. 그는 수수한 노인과 아낙을 그리고 어린이들을 그렸다. 〈농악〉, 〈골목안〉, 〈절구질하는 여인〉, 〈노상〉, 〈빨래터〉 등 지금 내 앞에 있는 그의 그림들이 그것을 말해준다. 바흐가 신의 음성을 악보에 표현하였듯이 박수근은 신의 계시에 따라 인간의 선함과 진실함을 그림으로 표현했다. 핏줄은 예술세계에서도 영향을 미치는가. 장남 박성남, 손자 박진홍도 서양화가의 길을 걷고 있다.

그런데 아이러니하게도 모르는 사람은 그는 부를 대물림했을 거라고 생각하기 쉽다. 그도 그럴 것이 2006년 경매에서 10억 4천만 원이라는 거액으로 대한민국 최고가를 기록한 〈노상〉, 2007년 45억 2천만 원에 낙찰되어 최고가 기록을 경신한 〈빨래터〉가 있으니 그럴 만도 하다. 그러나 그의 유명세는 작품이 그의 손을 떠난 후의 일이다. 그의 작품은 그림엽서 1장 크기(1호)가 1억~2억을 호가한다고 하니 전시된 다섯 작품만 해도 천문학적인 액수다. 그러나 그는 전혀 부자가 아니었다. 그는 '예술가에게 있어 적당한 가난은 오히려 적당한 축복일 수 있다'고 했다. 절대 빈곤을 두고 축복이라고 할 수 있을까. 그는 가난으로 온 식구가 뿔뿔이 흩어져 살기도 했다. 그러나 그는 가난 속에서도 낙심하지 않고 틈틈이 그림을 그렸다.

박수근이 태어난 지 올해로 100년이 되었다. 생전에 단 한 번의 개인전조차 갖지 못했지만 다행히 고향 양구에서 소박한 기념식이 열렸고, 박수근 미술관은 그를 기리는 특별전과 학술 심포지엄을 기획하고 있다고 하니 듣던 중 반가운 일이다. 미술사가들은 박수근의 〈절구질 하는 여인〉과 〈나무와 두 여인〉을 미래등록문화재로 꼽기도 한다. 어쨌거나 그는 영원히 한국을 대표하는 화가로 많은 사람들의 뜨거운 사랑을 받을 것이다. '호랑이는 죽어서 가죽을 남기고, 사람은 죽어서 이름을 남긴다.'는 말을 실감하는 오늘이다.

(강릉가는 길)

춘천 친구

온통 몸과 마음이 풍선처럼 달뜨는 봄이다. 한겨울 움추렸던 기분이 활짝 펴지고 밖으로 나가 볕을 쬐고 싶은 충동마저 느낀다. 엊그제 나도 모르게 들썩이는 마음을 진정할 수 없어 상봉역에서 무작정 경춘선 열차를 탔다. 춘천까지는 한 시간 남짓 걸리는데 누구나 그러리라. 지하철이 아닌 지상철을 타고 차창 밖으로 펼쳐지는 풍경을 만끽하는 것은 생각만 해도 신바람나는 일이라고나 할까.

마석역에서 친구 생각이 나기에 30여 년 전 같이 근무한 적이 있는 춘천 친구 윤철에게 전화를 걸었다. 그 친구는 월남전에서 고엽제 피해를 입은 월남전 참전용사이다. 마침 서울 보훈병원에서 정기검진을 받고 집으로 돌아가는 중이라고 하길래 막국수를 같이 할 생각으로 만나자고 했더니 가평역에서 만나잔다. 잠시 후 가평역 플랫폼에 내렸으나 친구가 없어 한참 두리번거리는데 친구는 주차장에 파킹을 하고 기다렸단다. 같은 또래 친구 찬화는 교회로 가고, 현영이는 문화센터에 다니고, 제일이 성만이는 멀리 있어서 만날 수 없으니 나랑 단 둘이란다.

우리는 가평역을 뒤로 하고 춘천을 찾아 나선다. 지금 내가 달리는 경춘국도는 나의 지난날을 추억하는 환상의 드라이브 코스이다. 가평에서 의암댐까지 북한강변을 따라 이어지는 이 길은 살짝 까무라치도록 아름다운 길이다. 북한강 양쪽으로 이어지는 가로수길 특히 파릇파릇 새싹이 돋아나는 요즈음엔 어디를 가나 꽃바람이 어우러지는 축제의 한마당이다.

북한강을 우측으로 끼고 정겨움이 얼룩진 경춘국도, 익숙한 나의 옛길을 한참 달리노라니 30여 년 전 추억 속으로 돌아간다. 경춘국도를 따라서 카레이싱이라도 하듯 줄을 섰던 음식점은 만남의 설레임이 있었는데 아예 흔적조차 사라지고, 길손이 오가던 그 자리엔 공원이 들어섰다. 그때 강원도와 경기도 경계지점에 있던 음식점들, 특히 메뉴보다도 허우대가 유별났던 명품 뱃집의 기억이 새롭다.

그때 춘천 먹거리는 닭갈비와 막국수가 대세였다. 그래서일까. 지금도 6070들이 추억의 춘천 막국수와 닭갈비를 찾아들어 전철은 언제나 미어터진다. 그러니 전철에 손님을 빼앗긴 국도는 신바람나게 달리는 길이 아니라 불경기로 텅텅 비우거나 아예 헐리고 자동차마저 뜸한 한적한 옛길이다.

나는 서른이 되자마자 춘천에 갔다가 마흔이 되어 춘천을 떠났다. 꽃다운 나의 30대 10년을 춘천에서 보냈다. 지금도 자나 깨나 춘천을 잊지 못하고, 무작정 춘천으로 달려가는 것도 그 때문이다. 나에겐 이렇다 할 이유도 없이 그냥 좋은 춘천이다. 그리고 나의 30대가 영원히 청춘이듯이 내 마음속 춘천도 청춘이다. 그리고 춘천은 이른 아침 물안개가 스멀거리는 호반의 도시, 안개의 도시이다. 이와 같이 춘천을 지칭하는 키워드는 듣기만 해도 낭만적이고 매력이 넘친다. 그래서 춘천, 말만 들어도 기분이 좋아지고 신바람이 난다.

그리고 춘천하면 빼놓을 수 없는 곳이 공지천이다. 춘천 MBC 앞 전망대에 올라 의암호에 떠 있는 중도를 바라보노라면 의암호에서 이제 막 건져 올린 그림같은 춘천 시가지가 한눈에 들어온다. 춘천의 봄은 공지천에서 시작된다. 어디 그뿐이랴. 데이트 코스로도 잘 알려진 사랑의 명소, 공지천은 2030에게 있어 언제나 사랑이다. 그리고 공지천을 지나노라면 한물 간 6070도 그리던 연인이 나타날 것 같은 기분 좋은 예감이 든다. 일이 안 풀려 힘든 사람도 공지천에 가면 활력이 넘치는 멋쟁이가 된다.

공지천을 지나려니 길가 나뭇가지에 다닥다닥 분홍꽃이 피었다. 예수를 배반한 유다가 목을 맨 나무라서 유다나무로도 불리는 박태기나무 꽃이 피었다. 박태기 꽃을 보면 멜로 영화를 보면서 연실 입이 터져라 밀어 넣던 분홍 팝콘 생각이 난다. 춘천에서는 꽃이 나무에만 피는 것이 아니라 마음속에도 피는가 보다.

공지천에는 나의 서른, 친구들과의 추억이 살아있다. 그것이 내게 어떤 의미가 있는지 아직껏 잘 모르지만 아무튼 나에겐 힘들 때 의지할 수 있고, 작은 것이라도 나눌 수 있으니 위로가 되고, 희망이 된다. 누구나 바람 맞고 사는 세상, 우리는 동갑내기, 그저 구름처럼 바람처럼 정겹고 행복한 동반자라고나 할까. 굳이 촌수로 따진다면 우리는 친구이니까.

(한맥문학. 2014. 7.)

산을 내려오며

산행을 하다 보면 올라간 길로 되돌아올 때가 가끔 있다. 그럴 때면 생각나는 아주 짤막한 시 한 편이 있다. "내려갈 때 보았네 / 올라갈 때 못 본 / 그 꽃" 시인 고은의 〈그 꽃〉이라는 시 전문이다. 누구나 그러리라. 오르막길은 가쁜 숨을 몰아쉬며 발끝에 시선을 집중하다 보면 숲 사이로 언뜻언뜻 보이는 하늘이 있을 뿐 주변은 살피지 못하고, 내려올 때 비로소 시야가 트이고 새삼스럽게 신기한 것들이 눈에 들어오는 것을....

우리 인생살이도 다를 바 없으리라. 지난날을 돌이켜보면 젊은 날엔 가정이며 직장이며 정신없이 바쁜 생활에 쫓기다보니 부모 형제에게도 뭐 하나 제대로 챙기지 못하고 나이가 들어서는 이렇다고 내보일 것도 없는 부끄러운 성적표를 들고 살아간다. 얼마나 수양을 해야 주위사정이나 감정에 끌려가지 않고 샅샅이 제대로 살필 수 있을까.

부끄럽고 미안한 마음 한 구석엔 그래도 고향에 대한 그리움은 잊을 수 없는가. 어떤 사람들은 귀촌이다, 귀농이다, 하면서 고향을 잘도 찾지만 젊은 날 챙기지 못한 죄스러움에 좀처럼 용기가 나지 않아

추억을 반추하며 망설이다가 끝나는 것이 나의 고향생각이라고나 할까. 공자도 어린 시절 자란 고향으로 돌아가기를 마다했다고 하는 걸 보면 별 볼일 없는 나같은 필부야 귀향이란 언감생심 감히 생각도 못할 일이 아닐까.

나는 요즈음 가끔 이런 생각을 할 때가 있다. '나는 내가 살고 싶은 삶을 살아 왔는가.' 정작 내가 소망하는 삶은 저만치 거리를 두고 나의 뜻과는 전혀 다른 주변 사람들의 기대와 입맛을 의식한 맞춤식 삶을 살아온 것은 아닌지. 세상 물정 모르는 철없는 수다로 들릴 수도 있으리라. 그러나 이것이 오래전부터 나를 힘들게 하는 질문인 것을 어찌하랴.

누구에게나 자신만의 고유한 자기의 길이 있기 마련이다. 그러기에 우리의 삶은 자기의 길을 찾아 떠나는 여행이라고 말하기도 한다. 자기 나름대로의 길을 찾아 자신만의 삶 속에 행복을 찾아 떠날 때 자기다운 사람이 될 수 있으리라. 그런데 돌이켜 보면 내가 걸어온 길은 전혀 특별한 게 없다는 자책을 할 때가 있다. 아무리 따져 보아도 지나온 길이 여느 사람과 다를 바 없다. 고생다운 고생은 근처에도 간 일이 없고, 그렇다고 넘치는 복을 누린 일도 없다. 어떤 사람은 놀랍게도 역경을 딛고 힘들지만 칠전팔기 뜻있는 삶을 살아왔다고 하지만 가난한 시절이라는 공통점을 빼면 살아남은 외에 역경을 이긴 나의 성공담은 진정 얼마나 될까. 나야말로 춥지도 덥지도 않고 그저 뜨뜻미지근한 삶을 살아왔을 뿐이다.

세상에 시련을 좋아할 사람이야 없겠지만 시련은 나의 일상이었다고 생각하면서 모든 시련과 고난이 내게는 축복이었다고 당당하게 말할 수 있는 사람도 있다. 역사를 거슬러보면 익히 잘 알려진 신화의 주인공들이 있다. 이스라엘의 영웅 골다 메이어 수상은 혈혈단신 고아였고, 나폴레옹도 그렇고, 모세도 태어난 지 3개월 만에 부모와 떨어져 지내야 했다. 이와 같이 역사를 바꾼 위대한 인물 중 고아들이 많다는 연구 결과는 어려운 시대를 살아가는 우리에게 시사하는 바가 크다. 부모 없는 설움보다 더한 것이 어디 있으랴. 그러나 그 설움과 아픔을 딛고 세계 역사를 바꾸었다. 영웅이야 시대가 만들어주는 것이라지만 너나없이 지난 시절 넉넉지 못한 생활을 탓하면서 살아온 것이 부끄럽다고나 할까.

어떻게 해야 후회 없이 살았다고 말할 수 있을까. 어떤 이는 문제는 욕심이니 '마음을 비우라'고 충고하지만 마음을 비우기란 말처럼 쉽지 않다. 그런데 따지고 보면 마음을 비우는 것은 어느 한쪽이 일방적으로 그냥 비우는 것이 아니라, 나를 비우고 너를 채우고, 알콩달콩 서로 주고받기 마련이다. 그래서 비우는 것이 채우는 것이라고 말하지 않는가. 그러니 추호도 마음을 비우기를 주저할 일은 아니다. 어쨌거나 성공한 삶은 전전긍긍 나의 반쪽을 지키려고 안달하는 것이 아니라, 즐거운 마음으로 나의 반쪽을 흔쾌히 내어주는 것이리라.

그러니 무엇에 쫓기듯 불안하게 살며 고통을 만들기보다는 즐거움을 갖고 애정 어린 눈으로 살아가는 것이 어떨까. 일체유심조一切唯心造라 했던가. 이 세상 수많은 것이 아름다운 건 마음이 그러하기 때문이리라. 아직 덜 익은 '청매실'은 생각만 해도 입안에 군침이 고이는 것처럼 행복한 내일을 상상하는 것만으로도 넘치는 행복을 느낄 수 있으리라. 내 마음속에 긍정적 사랑이 강물처럼 흐를 때에 넘치는 기쁨과 행복, 그리고 감격적인 만남도 상상하는 대로 이루어지리라.

(산문학, 2014. 3집)

사다새

　요즈음처럼 한낮 기온이 30도를 오르내리는 날에는 움직이지 않고, 가만히 있어도 땀이 절로 난다. 텔레비전을 보니 어디든 물 있는 곳이면 피서객들로 북새통이다. 하기야 살인적인 무더위에 산과 물을 싫어할 사람이 어디 있을까만 바쁜 틈에도 시간을 쪼개어 여가를 즐기는 사람들을 보면 생활의 멋을 누리는 현명한 생활인이라는 생각마저 든다. 휴가는 삶이 힘겨워 비틀거릴 때, 장미빛 내일을 위해 충전이 필요할 때 떠올리는 것이 아닐까. 그런데 방학은 했다지만 웬 공부할 게 그리도 많은지 유치원 다니는 다섯 살짜리도 학원을 서너 군데씩 다니느라 쉴 사이가 없다. 차일피일 하다보면 때를 놓칠세라 중복날 모든 일을 뒤로 미루고 가족끼리 낙산해수욕장을 찾았다.

　낙산해수욕장은 아이들 말처럼 모래톱이 캡 좋다. 그리고 그보다 더 좋은 것이 해안도로를 따라 모래톱을 에워싸고 있는 방풍림 늘푸른 해송이다. 해송그늘이 없다면 뙤약볕으로 달구어진 모래톱에 몸을 숨길 곳이 없지 않을까 싶다. 나무처럼 살면 새처럼 찾아든다는 말이 이런 걸 두고 한 말인가. 그늘에 모여 앉은 사람들이 아마도 수

십 팀은 되는 것 같다. 아이들은 차에서 내리자마자 튜브를 메고 물로 달려가고 남은 사람은 소나무 그늘 한쪽에 자리를 잡았다. 자리를 잡고 보니 아이들이 궁금하여 잠시 후 삼삼오오 둘러앉은 틈새로 빠져나오는데 시식회라도 하는 건가, 지나가는 사람은 아랑곳 않고 저마다 먹는데 골몰하기에 훔쳐보니 페리카나치킨을 뜯고 있다. 조금 전 해수욕장으로 오는 길에 광고판에 펄럭이던 '페리카나치킨 양양 입점' 플래카드가 구매욕을 부추기기라도 한 것일까.

전통 보양식 삼계탕은 7080이나 찾는 구시대의 유물이 되었고, 치킨은 누구나 즐겨 찾는 신상품 국민 먹거리로 자리잡았다고나 할까. 내가 살고 있는 서울 잠실만 하더라도 치킨집이 수없이 많다. 미안한 말이지만 죽겠다 죽겠다 하면서 단군 이래 지금처럼 배불리 먹고 흥청망청한 때가 언제 있었나 싶다. 물론 일부이긴 하겠지만 먹어도 너무 먹어치운다. 그건 그렇고 지금 골몰하게 뜯고 있는 페리카나치킨이 꿩인지 닭인지 알고나 먹는 걸까.

펠리컨pelican은 사다새 또는 가람조라고도 한다. 조선왕조실록에 보면 '어떤 지역에서는 조정에 공납할 사다새가 없으므로 다른 곳에서 사다가 바쳤다'는 기록으로 보아 우리나라에도 있었다. 그러나 1914년 11월 3일에 인천에서 한차례 채집된 기록이 있을 뿐이다. 혀는 퇴화하여 아예 없고, 물을 11리터나 넣을 정도로 큰 목주머니를 지니고 살아가는 허우대 좋은 새다. 어미 새의 빛깔은 흰색이며 갓 태어난 새끼는 몸 전체가 갈색이다. 유럽 남동부에서 몽골, 시베리아에 이르는 전 지역에 분포하는 새다. 목주머니는 깃털이 없으며 평소에는 보이지 않고, 물고기, 새우 따위의 먹이를 잡아 삼키면 목주머니가 크게 늘어나서 먹이를 많이 저장할 수 있다. 이와 같이 펠리컨의 목주머니는 먹이를 저장하였다가 새끼에게 공급하는 먹이 저장고이다. 낮의 길이가 짧은 북극지방에서 먹이를 구할 수 없는 추운 겨울에는 목주머니에 저장한 먹이를 새끼에게 먹이며 겨울을 난다. 그러다가 추운 겨울을 나기 전에 먹이가 떨어지면 펠리컨은 자신의 가슴을 쪼아 핏줄을 터뜨려 그 피를 먹여 굶어 죽어 가는 새끼를 살려낸다고 한다. 어미 자신은 죽어가면서도 새끼를 위해 기꺼이 목숨까지 바친다. 그래서 서양인들은 펠리컨을 사랑과 희생의 상징으로 여긴다.

펠리컨은 서양에서만 사랑과 희생의 상징으로 칭송받는 것일까. 조선시대 조정에 공납하여 수라상에 올랐던 귀하신 사다새가 펠리컨이었다는 걸 알고나 있는 걸까.

(강릉가는 길, 2014. 7집)

전설의 스프린터

　전설의 스프린터 칼 루이스Carl Lewis는 미국 앨라배마주 버밍햄에서 태어나고, 휴스턴대학교를 졸업하였다. 칼 루이스는 88서울올림픽과 인연이 깊은 신기록 제조기이다. 88서울올림픽에서 육상 100m 금메달리스트는 캐나다의 벤 존슨이었다. 그런데 벤 존슨이 약물을 복용한 사실이 밝혀져 메달을 박탈당하게 되었다. 그래서 100m 금메달은 칼 루이스에게 돌아갔다. 그리고 칼 루이스는 몇 차례 올림픽 대회에서 총 9개의 금메달과 1개의 은메달을 획득했다. 뿐만 아니라 세계 육상 선수권 대회에서 8개의 금메달을 비롯 총 10개의 메달을 거머쥐었다. 그중에도 그는 올림픽 역사상 처음으로 남자 100m 2연패 금메달리스트가 되었다.

　그는 경기를 시작하면 끝까지 웃으며 즐기는 사람이었다. 칼 루이스는 80m까지 3~4위로 달리다가 막판 스퍼트에서 우승을 차지하는 선수로 잘 알려져 있다. 그는 100미터 경주에서 80미터 지점에 도달하는 순간 언제나 습관처럼 웃었다. 그는 웃는 이유를 묻는 기자의 질문에

"나는 80미터에서 웃는 버릇이 있습니다. 나머지 20미터는 웃기 때문에 더 잘 달릴 수 있습니다."

칼 루이스에게 있어 웃음은 폭발적인 에너지의 원천이었다. 사사여의事事如意. 일마다 뜻과 같이 된다고 했던가. 모든 일은 긍정적으로 즐기는 데서 좋은 결과는 보장된다. 단거리 선수에게 마지막 20미터는 이를 악물고 죽어라 달려야 할 숨막히는 순간이다. 그러나 칼 루이스는 그 순간을 오히려 즐기며 한 번 '씨익 웃고' 사력을 다하여 달리는 멋진 선수였다.

막판 스퍼트가 중요하기로 말하면 우리의 한평생도 칼 루이스의 100미터 경주와 다를 바 없으리라. 이것저것 챙기기에 골몰한 나머지 탐욕의 끈을 놓지 못하고 3~4위로 달려왔다 하더라도 인생의 80미터 지점에서 늦게나마 내가 할 수 있는 최선의 길을 찾아 스퍼트할 수만 있다면 그 자체로 큰 축복이 아닐 수 없다. 하지만 승리의 여신은 누구에게나 소망하는 대로 그냥 손을 들어주지 않는 법. 범사에 감사하며, 간절한 마음으로 항상 기도하는 온유한 사람에게 손을 내밀어 준다고나 할까. 누가 한평생을 마감하는 순간에 웃을 수 있을까.

"나는 사는 동안 내가 할 수 있는 모든 것을 다 했다."라고 자부할수 있을까. 약간은 오만함이 느껴지는 그러나 통쾌하게 후회없는 인생을 살다 간 프랑스 대통령 조르주 퐁피두의 묘비명이 생각난다.

(문학의강. 2014. 가을)

은행단풍을 보며

가을이 깊어간다. 같은 도심이라도 빌딩보다는 나무숲에서 또 한 번의 계절이 가고 있는 걸 쉬 느끼는 걸까. 내가 살고 있는 아파트는 족히 50년은 된 은행나무 숲속에 있다. 예로부터 은행나무같은 교목 喬木은 정원수로 심지 않는다는 속설이 있는데 속설을 비웃기라도 하듯 은행나무뿐만 아니라 메타세쿼이아, 마로니에 같은 교목 수백 그루를 심어서 도심 속의 숲을 이루었다. 그러니까 나는 아파트에 사는 것이 아니라 원시림 속 전원주택에 살고 있다고나 할까.

은행단풍 숲은 보기만 해도 어린아이마냥 마음이 달뜬다. 그런데 노란 은행잎은 지난해와 다름없이 예쁘고 아름다운데 작년까지만 해도 이맘때면 은행을 줍던 등이 굽은 할머니가 있었는데 금년은 안 보인다. 혹시 무슨 일이라도 있는 것일까. 은행을 줍지 않으니 밟혀 터진 은행껍질果肉에서 고약한 냄새가 난다고 다들 볼멘소리다. 게다가 아이들이 신발에라도 묻혀오는 날이면 온 집 안에 쿠린내가 진동해서 아예 은행나무를 베어버리자고 야단들이다. 그래서 궁여지책으로 열매 달린 나무는 리본을 묶어두고 겨울이면 가지치기를 한다. 은

행을 줏으며 버릴 것은 버리고, 청소까지 마다 않던 고마운 할머니의
손길이 새삼 아쉬운 요즈음이다.

　온통 황금물결로 넘실대는 은행단풍 숲에 들면 독일의 대문호 괴
테가 생각난다. 하이델베르크성 정원 은행나무 길엔 못다 이룬 괴테
의 사랑이야기가 있다. 괴테는 어느 날 서른 남짓한 유부녀 마리안네
폰 빌레머와 하이델베르크성 정원 은행나무 길을 거닐다가 은행잎
두 개를 따 가지고 며칠 지난 후 자작시 한 편을 동봉하여 그녀에게
보냈다.

　괴테는 마리안네에게 보낸 그의 시에서

"동방에서 건너와 / 내 정원에 뿌리내린 이 나뭇잎엔 / 비밀스런 의미
가 담겨 있어 / 그 뜻을 아는 이들을 기쁘게 한다. // 둘로 나누어진 한
생명체인가 / 아니면 서로 어우러진 두 존재를 / 우리가 하나로 알고
있는 것일까. // 이런 의문에 답을 찾다가 / 마침내 참뜻을 알게 되었
으니 / 그대는 내 노래에서 느끼지 못하는가 / 내가 하나이며 둘임을."

(괴테 '은행나무 잎' 전문)

　라고 노래했다. 괴테가 그녀에게 보낸 두 개의 은행잎은 생김새부
터 그들의 결별을 암시라도 한 것일까. 은행잎은 부채살처럼 벌어진
잎도 있고, 핑킹가위로 자른 것 같은 모양도 있다. 벌어진 잎은 다시
아물어 붙는 법이 없다. 괴테가 그녀에게 벌어진 잎만 주지 않았다면
헤어지는 불행은 없었을 텐데.

은행나무는 살아 있는 화석이라고 할 만큼 유서 깊은 나무도 있다. 우리나라 최고령 양평 용문사 은행나무는 수령이 무려 1,300년이 넘는 고목으로 잘 알려져 있다. 용문역에서 등산객을 만나보면 절집 이름은 몰라도 은행나무는 알고 있다. 은행나무는 불교와 유교가 우리나라에 전해질 무렵 중국으로부터 들어왔다고 알려져 있다. 그런데 작은 부채를 펼친 듯 앙증맞은 은행잎은 눈으로 보기엔 틀림없는 활엽수인데 사실은 침엽수란다. 그리고 은행나무의 꽃말은 장수, 장엄함으로 통한다. 허울좋은 꽃말은 많은 권속이라도 거느릴듯하지만 1과 1속의 화석식물로 가까운 친척이 하나도 없는 혈혈단신 외로운 나무다. 그러니 천년을 살며 종족보존을 위해 독한 쿠린내를 더 풍길 수밖에 없는가보다.

은행나무는 열매가 달리는 암나무와 꽃만 피는 수나무가 있다. 그런데 은행나무에 정자精子가 있다는 것을 알게 된 것은 불과 백 년 남짓하다. 1895년에 일본인 학자 히라세 사쿠고로가 최초로 은행나무의 정자를 발견하였다. 우리나라에서는 몇 십 년 전만해도 묘목은 암수 구분이 안 되었는데 요즈음은 묘목의 암수를 구분하는 기술이 개발되었는가보다. 어찌 됐든 쿠린내나는 열매 때문에 수난을 당하는 은행나무는 바닷가 모래알보다 많은 열매를 맺는 그야말로 다산왕이다. 다산왕 은행나무를 보며 엉뚱하게도 저출산의 심각성을 생각하는 것은 나만의 오지랖일까.

영국의 데이비드 콜먼 교수는 한국이 1.23%의 저출산율이 계속된다면 지구촌에서 인구 감소로 소멸하는 첫 번째 국가가 될 것이라는 듣기 싫은 경고까지 내 놓은 바 있다. 콜먼 교수가 아니라도 인구 1억 이상이 되어야 경쟁력을 갖추고 열강에 합류할 수 있다고 하는 미래학자도 있다. 바야흐로 인구가 경쟁력인 시대가 되니 다산왕이 절실한 우리나라이다.

톱으로 잘리고, 부러지고, 비틀어진 상처 투성이 은행나무 고목을 보니, 나무는 상처를 입고, 치유하며 나이를 먹을수록 아름다워진다는 생각이 든다. 그러나 사람은 나이를 먹는다고 아름다워지는 것도 아니고, 원숙미가 넘치는 것도 아니다. 나이를 먹을수록 심약해지고 아는 사람은 하나둘 떠나간다. 그러니 은행나무가 쿠린내를 풍긴다고 하더라도 흉볼 일만은 아니다. 따지고 보면 은행만 냄새를 풍기는 것이 아니라 사람도 산다는 것은 냄새를 풍기는 일이니까.

(한맥문학, 2015. 1.)

작은 행복

아프리카 세렝게티Serengeti초원은 탄자니아 서부에서 케냐 남서부에 걸쳐 있다. 무려 3만 평방킬로미터가 넘는 초원으로 30여 종의 초식동물과 500여 종의 새들이 함께 어우러져 살아가는 동물의 천국이다. 세렝게티의 남쪽 75%는 탄자니아 영토이고, 나머지 25%는 케냐의 영토이다. 남쪽은 탁 트인 초원, 중심부는 사바나, 북쪽과 서쪽은 우거진 숲, 작은 강과 크고 작은 호수 그리고 늪지가 산만하게 펼쳐져 있다.

세렝게티의 기후는 비교적 따뜻하고 건조하다. 3월에서 5월까지는 비가 자주 내리며, 10월에서 11월 사이에도 간간이 비가 내린다. 비가 내릴 때에는 초원이 푸르고 풀이 싱싱하지만, 우기가 끝나고 건기가 찾아오면 초원이 메말라 풀이 시들기 때문에 초식동물들은 먹을 물과 풀을 찾아 나설 수밖에 없다. 그러다 보니 지구촌에서 가장 큰 규모라고 할 수 있는 세렝게티 야생동물의 대이동이 시작된다. 줄잡아 200만에 이르는 초식동물들의 생존을 위한 대이동은 남부의 평원에서 시작하여 서쪽의 세렝게티를 거쳐 그루메티강을 건너 물이 있는 북쪽의 구릉지대까지 이어진다.

　나무와 풀과 초식동물과 육식동물이 절묘하게 조화를 이루고 살아가는 세렝게티는 잡고 잡히면서도 저마다 제 몫을 챙기는 경이로운 모듬살이의 현장이다. 세렝게티 초원에는 톰슨가젤이 사자와 함께 살아간다. 사자와 톰슨가젤은 날이 밝으면 달리고 또 달린다. 톰슨가젤은 사자의 공격을 벗어나 살아남기 위해 달리고, 사자는 톰슨가젤을 잡아먹기 위해 달린다. 그런데 단 한 발짝 차이로 희비가 엇갈린다. 톰슨가젤은 사자보다 한 발짝 더 빨리 달리지 않으면 잡아먹히고, 사자는 톰슨가젤보다 한 발짝 더 빨리 달리지 않으면 먹이감을 놓치므로 허기진 배를 채울 수 없다. 그래서 사자와 톰슨가젤은 눈만 뜨면 죽어라 달린다.

　그런데 나무와 풀은 생존에 필요한 이상의 욕심을 부리지 않고 제자리에서 자연이 주는 대로 받아들이며 서로 원원 생명을 유지한다. 그러나 동물은 떼거지로 이동하며 상대를 공격하여 생명을 유지한다. 쫓고 쫓기며, 덩달아 달려들어 먹고 먹히는 것이 동물의 속성이다. 그러다 보니 쫓기는 약자도 뒤쫓는 강자도 살아가기는 다같이 힘들다. 철저하게 적자생존의 법칙에 의해 생명을 유지하는 동물세계를 보면 인간사회도 동물의 세계와 다를 바가 없다. 오늘날 경쟁사회에서 살아남기 위하여 최선을 다해야 하는 이유를 알 것도 같다.

　문제는 자칭 만물의 영장으로 군림하는 인간이 문제다. 남을 배려하지 않고 내 것만 생각하는 것이 오늘날 우리사회가 안고 있는 가장 큰 문제다. 남을 배려하지 않는 경쟁은 사라져야 한다. 경쟁에서 행운을 거머쥔 승자는 당연히 박수를 받겠지만 불운의 꼴찌에게도 위로와 격려의 박수를 보내야 하지 않을까. 그러나 승자독식의 글로벌 경쟁사회는 꼴지에게는 슬퍼도 슬퍼할 기회마저 없다. 박수는커녕 때로는 패배를 비웃기라도 하듯 뒷담화에 시달려야 하는 게 패자의 운명이다. 그런데 때로는 밀려오는 헛소문의 근원이 일고의 가치도 없는 걸 어찌하랴.

속담에 '개 한 마리가 헛그림자를 보고 짖으면 온 마을 개가 그 소리를 따라서 짖는다. 諺曰 一犬吠形 百犬吠聲'는 말이 있다. 어디 개만 그런 것일까. 한 사람이 근거도 없는 소문을 퍼뜨리면 수많은 사람들이 사실인 양 헛소리를 떠들어대는 것을 어찌하랴. 흔히 되지도 않는 소리를 '개소리'라고 매도하는 것도 헛소리를 질책하는 말이리라. 개소리 중에도 홀로 짖는 것보다 더 고약한 것이 덩달아 짖는 개소리다. 그리고 '개소리'만도 못한 헛소리를 터뜨리는 것이 더 큰 문제다. 오늘날처럼 여론이 지배하는 사회에서는 여론을 선도하는 페이스북이나 소셜미디어가 헛소리를 부추기는 주범으로 진화하는 것도 큰 문제이리라.

나는 승리의 삶을 갈망한다. 그렇다고 겁도 없이 세상일을 쉽게 생각해서 하는 말은 절대로 아니다. 행복과 불행, 승리와 패배는 별개의 것 같으면서도 따지고 보면 동전의 양면과 같은 것. 이러한 양면성이 암시하는 일말의 가능성이 내가 최선을 다하며 간절히 승리의 삶을 꿈꾸는 이유 중의 하나라고나 할까. 그런데 살다보면 같은 조건에서 어떤 사람은 어이없이 무기력하게 패배의 눈물을 흘리고, 어떤 사람은 여유 있게 승리의 쾌재를 부른다. 결국 인간의 승리와 패배는 애당초 균형이 맞지 않은 시이소게임 같은 것. 그러나 욕심 때문에 기쁘고 즐거운 일보다는 나만 억울하고 답답한 일이 많은 것 같고, 승리의 삶보다는 패배와 좌절의 삶이 더 가까운 것처럼 느껴지는 걸 어쩌하랴.

그러니 동물은 동물답게 살아야 행복하고, 사람은 사람답게 살아야 행복하다. 아득바득 너무 고달프게 이기려고만 할 것이 아니라 바람부는 대로 물결치는 대로 때로는 지는 연습도 필요하지 않을까. 그리고 우리 삶 자체가 큰일보다는 아주 작은 일에 정을 나누는 것이라면 큼직한 일에만 매달릴 것이 아니라 아주 소소한 일에도 살갑게 정을 쏟고 작은 행복을 생각하며 살아가는 것은 어떨까.

(강릉가는 길. 2015. 8집)

누름돌

아내가 장아찌를 담근다며 마트에서 오이를 두 망태기나 사왔다. 무슨 큰일이라도 하는 듯 별스런 장아찌를 담근다고 온통 주방이 분주하다. 아내는 오이를 깨끗하게 씻어 항아리에 차곡차곡 재우며 설탕과 소금과 식초로 재워서 일주일만 두면 아삭아삭 씹히는 쌈박한 장아찌가 된단다. 항아리에 오이 재우는 일은 알아서 할 터이니 오이를 눌러 둘 크지도 작지도 않은 두 주먹만한 돌 한 개만 구해오란다.

아내가 돌을 구해오라는 말을 들으니 어린 시절 김치 담그시던 어머니가 생각난다. 그때는 초겨울 김장철이었던 것으로 기억한다. 어머니께서는 막 절인 배추김치를 눌러 놓을 돌을 주워오라고 하셨다. 그런데 고향집은 시냇물과 거리가 멀어서 매끈하게 잘 다듬어진 돌을 구하기란 쉬운 일이 아니었다. 마당을 발칵 뒤져서 비스무레한 돌을 주워 드렸지만 몇 번 퇴짜를 맞고 나서야 어렵사리 어머니 마음에 드셨던지, '그래, 됐다.'하시며 돌에 묻은 먼지나 깨끗이 씻어 오라고 하셨다.

아파트에서는 하다 못해 돌멩이 하나마저도 숨겨 둘 잡동사니 수

납공간이 없다. 아내 말이 지중하여 하는 수 없이 몇 년 전까지 관심을 갖고 수집한 수석 중에 마음에 드는 그럴듯한 것이 있을 성 싶어서 베란다를 뒤지니 북극곰 무늬석이 있어 아내에게 주었더니 오케이 사인이 떨어졌다. 그 옛날 내가 주워온 돌을 보고 '그래, 됐다.' 하시던 그때 어머니를 보았듯이 아내를 바라보니 우리 가족을 지그시 눌러주는 그 어려운 누름돌 역할로 한평생을 살다 가신 어머니 생각이 간절하다.

오늘따라 누름돌이 큰 깨달음으로 다가온다. 우리의 대표적 발효식품 김치, 장아찌를 만들어 낸 일등공신이 누름돌이 아니던가. 김치나 장아찌는 매끈하게 잘 다듬어진 누름돌로 눌러놓으면 곰팡이도 슬지 않고 농익은 제맛이 난다. 우리의 인생살이도 누름돌에서 배울 일이다. 지난날 우리 어머니들은 저마다 마음속에 누름돌을 하나씩 품고 슬픔과 울분을 지긋이 가라앉히며 조금이라도 더 행복하고, 정겹게 살지 않았던가. 넘치지도 않고, 부족하지도 않고 누름돌에 짓눌려 어쩔 수 없이 알맞게 농익는 김치를 지켜보며 참기 어려운 울분도 김치를 삭이듯 속으로 삭이는 지혜를 터득하였으리라. 누가 일부러 시키지도 않았고 누구에게 특별히 배우지도 않았지만 가족을 먹일 음식을 만들며 그저 행복을 느끼고 자신의 서운함을 누르고, 희생과 사랑으로 그 아픈 시절을 견디어 내는 방법을 익힌 우리 어머니들이다.

오로지 가족을 위해 몸바친 어머니를 그리며 우리도 살아가면서 저마다 매끈하게 잘 생긴 누름돌 하나씩 끌어안고 살아야 하지 않을까 생각한다. 세월이 갈수록 생활이 여유로울수록 인심은 사나워진다. 바쁘게 살다보니 정작 소중한 것을 잃어버리고 살아간다. 지긋이 기다리는 시간을 놓치고 살아가는 현대인들은 어디서 왔다가 어디로 가는 걸까. 느긋한 기다림이 나만의 맛을 만들고 숙성시키는 것, 누름돌은 기다림의 지혜를 일깨워 준다. 모든 것을 너그럽게 참고 견디며 기다리는 누름돌 같은 사람이 간절한 오늘이다. 옛 어른들은 누름돌 하나씩 품고 한없이 기다리며 사셨다. 누가 가르쳐주지 않아도 자신을 누르고 희생과 무한한 사랑으로 그 아픈 시절을 견디어냈으리라. 우리 모두 아득바득 살아오는 가운데 일그러진 감정들을 지그시 눌러줄 그런 누름돌 하나 가슴에 품어야겠다.

나이 들면 눈 어둡고, 귀 어두워지는 것이 괜한 게 아니라는데 이젠 나이가 들 만큼 들었는데도 불같은 성질이며, 낄 데 안낄 데 가리지 않고 나서는 오지랖까지 자제한다고 하지만 다스리기가 쉽지 않다고 흔히들 말한다. 우리 모두 부부 사이에도 서로 누름돌이 되어 주고, 부모 자식 사이에도 누름돌이 되어 주고, 친구 사이에도 누름돌이 되어 준다면 살기 좋은 세상이 되리라. 남의 근심할 일이 아니라 나부터라도 못된 분기를 꾹 눌러 참을 수 있도록 매끈한 누름돌 하나 잘 닦아 가슴에 품어야겠다. 그리고 우리 아이들에게도 가슴속에 그런 누름돌 하나씩 안겨주고 싶다.

(강릉가는 길, 9집)

누름돌 211

옷에 대한 단상

나는 섬세하지 못한 것이 큰 병이다. 현직에 있을 때 일이다. 아침에 출근을 하니 백자 항아리에 탐스럽게 핀 호접난으로 온통 방 안이 황홀찬란하다. 예쁜 항아리에 호접난이 귀티나게 리본을 드리운 채 기다리고 있다. '건강하세요. 아침 햇살을 받으면 일품이예요.'라는 메모와 함께 아는 사람이 보낸 것이다. 난蘭은 아침햇살을 머금은 아름다움이 일품이라기에 좋다는 대로 창 앞에 놓아두었다. 그리고 금방 퍼레이드라도 펼칠 듯 화사한 꽃을 눈으로만 즐기는 가운데 며칠이 지났다. 하루는 여직원이 화분에 물을 주는데 호접난은 물을 주지 않았다. 알고 보니 조화이기 때문에 꽃잎에 먼지만 닦아준다는 것이다. 감쪽같이 속은 것이다. 호사의 극치를 자랑하는 호접난이 조화일 줄이야. 그래서 나의 섬세함은 창피스럽게도 들통이 나고 말았다.

나의 별난 섬세함은 이것으로 끝나는 것이 아니다. 남성복의 경우 팔다리가 길어서 수선집을 거친 후에야 입을 수 있다. 그래서 그냥 입기 편리한 것을 고르다보니 약간은 끼이는 사이즈의 여성복을 입을 때가 있다. 그리고 밝은 색상과 주머니 없이 심플한 디자인을 좋아하는 나에게는 여성복이 제격이다. 이와 같이 나는 옷을 입는 취향이 남다르다. 때로는 쓸데없이 섬세하고, 때로는 대책없이 헐렁하기 때문에 잘난 내 안목에 대한 조롱이 항상 따라 붙는다. 그리고 나는 갈아입기를 아주 싫어하여 걸친 옷에 꽂히면 새 옷을 사더라도 까마득하게 잊고 몇 달을 그대로 두기가 일쑤다. 아무리 챙기려고 해도 잘 되지 않는다. 새 옷 입는 것은 그만두고라도 있는 옷 갈아입는 일에나 철저할 수만 있다면 아내의 잔소리는 비켜갈 수 있으련만….

며칠 전 잠실역 지하상가에 눈요기도 할 겸 들렀더니 계절이 찾아오기도 전에 가을 신상품이 가득하다. 옷가게의 계절은 창밖의 계절보다 빠른가 보다. 그런데 여성복 가게는 많은데 남성복 가게는 후진 구석에 겨우 두어 집뿐이기에 그냥 돌아왔다. 그리고 며칠 후 도봉산 등산길에 가을 티셔츠를 사러 매장에 들렀다. 도봉산 매장은 일 년 내내 세일이다. 어떤 집은 몇 년을 두고 '점포정리 마지막 기회'라고 등산객을 유혹한다. 계절이 바뀔 때마다 세일을 하는 것도 부족하여 일 년 내내 세일을 하는 걸 보면 뭔가 꿍꿍이가 있는 모양이다. 그런데 착한 값에 비해 물건이 너무 좋다. 누가 보더라도 도봉산 가을 단풍보다 아름다운 때깔 좋은 등산복은 보는 사람이 서슴없이 지갑을 열게 한다.

화려한 색상의 등산복을 만지작거리다가 돌아서서 매장을 나서는 사람들을 보며 도봉산은 등산 코스가 아니라 세일현장이라며 세련되고 멋진 색깔을 고르되 같은 색깔을 고르기보다 색깔이 다르더라도 채도가 비슷한 것으로 맞추는 데 옷을 잘 입는 비결이 있다던 친구가 생각난다. 기본적으로 남녀는 서로 다른 색이다. 여기에 스펙이 끼어들면 남녀는 아주 다른 색이 된다. 이런 가운데 같은 스펙, 같은 마음의 짝을 찾기란 하늘의 별따기라고 말한 친구를 떠올리며 짝 찾기보다도 어려운 것이 마음에 드는 옷을 고르는 일이 아닐까 생각해 본다.

몇 년 사이에 스포츠웨어가 시장을 주도하면서 정장에서 남녀혼용 캐주얼복장으로 입성도 바뀌었다. 그리고 편리한 지퍼를 쓰면서 단추가 자취를 감추었다. 그래서일까 어쩌다 눈에 띈 단추를 보며 묻는다. 단추를 왼쪽에 단 여성복의 경우 무슨 비밀이라도 있는 건가.

여성복은 왜 단추가 왼쪽에 있을까. 오른손잡이에게는 단추가 오른쪽에 있는 것이 편리하고, 왼손잡이에게는 단추가 왼쪽에 있는 것이 편리할 텐데 열이 하나같이 단추가 왼쪽에 달린 여성복을 보며 단추에 시선이 꽂힌다. 여성복은 왜 단추가 왼쪽에 달렸을까. 일설에 의하면 옛날 귀부인들은 대개 하녀의 도움을 받아 옷을 입었다. 하녀가 아씨와 마주보고 옷을 입혀줄 때, 오른손잡이 하녀에겐 단추가 왼쪽에 있는 것이 편리했기 때문이라는 설이 있고, 또 하나는 육아관련설이다. 여성들은 아기를 안을 때 대부분 왼팔로 아기의 머리 쪽을 받치고 오른팔로 다리를 감싸 안는다. 이런 자세에서 아기에게 젖을 물리려면 단추가 왼쪽에 있는 것이 편리했기 때문이라는 설이 있다. 그리고 무역에서 남성복보다 여성복은 관세를 싸게 매겼는데, 수입업자들이 관세가 싼 여성복을 쉽게 구별하기 위해 생산업자에게 여성복의 단추를 남자와 반대로 바꿔 달게 하였다는 설도 있다. 이와 같이 편리를 쫓아 여성복은 단추를 왼쪽에 달았다. 그럴듯한 말이다.

어쩌면 우리는 좋든 나쁘든 진짜보다 아름다운 가짜에 현혹되어 속으며 살아가는지도 모를 일이다. 조화는 시작부터 아름다운 색깔로 보는 이를 현혹시키려고 작심한 것 같고, 등산복 또한 화려한 색깔을 앞세운 교란작전인 듯싶고, 연중무휴 세일 매장도 역시 뭔가 꿍꿍이 속이 있는 듯하다. 그런데 오늘따라 어쩌면 별것도 아닌 일에 마음 쓰는 것은 내 나이 때문이 아닐까.

(문학의강, 산림문학, 2015. 가을)

에올루스 하프

바람이 불면 아름다운 소리를 내는 에올루스 하프Aeolus harp라는 악기가 있다. 바람이 불어오는 창가에 이 악기를 놓아두면 그야말로 곱고 아름다운 천상의 소리가 난다. 그러나 하프를 창가에 두더라도 바람이 불지 않으면 아무런 소리도 나지 않는다. 그리고 바람이 불더라도 소리가 나도록 하프 줄을 팽팽하게 조여 두지 않으면 아름다운 소리를 들을 수 없다. 이와 같이 에올루스 하프의 아름다운 소리를 들으려면 바람과 악기의 만남을 위한 준비가 필요하다. 바람과 악기의 관계 속에 아름다운 소리가 들려온다. 어디 에올루스 하프만 그럴까. 우리 인생도 아름다운 관계 속에서 아름다운 소리를 낼 수 있으리라.

우리가 살다보면 '나도 이럴 때가 있구나.' 할 정도로 기쁨을 만끽할 수 있는 감격의 순간이 있는가 하면 그렇지 못하고 참고 견디기 어려운 힘든 때도 있다. 그런데 우리 인생에서 최고의 순간과 최악의 순간은 의식적이건 무의식적이건 나 혼자 잘잘못으로 다가오는 것이라기보다는 다른 사람과의 관계에서 나타나는 결과라고 할 수 있다. 곧 우리의 삶 속에서 일어나는 일은 개인적으로 자기에게만 해당되는 일이라고 하더라도 다른 사람과의 영향관계 속에서 일어난다. 그러므로 누구를 어떻게 만나서 어떻게 관계를 유지할 것이냐가 한평생 챙겨야 할 가장 소중한 과제라고 할 수 있다.

　세상 사람들이 칭송해 마지않는 훌륭한 사람에게는 그에게 영향을 준 훌륭한 멘토가 있고, 메달을 거머쥔 운동 선수에게는 유능한 코치가 있다. 멘티와 멘토, 선수와 코치는 둘이 하나같이 영혼의 동반자, 공동 운명체로 고락을 같이 하고, 희망을 함께한다. 유능한 멘토와 코치를 만나면 자기 능력의 두 배, 세 배의 일을 해낼 수도 있다. 멘토와 코치는 한계에 다달았을 때 한계를 뛰어넘을 수 있도록 활력을 불어넣어 준다. 한 예로 허준은 유의태라는 스승이 있었기에 조선 최고의 명의가 되었고, 유의태는 허준이라는 제자가 있었기 때문에 자신의 의술을 전할 수 있었다. 스승과 제자, 멘티와 멘토, 운명과도 같은 극적인 만남으로 새로운 의술의 창안이라는 쾌거를 이룩했다. 언제 어디서나 뜻을 같이 하는 사람들이 힘을 모으고 마음을 합치면 뜻하는 바를 못 이룰 것이 없고, 설령 이루지 못한다 해도 땀 흘리는 모습이 아름답다.

　이와 같이 우리는 누군가를 만나서 사귀고, 마음을 주고받으며 살아가기 마련이다. 사귐은 아름다운 만남으로 시작한다. 그런데 아름다운 만남으로 관계를 맺으려면 남을 내 편으로 끌어들이는 유혹의 기술이 필요하다. 남을 배려하고 베풀기를 거듭하다 보면 아름다운 소문이 냄새처럼 퍼지고, 사람들은 내게로 다가온다. 이럴 때 다른 사람과의 관계를 맺는 첫 통과의례가 악수와 포옹이다. 악수를 나누고 포옹을 하는 단 몇 초가 둘을 하나 되게 하는 순간으로 서먹서먹했던 사이의 벽을 허물고, 얼었던 사이도 녹아내리게 한다. 이럴 때 악수와 포옹은 너와 나의 몸과 마음을 녹이고, 세상을 따뜻하게 녹인다.

그러나 오늘 우리사회를 보면 대부분 사람들이 잿밥에 눈이 어두워 인생 최고의 순간도, 최악의 순간도 모두 관계보다는 일에 따른 댓가를 통하여 다른 사람과의 문제를 해결하려고 한다. 그러니 불행하게도 탐욕을 버리지 못하고, 오로지 일에 올인하다가 생을 마감하는 순간에야 비로소 한평생 착각 속에 살았다는 걸 깨닫는다. 사람은 혼자 살 수 없는 것. 실타래처럼 얽힌 관계 속에서 알게 모르게 서로 도움을 주고, 받으며 살아간다. 그러나 보통 때는 잘 모르다가 몸이 아플 때, 그리고 위기에 처했을 때, 비로소 가까운 사람의 손길이 얼마나 소중한지를 깨닫지만 때는 이미 늦은 걸 어찌하랴. 어차피 관계를 맺고 함께 살아가기 마련인 인생이라면 살가운 인간관계 속에서 황금인생을 꾸려야 하지 않을까.

그리고 꿈을 향해 달리면서도 가끔은 유유자적하고 안분지족하는 삶도 필요하리라. 때론 자신의 하루하루가 불만스럽고 불안하여도 자신의 삶의 자리를 잘 지켜낼 수 있도록 스스로를 다짐하고 용기를 북돋우는 일이 필요하지 않을까. 그런데 살다 보면 인생이란 생각처럼 순조롭지만 아니한 것, 웃으며 살아간다고 다짐하면서도 때로는 눈물을 흘려야 하는 게 인생인 걸 어찌하랴. 그럴수록 자신의 위치에서 원만한 관계를 이어가며 최선을 다하는 삶을 살아야 하지 않을까.

어제 세상을 떠난 사람들이 애타게 그리던 오늘이 아닌가. 일이 잘 안 풀린다고 한탄만 할 것이 아니라 지금 이 순간에 가슴을 펴고, 머리를 들어 하늘을 보고, 살아 숨 쉬고 있다는 것만으로도 감사할 일이다. 나는 '범사에 감사하라.'고 한 성경 말씀을 따라 두 손을 모으고 감사의 제목을 찾아 나선다.

(한맥문학, 2016. 1.)

땡감 한 개

　재작년 마당가에 감나무 세 그루를 심었더니 지난 겨울 폭설로 두 그루는 통째 부러지고, 한 그루는 가지가 찢어졌다. 부러진 두 그루는 뽑아버리려다가 묘목을 심고 살리느라 들인 공이 아까워서 그대로 두고 가지가 찢어진 놈은 늘어지지 않도록 마트에서 포장 테이프를 얻어다가 압박붕대를 감듯 묶어서 막대기를 고여 주었다. 그런데 봄이 반쯤 지난 어느 날 부러진 두 그루가 약속이라도 한듯 밑둥에서 새순이 돋아나더니 한여름 동안 어른 키만큼 자랐다. 그런데 내 마음으로 새순보다 더 안쓰럽게 애지중지한 건 가지가 찢어진 놈이었다고나 할까. '지성이면 감천'이라더니 막대기에 의지한 가지가 놀랍게도 새살이 돋아나 아물어 붙고 상처난 가지에 땡감 한 개가 이 가을에 탱글탱글 영글어간다. 등 굽은 소나무가 선산을 지킨다더니 참말로 그런가, 천신만고 끝에 아물어 붙은 가지에서 첫 열매 땡감 한 개가 기쁨을 주다니!

　어렵사리 매달려 바람에 그네를 타는 땡감 하나를 보며 감나무의 덕을 떠올린다. 어떤 이는 말하기를 감나무는 부러질지언정 휘어지지 않는 곧은 선비의 기질을 닮았으니 칭송할 만하고, 또 익기 전에는 초록 잎에 숨어서 그 모습을 드러내지 않다가 잎이 떨어진 후에야 수줍은 듯 빠알간 열매를 마지 못해 내보이는 겸손함이 있으니 또한 칭송할 만하다. 그리고 늦가을 따가운 볕으로 익은 후에는 겉과 속이 한결같이 붉은색이니 이 또한 그 겉과 속이 다르지 않음을 칭송할 만하다고 감나무의 덕을 예찬했다. 참으로 그럴듯한 옳은 말이다.

감나무를 보며 조선시대 실학의 큰 별 성호 이익을 떠올리는 것은 계절 탓일까. 그의 〈관물편〉을 보면 이익은 마당가에 감나무 네 그루가 있었는데 너무 자라서 그늘이 지므로 어느 날 그중 한 그루를 베어버리려고 했다. 그런데 감이 많이 달린 나무는 감이 잘고, 감이 적게 달린 나무는 감이 굵었다. 감이 작은 나무는 잘지만 숫자가 많아서 베어버리기 아깝고, 감이 적은 나무는 감은 적지만 굵어서 베어버리기 아까웠다. 그래서 이익은 "둘 다 그대로 두어라. 비록 흠이 있더라도 좋은 점을 취할 뿐이다. 兩留之須有其短取長已而矣."라고 하였다. 흠이 있더라도 함부로 버리지 말 것이니, 단점 가운데도 장점이 있을 수 있다는 말이 되리라. 중용의 미덕이 물씬 풍긴다.

이익은 조선 후기 실학자로 율곡이 외적의 침략에 대비하여 10만 양병설을 주장했을 때에도 그의 따뜻한 인간애는 숨김없이 드러난다. '지금 백성은 굶주림에 죽어가는데 10만 군사를 어떻게 양성할 수 있겠는가.' 대학자답게 어떤 권력에도 좌고우면하지 않는 애민정신이 돋보인다고나 할까. 어디에도 치우치지 않는 공정한 평정심이 섬광처럼 빛난다. 이익의 이런 생명존중의 정신적 뿌리는 그가 당시 현실을 보면서 몸으로 터득한 따뜻한 인간애라고 할 만하다.

감나무뿐만 아니라 사람도 그리리라. 꽃도 예쁘고 향기도 좋은 꽃이 귀한 것처럼 사람도 한 가지 흠도 없는 팔방미인은 어쩌다 하나 있을까 말까 드물지 않는가. 한 가지 장점이 있으면 크고 작은 단점도 있기 마련인 걸. 다만 어디에 마음을 두고 살아가느냐가 문제이리라. 마음 씀씀이에 따라 단점을 장점으로 만드는 사람이 있는가 하면, 장점마저도 단점으로 만드는 밉상도 있을 테니 말이다.

그런데 이익의 말은 싫어하는 것 가운데에서도 좋은 것을 취할 줄 알고, 좋아하는 것 가운데에서도 나쁜 것 버리기를 좋은 것 아끼듯 신중해야 한다는 말로도 들린다. 그중에도 사람 버리기는 비단 어제 오늘의 일이 아니라 언제나 문제가 되었다. '인사는 만사.'라는 말도 있지 않은가. 홀로 살아가는 것이 아니라 모여서 서로 관계하며 살아가는 것이 사람이기에 고비마다 누구를 어디에다 자리매김하느냐가 좋은 길로 가든 나쁜 길로 가든 성패를 좌우하기 때문이리라.

어린 묘목의 첫 열매이기 때문일까, 여느 집 오랜 감나무에는 홍시가 주저리주저리 농익어 가는데 지다 남은 잎 사이에 숨어 있는 우리 집 땡감은 아직 초록 그대로다. 그러나 기다림이 간절하면 붉은 홍시로 거듭나겠지.

자연은 마음의 준비가 된 사람을 받아주고, 온전하게 품안으로 들어온 사람에게만 자신의 속살을 보여준다고 했던가. 그렇다. 자연은 가슴으로 간절히 받아들이는 사람에게만 온전히 다가오지 않을까.

(문예비전, 2016. 1~2.)

홀딱벗고새

봄이 되니 새가 우는 것이 아니라, 새가 우니 봄이 온다는 말이 실감나는 계절이다. 봄을 기다리는 나의 간절함 때문일까. 내 마음의 봄은 이미 만화방창萬化方暢을 지나 여름으로 가고 있으니 말이다. 지루한 겨울도 지나고 봄이 오니 산중의 새소리는 때때로 느낌이 다르다. 아침에 우는 새는 배가 고파 운다지만 그 상큼함이 좋고, 한낮의 새소리는 잠꾸러기라서 좀 그렇고, 밤중 새소리는 애절한 그리움이 있어서 그대로 좋다.

우리가 알고 있기로는 새들은 산란기가 되면 수컷이 아름다운 깃털과 청아한 노랫가락으로 짝을 찾아 유혹한다고 알고 있다. 그런데 우리가 알고 있는 것이 사실의 전부는 아니다. 올리비에 메시앙(Olivier Messiaen) 등 새소리연구들에 의하면 새들의 세계에서는 암수한 쌍이 이중창으로 아름다운 노래를 부르는 일이 있다고 한다. 저마다 맡은 부분을 놀라울 정도로 유창하게 부르기 때문에 한 마리가 이산 저 산 옮겨가며 부르는 노래로 착각하기 쉽다. 그러다가 안타깝게도 어느 쪽이든 한 마리가 사라지면 노래는 반토막이 되어 끝이 난다고 한다. 본능적이라고는 하지만 암수 한 쌍이 부르는 이중창이 한 마리가 부르는 것처럼 우리 귀에 들리기까지 얼마나 많은 연습을 했을까. 살아 있는 동안 얼마나 많은 시간을 죽어라 목이 터지도록 노래하고 또 노래하고 어쩌면 타고난 운명처럼 목숨 바쳐 노래하였으리라.

신록이 아름다운 계절이면 아주 단조로운 가락으로 우리를 설레게 하는 여름철새 '검은등뻐꾸기' 일명 '홀딱벗고새'가 이 산 저 산을 오가며 울어 댄다. '홀딱·벗고~홀딱·벗고~' 우는 새소리를 처음엔 그 신기함에 홀려 장난기 넘치는 외설적인 농담으로 떠올렸다. 이 세상의 모든 것은 아는 만큼 보이고 상상한 대로 들린다고나 할까. '솥적다 솥적다.' 우는 소쩍새가 그러하고, 홀딱벗고새가 또한 그러하다. 생각하기에 따라서는 쉽고 단순한 리듬에 못 말릴 악동의 질컥질컥한 상상력이 '홀딱·벗고~홀딱·벗고' 그렇게 발전하였으리라. 홀딱벗고새 이름값의 공로는 악동이라고나 할까.

홀딱벗고새는 독숙공방獨宿空房하는 새가 아니다. 부부금슬이 유별나게 좋은 새로 언제나 두 마리가 듀엣으로 출연한다. 청명한 이른 아침이나 비라도 내릴 듯 우중충한 날이면 홀딱벗고새 소리는 한결 분명하고 낭랑하게 들린다. 앞산에서 '홀딱 벗고' 뒷산에서 '홀딱 벗고' 한쌍이 적당한 거리를 두고 경망스럽게도 '홀딱 벗고'를 메들리로 연출한다. 그러다가 한 마리가 날아가면 같이 날아가고 노래는 끝난다. 도대체 어떻게 된 사연이기에 그토록 많은 사람들의 입에 회자膾炙되는 걸까.

어느 날 아름다운 여인이 절집을 찾아들어 죽은 남편을 위하여 탑돌이를 하였다. 그런데 스님은 자태가 너무나 아름다운 여인의 모습에 빠져들고 말았다. 수행을 하는 스님은 번뇌를 떨쳐버리려고 쉴 사이 없이 "사랑도 홀딱 벗고, 번뇌도 홀딱 벗고" 열심히 주문을 외웠다. 하지만 마음의 갈등은 떨칠 수가 없었다. 결국 스님은 사랑을 이루지 못한 채 미련만 남기고 세상을 떠나고 말았다. 그 스님의 넋이 홀딱벗고새로 환생했다는 설과 또 한 가지는 더운 여름에 개울물에서 목욕하는 스님을 날아가는 새가 보고 '홀딱 벗고, 홀딱 벗고'라고 놀려준 데서 유래했다고 전한다.

"홀딱 벗고 마음을 가다듬어라. / 홀딱 벗고 아상도 던져 버리고. / 홀딱 벗고 망상도 지워 버리고. / 홀딱 벗고 욕심도, 성냄도, 어리석음도…. / 홀딱 벗고 정신 차려라. / 홀딱 벗고 열심히 공부하거라. / 홀딱 벗고 반드시 성불해야 해. / 홀딱 벗고 나처럼 되지 말고. / 홀딱 벗고, 홀딱 벗고…."

원성스님의 시 〈홀딱벗고새의 전설〉의 일부이다. 공부하는 스님들에게 모든 헛된 생각, 잡스런 욕심일랑 홀딱 벗어 던지고. 더 열심히 정진해서 반드시 해탈성불하라고 목놓아 일러준다. 숲속 어딘가에서 들려오는 검은등뻐꾸기의 '홀딱 벗고, 홀딱 벗고'는 욕심에 사로잡힌 현대인들을 향한 지엄至嚴한 경고라고나 할까. 그러니 '홀딱 벗고'를 외설적인 의미로 생각해서는 안 될 일이다. 욕심이란 욕심은 다 버리고, 엉뚱한 망상도 어리석음도, 쓸데없는 유혹도 다 벗어던지고 불성을 깨달으라는 회한 가득한 다짐이 녹아든 절집 스님의 간절함을 생각하면 외설과는 거리가 먼 소원을 비는 간절한 주문이라고나 할까.

날아가는 새는 본능을 따라서 앞으로 갈뿐 뒤돌아보는 법이 없다. 오는 곳도 모르고 가는 곳도 모르는 우리의 인생 또한 그러하리라. 사랑도 미움도 한순간이라고나 할까. 깨우침을 기뻐할 줄 알고, 탐욕의 노예가 되지 말고, 마음이 시키는 바를 따라 모든 욕심을 내려놓고 훨훨 날아가는 한 마리의 파랑새가 될 수는 없을까. 춘화현상이란 게 있다. 진달래, 철쭉처럼 꽃 중에 어떤 것은 반드시 꽁꽁 얼어터지는 겨울을 지난 뒤에야 탐스런 꽃이 핀다. 빛나는 인생의 꽃을 피우는 일도 마찬가지이리라. 걸리적거리는 탐심을 홀딱 벗고 우리 모두의 간절함을 한데 모아 한 송이 꽃으로 피어날 수는 없을까.

(강릉가는 길, 2016. 4.)

황소 고집

세상사에 지치고 식상해서 텔레비전마저 볼만한 프로가 없을 때에는 인간의 일을 떠나서 테이프 '동물의 왕국'을 찾아보는 것으로 위로를 삼을 수도 있으리라. '동물의 왕국'을 즐겨보는 나는 수십 수백 마리의 소떼가 사자 몇 마리에 쫓겨 혼비백산 도망치는 것을 보며 약육강식의 생존경쟁이 얼마나 치열한가를 생각한다.

허우대 좋은 소떼가 몇 마리 안 되는 사자들에게 쫓기어 떼거리로 강물을 건너려다가 뒤따르는 소에게 밟혀 죽는 것을 보면 적자생존의 동물세계의 비정함을 느낀다. 그런데 자세히 보면 사자는 먹이감을 얻기 위해 후미진 언덕이나 나무 그늘에서 서너 마리씩 무리를 지어 신경을 곤두세우고 오랜 시간을 기다린 끝에 먹이감이 나타나면 사정거리 안으로 가까이 올 때까지 기다렸다가 가장 가까운 거리에 만만한 놈을 목표로 삼고 죽을힘을 다하여 공격한다.

그런데 떼거리로 몰려다니는 소떼와 사자 무리 사이엔 네트워크에 차이가 있다. 소떼는 도망치는 것 외엔 생존을 위한 네트워크가 없는 반면 사자는 숨어서 먹이감을 기다리며 인내하고, 사력을 다하는 공격의 민첩성까지 철저한 네트워크가 형성되어 있다. 하지만 숙명적으로 사자의 공격을 받으며 수난의 삶을 살아가는 소에게도 아이러니하게 한 가지 특기는 있다. 소들이 강물을 건너는 것을 보면 얼핏 보기엔 그 덩치에 네 다리만으로는 속수무책으로 떠내려갈 것 같지만 물살을 따라서 비스듬히 떠내려가며 살길을 찾는다. 또 '황소고집'이라는 말이 있는 걸 보면 소는 고집 세기로 이름난 것이 아닐까. 그런데 고집을 꺾고 물살을 따라서 떠내려가며 목숨을 건지는 '우생마사牛生馬死' 고사는 끝도 없이 난마처럼 뒤얽힌 인간의 일을 풀어가는 지혜를 떠올리게 한다.

'물이 깊은 호수에 소와 말이 동시에 빠지면 말이 소보다 빨리 헤엄쳐 나온다고 한다. 말은 굉장히 빠른 속도로 물살을 헤치는 수영실력을 갖추고 있어서다. 그런데 갑자기 불어난 강물을 소와 말이 동시에 건너면 사정은 달라진다. 물살에 휩쓸려 죽느냐 사느냐 하는 위급한 순간에 이르면 어떻게 될까. 소는 살고 말은 죽는다. 말은 본능적인 수영실력으로 떠내려가지 않으려고 발버둥치며 고집스럽게 큰 물살을 거슬러 오르려고 안간힘을 쓴다. 그러나 물살에 휩쓸려 오른 만큼 떠내려가기를 반복한 끝에 허우적거리다가 결국은 제자리에서 지쳐서 죽고 만다. 그러나 소는 수영이 서투르므로 물살을 거슬러 올라가는 것을 고집하지 않고, 물살에 휩쓸려 떠내려가다가 시간이 흘러 물길이 강뚝 가까운 모래톱에 닿으면 있는 힘을 다하여 발로 박차고 나와 목숨을 건진다. 헤엄을 잘 치는 말은 고집스럽게 물살을 거슬러 올라가려다가 지쳐서 죽고, 헤엄에 서투른 소는 고집을 버리고 물살

에 몸을 맡겨 강가로 나와 목숨을 건진다.'

세상 사람들이 마흔을 불혹, 쉰을 지천명이라고 하지만 내가 보기엔 말하기 좋아하는 호사가들이 뭘 모르고 한 말인 듯싶다. 주위를 돌아보면 말로는 유혹에 휘말리지 않는 마흔이라고 하지만 유혹에 끌리어 호되게 대가를 치르는 마흔이 얼마나 많으며 천명을 아는 쉰이라고 하지만 하늘의 뜻을 알기는커녕 무모하게 불가능한 일에 도전하여 정력을 소모하는 쉰 살이 얼마나 많은가. 이 시대의 중추가되어야할 4050이 시대의 주역으로 뜻을 펴기는커녕 맥이 빠져 흐느적대는 모습을 보노라면 안쓰러움 금할 수 없다. 축 쳐진 그들의 어깨에 신바람을 불어넣어 줄 수만 있다면 얼마나 좋을까. 간혹 보면 서로 위로하고 응원해도 모자랄 가까운 이웃을 비교하고, 그 비교는 질투를 유발하고, 질투는 다툼으로 이어지는 것을 어찌하랴. 만물의 영장이라고 하기가 부끄러울 정도로 고집을 부리고 쪼개져서 지혜롭지 못한 걸 어찌하랴.

한평생 살아가노라면 일이 순조롭게 잘 풀릴 때도 있지만 때로는 애쓴 보람도 없이 일이 꼬이기만 하고 해결의 실마리가 보이지 않을 때가 있다. 아무리 머리를 쥐어짜도 이렇다 할 방법이 없을 때 차라리 일의 흐름을 따르는 것은 어떨까. 잘되건 잘못되건 되는대로 편하게 대책도 없이 살자는 것이 아니라 순리대로 지혜롭게 살자는 말이다. 물에 빠진 소처럼 여유롭게 나긋나긋 살아갈 수는 없을까. 생각해 보면 한평생 그야말로 잠깐인 것을 악악 소리 지르고 악착같이 살지 않아도 되는 것을 왜 그럴까. 목숨 걸고 악악거리며 살아가는 꼴이란 보기에도 한심스럽다.

'운명은 자신의 입으로 빚어내는 것이라고, 그리고 사람은 생각하고 말하는 대로 산다.'는 말이 실감으로 다가온다. 누가 말했던가. 신은 나에게 일어서는 법을 깨쳐주기 위해 시련을 주신 것이라고. 그러니 시련이 닥칠수록 티격태격 험한 말 내뱉지 말고, 나는 너에게 너는 나에게 따뜻한 위로의 말 한 마디로 좀 더 가까이 다가갈 수는 없을까. 그리하여 서로 다독거리고 살 수는 없을까. 아픈 것을 아프다고 말하고, 때론 눈을 지그시 감고 괜찮다고 말하고, 혼자 있어도 폭풍이 몰아쳐도 잠시 잠깐 지나갈 거라고 위로하며 다독거릴 수는 없을까.

'지혜로운 사람은 몸 둘 곳을 알고 매사에 조심스럽게 처신을 하고, 현명한 사람은 일의 되어감을 알고 순리대로 인생을 산다'고 한 말, 깊이 새겨야 할 말이라고나 할까. 눈은 사자처럼 예리하게 뜨고, 소처럼 천천히 걸어가는 사람이 그리운 오늘이다.

(한맥문학, 2017. 3.)

막말이 없는 사회

    산행의 하이라이트는 땀을 흘리며 타박타박 정상에 올라 '야호'를 외치는 순간이 아니라, 산에 들기 전에 들뜬 마음으로 악수를 나누며 만남의 기쁨을 만끽하는 순간이라고 할 만하다. 산행을 하다 보면 낯선 사람을 많이 만난다. 이때 어떤 사람은 처음 만나는 사람과 안면을 트자마자 쉽게 말을 놓고 반말로 주거니 받거니 잘도 대화를 한다. 옆 사람이 반말로 살갑게 대화를 나누는 것을 보면 반말에 익숙하지 못한 나같은 사람은 '어떻게 하면 초면에 저리도 백년지기처럼 정겹게 반말로 뿅짝이 맞을 수 있을까' 부럽기까지 하다.

    그런데 정겨움이 넘친다고 반말을 마냥 환영할 일만은 아니다. 반말이 어느 순간 막말로 돌변한다면 문제는 심각하다. 요즈음 우리사회에는 스마트폰 보급으로 국적불명의 생소한 막말이 일상의 언어처럼 전혀 거부감 없이 뿌리내리고 있다. 그리고 가장 흔한 예로 마이카 시대 우리가 흔히 볼 수 있는 운전 중 접촉사고의 경우를 보면 처음 누구의 잘못인가를 따지기 시작하여 조금 나아가 감정이 격해지면 '왜, 반말이냐'며 반말 논쟁으로 발전하고 몸싸움까지 하고서야 경찰관 입회하에 비로소 막을 내린다. 반말은 이와 같이 반말로 시작해서 막말로 그리고 좀 더 발전하면 삿대질과 폭력으로 이어지는 속성이 있다.

그러면 반말이 막말로 돌변하는 것에 대비한 묘안은 없는 것일까. 아예 한 발 더 나아가 막말의 원천이 되는 반말을 통제하는 방법은 없는 것일까. 말하기 기술은 옷입기에 비교할 수 있다. 우리가 결혼식장과 장례식장에 갈 때 옷매무새가 다르게 입어야 하듯이 말도 때와 장소와 상황에 걸맞은 말을 써야 한다.

나는 이럴 때면 남녀노소 불문하고 사람 모이는 곳이면 약속이라도 한듯 나타나 자리를 잡고 앉아 음담패설을 섞어작하여 좌중의 분위기를 쥐락펴락하면서도 전혀 거부감 없이 화기애애한 가운데 좌중이 파할 쯤에야 자리에서 일어나던 떠벌이 내 친구를 떠올린다. 그 친구를 통하여 달변은 좌고우면하지 않고, 때로는 뻔뻔하게, 때로는 팔색조처럼 능수능란하게 단련되는 것일 뿐 선천적으로 타고나는 것은 아니라는 생각을 하게 되었다. 말하기에 있어서 듣는 데 거부감 없이 들을 수 있도록 맞춤형 훈련이 필요한 이유다.

손주가 초등학교 2학년이 되었을 때 일이다. 새로 전학 온 학교에서 새 학년이 된 지 며칠 안 되어 하루는 친구 전화를 받는데 '님'자를 붙여가며 존댓말을 했다. 하도 놀라워서 '친구 사이에 웬 존댓말이냐?'고 했더니 1학년 때엔 학년 전체가 존댓말을 썼는데 2학년이 되면서 존댓말을 쓰는 반도 있고, 안 쓰는 반도 있다고 했다. 4학년인 지금까지 손주의 존댓말은 다듬고 다듬어져 집에서 반말은 듣기가 어렵다. 흔히 반말 친구로 통하는 할머니에게도 존댓말을 한다. 스마트폰 출현으로 반말과 존댓말의 경계가 허물어지고 알아듣기 어려운 신생어를 사용하는 세상이 된 이즈음에 할머니에게도 존댓말을 하는 손주가 대견스럽기까지 하다. 그리고 자랑스런 손주의 존댓말은 신선한 감동으로 다가와 내 안목을 키워준다.

존댓말 사용은 학교뿐만 아니라 오히려 운동장에서도 자주 볼 수 있다. 야구경기장에서 보면 감독이 유니폼을 입은 채 뒷짐을 짚고 선수들을 독려한다. 그러다가 심판이 애매한 판정을 하여 경기운영이 문제다 싶으면 심판과 배를 맞부딪치며 격렬하게 어필하는 것을 볼 수 있다. 그리고 농구나 축구 감독이 경기 중에는 정장 차림으로 선수들을 독려하는 것을 본다. 이것도 자제력을 상실한 언어폭력으로 인하여 일어날 수 있는 불상사를 예방하기 위한 궁여지책임을 아는 사람은 그리 많지 않으리라. 그리고 문제는 군대 용어가 문제다.

독일 군대에서는 20세기 초부터 군대용어로 존댓말만 쓰고 반말 사용을 엄격히 금지하고 있다. 심지어 동네 친구 사이인 동급장교나, 장교가 사병에까지도 제삼자 앞에서는 존댓말을 써야 한다. 지금까지 군대의 수직적 명령구조의 특성상 존댓말 사용에 난색을 표하는 사람도 있다. 그럴 수도 있으리라.

오래전 일이다. 조상 대대로 집안끼리 모여 사는 시골 집성촌 예비군 중대에서 일어난 일이다. 조카뻘 되는 중대장 밑에 삼촌뻘인 중대원이 있었다. 훈련 중에 조카 중대장이 삼촌에게 반말을 할 수 없기에 "앞으로 가시오." "뒤로 돌아 가시오."하여 훈련 용어가 문제 되었던 일이 있다.

그러나 TV드라마 〈태양의 후예〉 중에서 주옥같이 빛나는 구원(진구-상사 & 김지원-중위)커플의 애틋한 사랑이 담긴 대사는 존댓말 사용의 가능성을 보여준다.

"되게 오랜만입니다." "예, 그렇습니다." "저, 피해 다니느라 수고 많으실 텐데 얼굴은 좋아 보입니다." "예, 그렇습니다." "우린 언제쯤 계급장 떼고 얘기할 수 있습니까?" "........"

막말이 빈발하는 민원의 근원이라면 막말을 원천적으로 예방하는 차원에서 우리 군대에도 존댓말 사용의 한 가지 처방을 생각할 수 있다. 이미 제정된 군대용어가 있을 줄 알고 있으나 때와 장소와 상황에 걸맞게 업그레이드 된 군대용어의 제정, 실행은 어떨까. 그래서 막말이 없는 사회의 시금석으로 삼으면 좋으련만.

(산림문학, 2016. 가을)

감자탕

금방 비라도 올듯 우중충하고 음산한 바람이 부는 날이면 옛날 시골집 화로불에 보글보글 끓던 어머니표 된장찌개가 생각난다. 요즈음이야 먹거리가 풍부하여 그리울 게 없다지만 먹거리가 귀하던 지난날 우리 어머니들에게 가장 절실한 것은 끼니 걱정이었다. 국민소득 3만불을 바라보며 나름대로 복을 누리는 지금, 국민소득이 고작 100불을 넘나들던 그 시절은 상상조차 하기 어려울 테지만 먹을 것이 귀하여 허기를 달래며 끼니를 때우려고 안절부절 걱정하는 힘든 날들이었다.

어머니의 밥상에서 빼놓을 수 없는 것이 된장찌개다. 찌개라야 감자 한 덩어리, 시래기 한 줌, 어쩌다 애호박 하나 썰어 넣고, 된장 한 술가락 풀면 그게 전부다. 그래도 일 년 열두 달 질리지 않고 된장찌개 하나로 길들여진 우리들의 식성이다. 된장 하나로 때운 헐벗고 굶주린 세대들이라 한풀이라도 하려는 것일까. 요즈음 메뉴가 좀 그럴듯한 소문난 맛집은 사시사철 문전성시다.

아차산 긴고랑을 타고 들어 고갯마루를 넘어 구리로 하산하면 우리나라에서 두 번째로 잘하는 감자탕집이 있다. 몇 년 전 아차산이 온통 진달래로 짙붉은 어느 봄날 하산길에 내가 들렀던 감자(돼지등뼈)탕집으로 내가 '두번째로잘하는집'이라고 명명하였다. 지금 생각하면 절묘한 명명이란 생각이 든다. 드러나게 진짜 잘하는 집이 새삼 나타나더라도 1등은 이미 양보했으니 누가 어떻게 1등이냐고 딴지걸 일도 없을 뿐더러 적어도 2위 자리를 누리는 행운을 거머쥐었으니 마이너로 강등될까봐 전전긍긍할 이유도 없고 언제나 여유만만하다.

'두번째로잘하는집' 기본수칙은 주문을 한 손님은 스스로 빈자리를 찾아 적당히 자리잡도록 나름 배려하고 있다. 흔히 볼 수 있듯이 거부감을 느낄 정도로 지나치게 친절하기보다는 가는 손님은 보내고 오는 손님은 맞이하고 이런 식이다. 그게 손님에게는 오히려 편안함을 줄 수 있는지도 모를 일이다. 그래서일까 지금도 명성을 자랑이라도 하듯 감자탕을 좋아하는 산행객들로 붐빈다.

그 집 대표 먹거리 감자탕은 내가 즐기는 단골메뉴이다. 돼지등뼈의 피와 기름을 우려낸 다음 돼지등뼈와 통감자, 시래기 그리고 시원한 맛과 향을 내는 들깻잎을 넉넉히 넣고 다시 끓여서 대파, 마늘, 부드럽고 고소한 맛을 내는 들깨가루를 푸짐하게 얹어내는 것이 특징이다. 또 그 집 감자탕은 통감자도, 돼지뼈에 붙은 살도 흐물흐물하여 쉽게 발려 먹을 수 있어서 좋다. 그리고 알맞게 익은 깍두기가 별미다. 뼈다귀에 붙은 살코기 한 점 떼어 밥술 위에 얹고 알맞게 맛이 든 깍두기 한쪽 올려서 눈을 지그시 감고 입에 넣는 순간의 행복감은 말할 것도 없고 다 먹고 난 다음 포만감이란 그 무엇에 비할 바가 아니다.

그 집에 껌딱지라도 붙여 놓아서일까. 며칠 전 그야말로 오랜만에 또 들렀다. 막 자리를 잡고 앉는데 약간 취한 듯 옆 테이블에서 사장을 부른다.

"사장님! 감자 좀 더 줘요."

"오늘 뼈다구가 떨어졌어요."

"아니, 감자를 달라구요."

내가 한마디 거들었다.

"사장님, 강원도 감자 달라는군요."

강원도 감자를 달라는데 식당 사장은 돼지 뼈다귀는 다 떨어졌다고 한다. 손님은 돼지 등뼈가 감자라는 것을 모르는가 보다.

탕이든 국이든 처음에는 시레기 된장국이었는데 식사대용으로 배불리 먹기 위해 양을 늘리다 보니 감자가 들어가고 그래서 감자탕이라 하고, 돼지를 사육하여 식용으로 하다 보니 돼지등뼈가 들어가고, 사람들은 이것을 뼈다귀탕이라고도 불렀으리라. 그리고 돼지등뼈가 한자로 감자(감저)라는 것을 뒤늦게 알게 되었을 테니 헷갈리기는 여기서부터다. 그래서 아직까지도 감자탕이 강원도에서 생산되는 감자탕이 아니라 돼지등뼈탕이라는 사실을 모르고 있으니 이 아이러니를 뭐라고 변명할까.

그런데 나는 왜 국물 있는 먹거리에 목을 매는 걸까. 내가 눈만 뜨면 산을 찾고 시장기를 만나면 빈속을 채울 수 있는 국물 있는 먹거리를 찾는 것도 어제오늘의 일이 아니다. 어디 나만의 일이겠는가.

눈만 뜨면 들로 산으로 사냥감을 쫓아 이동하는 유목민에게 있어 국물 있는 먹거리는 운반하기에 불편하였으리라. 그러나 정착생활을 하는 농경민족은 식재료가 귀한 반면 운반은 어려울 것이 없으므로 배불리 먹을 수 있는 국물 먹거리를 선호하게 되었으리라.

하기야 강원도 감자를 넣고 감자탕이라고 하든 돼지등뼈를 넣고 감자탕이라고 하든 그냥 먹어 두면 될 것을 이거야말로 쓸데없는 오지랖이 아닐까. 그러나저러나 국물을 즐기는 우리에겐 정착생활을 하는 농경민족의 피가 흐르고 있는가 보다. 그래서 오늘도 국물을 찾아 기를 쓰는 게 아닐까.

(강릉가는 길, 2017.)

나눔을 꿈꾸며

　얼마 전까지 뉴스를 달군 시리아 내전은 중동지역을 덮친 극심하고 오랜 가뭄이 그 원인이라고도 하고, 시리아 내부의 시아파와 수니파 사이의 종교전쟁이라고 말하는 사람도 있다. 원인이야 어떻든 보는 이로 하여금 전쟁의 아픔을 실감케 하는 시리아 난민들이다. 팔레스타인지역은 신비의 땅이기에 말도 많고, 설도 많고, 분쟁도 많고 그래서 흐르는 강물마저 관심의 대상이 되는가 보다.

　슬픔을 간직한 신비의 팔레스타인지역에는 요단강 물이 흘러들어가는 갈릴리호수와 사해가 있다. 그리스도교, 유대교, 이슬람교 모두가 신성하게 여기는 신비의 요단강은 가나안을 들어가는 관문으로 알려져 있다. 요단강은 죄를 씻는 곳, 예수가 세례 요한에게 세례를 받은 곳도 요단강이었다. 그래서일까, 오늘도 지구촌 사람들은 요단강의 신비를 찾아든다.

　요단강은 성경에 나오는 가나안 땅의 동쪽과 경계를 이루고 있으며 해수면보다 낮은 강으로 발원지 가운데 하나는 시리아의 헤르몬 동남쪽이고, 다른 하나는 레바논이다. 팔레스타인 지역에서 가장 큰 요단강은 오늘도 여전히 시리아 동남쪽으로 갈릴리호수를 지나 사해로 흘러들어 간다.

그런데 둘이 하나같이 요단강 물을 받아먹고 명맥을 이어가는 갈릴리호수와 사해는 달라도 너무 다르다. 갈릴리호수는 물이 맑고, 고기도 많고, 나무도 많고, 새들도 많은 동물의 천국이다. 그러나 사해는 물도 더럽고, 고기도, 나무도, 새도 살 수 없는 말 그대로 죽음의 바다이다.

왜 갈릴리호수는 생명이 살아 숨 쉬는 호수가 되고, 사해는 아무것도 살 수 없는 죽음의 바다가 되었을까. 그것은 다른 무엇 때문도 아니고, 갈릴리호수는 지형상 강물이 흘러들어 오면 흘러들어 온 만큼 흘려 내보낸다. 반면 사해는 해수면보다 낮기 때문에 들어온 물을 내보내지 못한다. 받기만 하고 흘려보낼 줄 모르는 그래서 항상 물이 고여 있는 소금 바다이다. 생명의 호수와 죽음의 바다! 한쪽은 받은 만큼 돌려 주고, 다른 한쪽은 받기만 하고 돌려 주지 않는 자연이 지어낸 결과이다.

사람도 하기에 따라서 갈릴리호수가 될 수도 있고, 사해가 될 수도 있다. 그래서 '높은 사회적 신분에 걸맞는 도덕적 의무를 뜻하는 노블레스 오블리주'가 탄력을 받는다. 그 대표적인 예가 경주 최부자집이다. 최부자집은 조선조 임병양란이 휩쓸고 간 참화 속에서 농지를 개간하여 만석꾼이 된 뒤 300여 년 동안 현명하게 나눔으로써 아름다운 이름을 남겼다.

(문학의 강, 2017. 여름)

꽃을 보며

봄이 오기도 전에 성급하게 봄을 알리는 개나리꽃! 노오란 요정들이 떼거리로 춤을 추듯 나풀거리며 피어나는 개나리꽃은 화사하면서도 천덕스럽지 않아서 좋다. 개나리꽃 마중은 눈요깃거리가 지천으로 널려 있는 곳이면 어디든 일단 떠나 볼 일이다. 그러나 시골장터처럼 떠들썩하지 않아도 좋다. 북한산 둘레길 후미진 구석, 몇 그루의 개나리도, 누구든 개나리꽃을 좋아하는 사람이면 방가방가다. 그러므로 혹여 봄을 놓치더라도 그저 아쉬워할 일만은 아니다. 볼거리를 놓친 사람을 위로라도 하듯 작년 그리고 재작년에도 그랬듯이 올해도 발 끝에서 정의의 사도라도 되는 듯 쫄지 않고 모습을 드러내는 늦둥이 겨울꽃이 있을 테니 말이다.

꽃이 피는 것을 보면 어떤 꽃은 3월에 피고, 어떤 꽃은 시월에 피고 심지어 어떤 꽃은 엄동설한에도 핀다. 그렇다고 시도 때도 없이 천방지축 마구 피는 것은 더더욱 아니다. 누구의 간섭도 없지만 유유상종 나무는 나무끼리, 꽃은 꽃끼리 약속이라도 한듯 엄격한 소통의 불문율이 있다. 꽃이 먼저 피고 나중에 잎이 나오는 성급한 진달래가 있는가 하면 잎이 피고 어우러질 즈음에 꽃이 피는 느긋한 철쭉도 있다. 비슷해 보이는 진달래 철쭉조차 그것이 피고 지는 순서가 다르기 때문에 어리둥절할 뿐이다.

꽃은 어떻게 계절을 칼같이 알고, 피어나는 걸까? 꽃은 우리 사람처럼 달력을 들여다보지도 않고, 요즈음 흔해 빠진 스마트폰도 없다. 하지만 인공지능 컴퓨터보다도 더 똑똑하고 예민한 감지기를 가지고 사계절의 환경 변화를 알아채는 초능력이 있다고나 할까.

꽃이 계절을 알아채는 촉觸은 어디서 온 것일까? 온 세상이 다 얼어버리는 겨울을 못 참고 얼어죽은 줄만 알았던 개나리! 놀랍게도 혹한을 이겨내고 길고 가녀린 줄기에서 꽃을 피우는 오만은 도대체 어디서 온 것일까.

그런데 혹한의 추위가 없는 따뜻한 나라에도 개나리는 피는 걸까. 들은 바에 의하면 어떤 이는 호주로 가는 길에 우리나라에서 개나리 몇 그루를 가져가 옮겨 심었더니 기후가 따뜻한 호주에서는 개나리 꽃이 아예 피지를 않았다고 한다. 추위를 거치지 않으면 꽃이 피지를 않고, 꽃이 피어도 아름답지 않은가 보다. 꽁꽁 얼어터지는 겨울 추위를 거쳐야만 탐스런 꽃이 핀다. 진달래, 철쭉이 그러하고 개나리도 그러하다. 이것을 '춘화현상'이라고 한다.

그런데 꽃은 필 때와 질 때를 알고, 자연의 이법에 순응할 뿐 말이 없다. 꽃은 언제 어디서나 남의 자리를 탐내거나 욕심부리지 않을 뿐만 아니라 왜 그 자리에서 피었는지 말하지 않는다. 그리고 꽃은 아름다움을 내세우거나 자랑하는 법이 없다. 이렇다 말 한 마디 없이

242

자연의 이법에 따라 선택된 아름다움을 몸으로 나타낼 뿐이다. 우리 사람들이 예쁘니 고우니 하면서 지레 그렇게 호들갑을 떨 때에도 자연은 있는 그대로를 보여 줄 뿐 말이 없다. 그러므로 진달래는 진달래대로 아름답고 철쭉은 철쭉대로 아름답다. 또한 꽃은 내 것과 네 것을 따지지 않는다. 수천수만 마리의 철새가 부딪히지 않고 날아가듯 서로서로 양보하고 하나가 되어 저마다 주어진 자리에서 허여된 복을 누린다.

이에 비하면 우리 인간은 어떤가! 이 세상에서 만물의 영장임을 자처하는 인간만이 자연의 이법을 거역하여 재앙을 자초한다. 그러면 어떻게 살 것인가. 값지고 아름답게 살 것인가. 아무렇게나 되는대로 살 것인가. 사람은 자신이 마음 먹고 행동하는 대로 산다. 그렇지 않으면 내가 사는 형편만큼 생각하고 만다. 그러니 생각이 없는 사람이야말로 가장 비참하고 불쌍하고 가여운 사람이다. 애당초 나그네로 태어나 모진 고난 속에 살아야 하는 것이 인생인 것을 생각도 못하고 그 잘난 머리로 갑질이나 하며 살 것인가. 아니면 뜨거운 가슴으로 사랑하며 살 것인가 깊이 생각할 일이다.

얼어터지는 겨울을 이겨내고 외유내강을 운명처럼 여기며 겸손한 모습을 드러내는 겨울꽃은 요즘처럼 어려운 세상을 살아가는 우리 모두에게 개나리, 진달래 같은 봄꽃 이상으로 시사하는 바 크다. 그대들이여! 마지못해 요행을 꿈꾸며 하루하루를 살아갈 것이 아니라 인생의 안일을 다 벗어던지고 모진 추위를 이겨낸 이름 모를 한 송이 겨울꽃으로 거듭날 수는 없을까.

꽃을 보며   243

런치 데이트

엊그제 봄인가 했더니 어느새 여름이다. 밖에는 비가 주룩주룩 내리는데 그 누가 말했던가? '여름비는 님 그리는 비'라고. 그런데 비오는 날이면 젊은이들이야 연인과 나란히 분위기 좋은 카페라도 찾을 일이다만 나같은 사람은 하릴없이 세월을 놓치고 말았으니 카페는 자격지심에 출입통제구역이 되고 이젠 마음 맞는 친구와 더불어 아줌마 손맛 좋은 칼국수집에나 가는 것이 제격인가 보다. 사실 입맛 없고 무료할 때 찾아가 속풀이 칼국수 한 그릇 놓고 환담할 곳이 있다는 것도 복중의 천복이라고나 할까.

내가 가끔 찾는 칼국수집은 상호가 '칼국수집'이다. 시장 뒷골목 허름한 집에 간판도 없이 연중무휴 얼큰 칼국수를 끓여내는 집이다. 이 집의 특색이라면 가격이 착하고 감자며 호박을 숭덩숭덩 썰어 넣고 우려낸 국물이 쌈박하다. 그리고 몸집이 푸짐한 아줌마가 반농담으로 언제나 반겨준다. 하여 오늘도 언제나 이야기를 맛깔스럽게 풀어놓는 이야기꾼 김형과 나란히 단골 칼국수집을 찾았다. 자리를 잡고 앉자마자 김형은 이야기 보따리를 풀어놓는다. 오늘같이 비오는 날엔 음담패설이 제격이런만 음담패설은 접어두고 영화 이야기를 도덕선생 포즈로 풀어놓는다.

단편흑백영화 〈런치 데이트〉를 보면

'백인 귀부인이 붐비는 기차역에서 흑인과 부딪쳐 쇼핑백을 떨어뜨린다. 귀부인은 쏟아져 흩어진 물건을 주워 담느라 기차를 놓치고, 구내 음식점에서 샐러드 한 접시를 시킨다. 자리를 잡은 귀부인은 포크를 가져오지 않은 것을 알고 포크를 가지러 간다. 그때 걸인으로 보이는 흑인이 샐러드 앞에 앉아 먹고 있다. 이것을 본 귀부인은 화가 나서 포크를 집어 들고 흑인과 번갈아 가며 샐러드를 폭풍흡입한다. 다 먹은 후 흑인은 커피 두 잔을 가져와 한 잔을 귀부인에게 건네고, 커피를 마신 귀부인은 기차를 타러 간다. 순간 귀부인은 쇼핑백을 두고 온 것이 생각나 급히 음식점으로 달려오지만 흑인도 쇼핑백도 안 보인다. 당황한 귀부인은 음식점 여기저기를 두리번거리는데 조금 전 그 옆 테이블에 손도 대지 않은 샐러드 한 접시가 놓여 있고 의자엔 쇼핑백이 있다. 자리를 잘못 찾은 귀부인이 흑인의 샐러드를 빼앗아 먹은 것이다. 흑인은 화를 내기는커녕 귀부인과 샐러드를 나누어 먹고 커피까지 대접했던 것이다.'

흑인은 참으로 마음이 여유롭고 넉넉한 사람이다. 얼마나 수양을 해야 우리도 흑인처럼 넉넉한 마음으로 살아갈 수 있을까. 보통 사람 같으면 식탁에 무단침입한 귀부인을 향해 화를 낼 일이지만 화는커녕 커피까지 대접한다. 이상할 정도로 놀라운 흑인의 넉넉함은 어디서 온 것일까? 이 시대를 선도하는 뜻있는 사람들은 말한다. '오늘 현대인들은 여유와 넉넉함을 잃어 버렸다'고. 자기가 자리를 잘못 찾은 것은 전혀 생각지 않고 누군가 내 자리에서 내 것을 먹는다고 생각한다. 귀부인은 우리와 한 치 오차 없는 어쩌면 꼭 닮은꼴이라 입맛이 씁쓸하다. 그러니 습관처럼 빨리빨리를 앞세우고 조급한 나머지 단 1초의 기다림도 허용하지 않는다. 여기에서 남을 위한 배려와 양보란 눈을 닦고 찾아보아도 없다.

이러한 숨막히는 조급함은 어디서 온 것일까? 그것은 역사를 거슬러 지난날을 돌아볼 일이다. 우리들 배고픈 시절, 생활의 여유없이 물질적 풍요만을 간구하지 않았던가. 먹거리가 넉넉하지 못하고 턱없이 부족하여 때거리가 없어도 인정만은 살아있었다. 그렇다고 오늘의 풍요를 이룩한 세대를 폄하하거나 탓하려는 것도 아니고 두둔하려는 것은 더더욱 아니다. 오늘 이 시대는 풍요롭지만 조급하고 나만 알고 배려와 양보가 없다는 말이다.

지금까지 돌아보면 그저 조급하고 나만 알고, 모든 걸 자기중심으로 생각하고, 그 결과 내가 옳다고 생각한 잘못들이 얼마나 많았던가. 그 와중에 얼마나 많은 사람들이 힘들어했을까. 이제 배고픔은 면하고 살게 되었으니 살맛나게 인정 넘치는 삶을 위하여 기도하는 마음으로 자신을 돌아볼 일이다. 지금까지 잘살아 보자고 전쟁을 방불케 하는 질주를 했다면 이젠 자신의 지난날을 돌아보고 배려하고 양보하는 마음의 여유를 회복할 때가 아닐까.

(강릉가는 길, 2018. 16집)

아재 개그

"새우는 '깡'이 있고. 고래는 '밥'이 있다. 오백에서 백을 빼면? '오'이며, 발이 두 개 달린 소는? '이발소'이다. 할아버지가 좋아하는 돈은? '할머니'이며, 세상에서 가장 야한 채소는? '버섯'이다. 치과의사가 싫어하는 아파트는? '이 편한 세상'이다."

한동안 유행하던 아재개그다. 어느 순간 느닷없이 나타나 별로 우습지도 않은 썰렁한 한마디로 나름 웃겨주는 개그를 아재개그라고 한단다. 그러나 듣고 보면 익숙하여서 어색하지 않고 자연스럽게 공감할 수 있는 순수한 멋이 있다.

아재개그를 얘기 하다 보니 아재가 생각난다. 어린 시절 내 고향에서는 이모와 고모를 아재라고 불렀다. 그리고 이모부와 고모부를 아저씨라고 불렀다. 집성촌이다보니 종친이 많은 관계로 집안 삼촌三寸도 택호宅號를 붙여 '○○아저씨'라고 불렀다. 따지고 보면 '아저씨'는 '아재'에 존칭접미사 씨를 붙여 '아재 〉 아재씨 〉 아저씨'가 되었다고 하는 말이 설득력이 있고 그럴듯하다. 어쨌거나 아재라고 하는 호칭은 아빠, 엄마만큼이나 혈연관계를 떠올리게 하는 정겨운 호칭이라고나 할까.

나의 외할머니께서는 아들딸 육남매를 두셨는데 어머니는 그중 셋째 딸이셨다. 그러니까 나는 세 분 이모와 그리고 고모 한 분 합으로 네 분의 아재가 계신다. 어머니와 세 분 이모님은 하나님을 영접하셨고, 고모님은 백수를 누리실런가 지금 요양원에 계신다. 그러나 나는 지금도 어머님은 물론 이모님이 내 곁에 계신듯 믿고 살아간다. 자랄 때 받은 사랑이 아직도 식지 않았기 때문이리라. 이모님들은 하늘나라에서도 옛날과 다름없이 울리고 웃기며 조카들을 귀여워 하시리라.

세 분 이모보다도 더 가까이서 추우면 추울세라 더우면 더울세라 우리 칠남매를 알뜰살뜰 챙기신 분이 고모님이시다. 향년 97세이시다. 고모님은 인정이 많으신 분이다. 한참 자랄 때 먹고 돌아서면 또 배고픈 우리에게 언제나 먹거리를 챙겨주시던 고모님을 지금도 잊을 수 없다.

착하디착한 조선조 여인 우리 고모님이야말로 재앙이 비켜갈 줄 알았는데 복은 따로 있는 건가 불행하게도 고모부를 먼저 보내시고, 나보다 한 살 아래 아들(나의 고종사촌)마저도 먼저 보내셨다. 그리고 남편과 아들을 그리며 30여 년을 외롭게 보내셨다. 얼마나 그리울까를 생각하노라면 가슴이 미어진다.

고모는 출가외인이다. 집을 나간 바깥사람이라는 뜻이리라. 출가외인은 지금까지 나고 자란 집을 떠나서 겪는 시집살이의 불안정한 입지를 단적으로 나타내는 허울좋은 호칭이기도하다. 친가의 사랑과 보호로부터 떠밀려 나온 여자로 감당하기 어려운 고충을 겪을 수밖에 없는 안타까운 운명을 말해주는 훈장같은 출가외인이다. 결혼을 통해서 친정親家에서 시집媤家으로 누구의 딸에서 누구의 며느리로 그리고 아내로 자신의 정체성이 바뀜에 따라 힘든 것은 말할 필요도 없고 행복까지 송두리째 위협받게 되는 비운의 세월을 어찌하랴.

우리 민요 중에 여자로서의 참기 어려운 비운의 세월을 보여주는. 민요가 있으니

"앞밭에는 당추 심고 뒷밭에는 고추 심고,

고추 당추 맵다 해도 시집살이 더 맵더라."

에서 보듯이 타박이 극심한 시집살이는 출가외인 요조숙녀를 사면 초가로 몰아갈 뿐 빠져나갈 구멍은 눈을 닦고 찾아보아도 없다. 또

"귀머거리 삼 년이요, 눈 어두워 삼 년이요, 말 못해서 삼 년이요,

석삼년 살고 나니, 배꽃같던 요내 얼굴 호박꽃이 다되었네."

석삼년 곧 강산도 변한다는 지루한 10년 세월이다. 엄한 시아버지를 모시며 수다스런 시어머니의 갖은 잔소리를 다 들으며 시누이들의 시새움 속에 살아오는 동안 꽃다운 홍안은 어디로 가고 희끗희끗 검은머리 파뿌리 되어 아리따워야 할 여인의 모습을 찾을 길 없다.

우리 고모야 그래도 누리고 살았다고 하지만 조선조 여인으로서 고모님께서도 내면적으로 타고난 슬픈 한평생이었으리라. 강릉 최씨 가문에서 태어나 꽃다운 나이에 안동 권씨 가문으로 출가하여 한평생을 눈물을 감내하며 사셨으리라. 나이 탓일까? 이런저런 생각을 하다보니 보통 때 같으면 그냥 넘어갈 일인데 고모님 생각에 눈물이 절로 난다.

하늘 같은 우리 고모님! 시집살이의 모진 슬픔 죄다 잊고 마음 편히 오래오래 사시기를 두 손 모아 기도합니다.

(산림문학, 2019. 봄)

영미야

지난 겨울은 몇십 년 만에 불어 닥친 한파로 유별나게 추운 겨울이었다. 세상 모든 것들이 움츠려드는 지리한 겨울, 우리 가슴속에 막힌 것은 뚫고, 굽은 것은 펼 수 있는 화끈하고 신바람나는 이벤트가 목마르게 그립던 터에 평창동계올림픽은 지친 우리 영혼에 활력을 주는 생동감 넘치는 대제전이었다.

유치전부터 재수 삼수를 거치면서 말도 많고 설도 많던 올림픽은 개막식을 기점으로 봇물처럼 터져나오던 볼멘소리도 봄눈 녹듯 잦아들고 금 14, 은 14, 동 11 메달 39개의 노르웨이가 1위, 메달 31개의 독일 2위, 캐나다 메달 29개로 3위 그 뒤를 이어 메달 17개로 우리 한국이 스위스, 프랑스를 제치고 종합전적 7위 동계스포츠 강국으로 등극하였다. 이리하여 감격스럽게도 지구촌을 울리는 달뜬 함성은 TV를 타고 우리들 안방까지 울려 퍼졌다.

어느 종목인들 경기 종료 후 뒷담화 없는 것이 있을까만 특히 승승장구하며 결승에 진출한 여자 컬링팀은 올림픽 역사를 다시 썼다고나 할까. 그러나 안타깝게도 세계 최강 스웨덴의 벽을 넘지 못하고 은메달을 챙기는 것으로 만족해야 했다. 그러나 2014년 소치 대회에 처녀 출전하여 메달 실패의 고배를 맛본 지 불과 4년이 지난 2018평창대회에서 두 번째 도전에 성공하였으니 금메달보다 값진 은메달이었다. 서구 선진국의 전유물인 컬링에서 은메달을 거머쥐었다는 것은 깜짝 놀랄 성과라고 할 수 있다. 이와 같이 금메달보다 값진 은메달이었기에 전 세계가 이목을 집중하고 있지 않은가 싶다.

컬링 대표팀은 스킵 김은정, 서드 김경애(김영미 동생), 세컨드 김선영, 리드 김영미, 후보 김초희가 포진하고 있다. 이들은 후보로 투입된 김초희만 경기지역 유망주로서 발탁되었고 나머지는 모두 경북 의성 같은 학교 출신으로 성도 이름도 비슷하므로 이름조차 기억하기는 쉬운 일이 아니다. 선수의 이름조차 기억하기 어려운 것처럼 대표팀 결성계기는 한 편의 하이틴 영화를 방불케 한다.

컬링은 알 듯 모를 듯 이름조차 생소한 종목이지만 미모의 선수들이 이상하리만치 온 국민을 빠져들게 하는 마법 같은 체면술이라도 있었던 걸까? 아니면 삼삼오오 골목길에서 놀고 있는 개구장이들의 놀이 같은 컬링이 친근감을 느끼게 하여서일까? 올림픽을 치르는 중 불과 며칠 동안에 거국적으로 선호도가 높은 운동종목으로 자리잡고 사람들이 모인 자리에선 어김없이 컬링을 하겠다는 예비 동호인들이 줄을 잇는 모양이다.

그러니 남녀노소가 불문하고 함께 좋아할 수 있는 종목으로서 컬링이 아닐까? 집집마다 스톤을 닮은 요강, 로봇청소기는 물론 진공청소기 그리고 아기용 플라스틱의자, 브러시 대용품으로 밀채 대걸레,

먼지털이까지 컬링을 흉내낼 수 있는 것이면 모두 동원하여 마치 컬링 수련장을 방불케 한다. 이러다간 컬링이 우리나라를 대표하는 국민 스포츠로 발전하는 것은 시간문제가 아닐까.

그런데 우리 컬링 선수들의 게임을 보노라면 스톤이 손을 떠나는 순간부터 '영미'를 다급하게 외친다. '영미'가, 누구이기에, 그토록 다급하게 외칠까. 거기엔 다른 뜻은 없는 것일까. '영미'는 우리 선수 중 한 사람이다. 영미는 같은 팀의 김경애 선수와 친자매 사이다. 일찍 아버지를 여의고 어머니가 공장에 다니면서 자매를 키웠다. 그러므로 자매의 은메달은 백배, 천배 값진 것이다. 어떻게 보면 '영미'는 자매를 독려하는 어머니의 외침일 수도 있다.

그러나 그것만이 아니라 게임의 승패를 좌우하는 간절함이 묻어나는 외침이다. '영미'에 숨겨진 약속을 들여다보면

"영미 : 스위핑을 시작해.

영미야 : 스위핑을 그만하고 기다려.

영미야! : 스위핑을 더 빨리하라.

영미 영미 영미 : 스위핑을 그만해."

영미를 외치는 그들의 애타는 부르짖음은 그들의 신호음일 뿐만 아니라 천상에서 들려오는 메시지라고 할 수 있으리라.

'영미'는 할아버지가 불러주신 이름이란다. 옛날 이름 같아서 개명하고 싶었는데 이젠 '영미'라는 이름이 자랑스럽단다. '영미'는 그의 빛깔과 느낌에 맞게 누구나 불러보고 싶고, 들어보고 싶은 이름이 되었다.

그런데 천상의 목소리로 불러줄 내 이름, 그런 내 이름 불러 줄 사람 누구 없을까?

할아버지가 영미의 이름을 불러준 것처럼 누가 나의 빛깔과 향기에 걸맞은 이름을 불러주었으면 좋겠다. 꿈에도 잊혀지지 않고, 오래오래 여러 사람 입에 칭찬으로 오르내리는 그런 이름이었으면 좋겠다.

(강릉가는 길, 2018. 15집)

칭기즈 칸을 만나다

몽골을 가고 싶다. 영토가 넓을 때는 알렉산더 영토의 4배, 로마 영토의 12배가 된 적이 있는 거대한 몽골제국, 어디 영토가 넓다뿐일까? 유월이면 드넓은 초원이 약속이라도 한듯 일제히 꽃밭으로 단장을 하고 보란 듯이 아름다움을 자랑하는 나라, 그리고 잠깐 봄, 여름이 살같이 지나가고 구월이면 이내 겨울 같은 가을이 찾아오는 나라, 그리고 지구촌에서 한류가 너무나 극성스럽게 바람을 일으키는 나라, 그 바람에 한국어가 가장 인기 있는 제2외국어로 선택되는 유일한 나라, 그래서 주체할 수 없이 정이 가는 나라 몽골을 가고 싶다. 그런데 곰곰이 따지고 보면 그냥 굴러들어 온 한류가 아니다. 몽골은 우리와 같은 듯 하면서도 어딘가 다르고, 다른 듯 하면서도 헷갈리게 닮은 것이 역사적으로 무슨 특별한 인연이 있어서일까?

한때 고려의 왕들은 본인 의사와 관계없이 몽골 여인을 아내로 받아들여야 했다. 그래서 몽골은 우리나라를 사위의 나라, 부마국이라고 하였다. 뿐만 아니라 몽골은 해마다 여자 아이를 공녀로 바칠 것을 강요하였으며, 몽골로 끌려간 공녀들에 의해 고려의 생활풍습이 자연스럽게 몽골에 전파되고 유행하였으리라. 이렇게 영향을 주고받으며 서로 같으면서 다르고, 다르면서 비슷한 문화를 형성하였으리라.

천방지축 용꿈을 꾸며 철없이 즐거웠던 중학교 시절. 영화 '칭기즈 칸'은 얼마나 뜨거운 감동으로 내게 다가왔던가. 말을 타고 드넓은 초원을 달리는 영화를 보는 날엔 또래들끼리 골목길에 모여 엉덩이를 들썩이며 말타기 놀이로 하루해가 저물었다. 그때의 감동 탓일까? 세월이 흘러 지천명을 지나고 이순이 되어서도 눈이 멀게 펼쳐진 푸른 초원을 말을 타고 달리는 칭기즈 칸을 떠올리며 추억을 반추하지 않았던가. 그 감동이 이 나이가 되어서도 지금껏 내 마음 한구석에 남아 있는 걸 보면 몽골에 대한 그리움이 변해서 사무친 것이 아닐까.

그런데 흔히 몽골제국의 번성을 칭기즈 칸 1인의 공적으로 인정하고 극찬한다. 그렇다! 칭기즈 칸이 제국을 건설하는 데는 칭기즈 칸의 지혜로운 용병술이 빛난다.

칭기즈 칸의 부하들은 적진에서도 깜짝 놀랄 만큼 용감무쌍했다. 하늘을 치솟는 그러한 용감무쌍한 기개는 어디서 나왔을까. 두 말할 것도 없이 그를 떠받쳐 준 4준마와 4맹견에서 힘의 원천을 찾을 일이다. 4준마는 정책 수립을 주도하고 실천하는 참모들이었고, 4맹견은 전쟁터에 나아가 적과 맞붙어 싸우는 일선지휘관들이었다. 그들의 역할은 그 외에도 매우 다양했고 칭기즈 칸과 만난 인연도 개별적으로 각양각색이었다. 그러나 지리멸렬하게 흩어지지 않고 하나같이 똘똘 뭉치는 것을 목숨보다 소중하게 여기고 어떤 경우에도 배신을 죽기보다 싫어하는 공통점을 지니고 있었다. 이와 같이 거대 몽골제국을 건설한 저력은 칭기즈 칸을 중심으로 하는 4준마와 4맹견의 충성심에서 찾을 수 있다.

그러니 칭기즈 칸을 인류의 역사 속에 우뚝 세운 것은 사람을 꿰뚫어 보는 높은 안목과 부하를 거느리고 다루는 폭넓은 포용력 그리고 어쩌면 부하들과 한핏줄을 타고난 형제같은 끈끈한 우애와 인간적인 매력을 두루 갖추고 있었다는 점이다. 그래서 그의 주위엔 그를 돕는 사람이 많았다. 그리고 그보다 중요한 건 그의 인간적인 매력으로 만들어낸 전리품 분배를 들 수 있다. 매끄러운 인간관계가 조직 발전의 필요 불가결한 요소로 꼽히는 현대의 조직사회에서 최고경영자가 반드시 배우고 갖춰야 할 지도자의 덕목이라고나 할까.

그런데 지금까지의 전쟁에서 보면 승리한 무리들은 패배한 편의 가축과 세간살이는 물론 심지어 여인들까지 눈에 띄는 대로 무차별 착취했다. 그러니 패배한 편의 전리품 분배는 어떤 원칙도 없이 먼저 본 놈이 임자였다. 적진에 먼저 도착한 순서대로 차지하는 이와 같은 선착순 착취방식으로는 맨 앞에서 싸우는 병사들만이 물욕을 채울 수 있을 뿐 대다수의 후미부대 병사들에게는 그림의 떡으로 조직의 결집을 해치는 전리품은 차라리 없느니만 못하였다. 결국 여러 가지 다른 방식으로 전쟁에 기여한 사람들에게는 돌아오는 것이 없으므로 불평불만의 원인이 되었다.

그런데 칭기즈 칸은 크고 작은 모든 전리품을 공동의 몫으로 두고 전쟁의 공적에 따라 배분하였다. 그를 떠받치는 병사들과 관계를 맺고 전쟁 중에 측근들에게 베푼 파격적인 보상은 지금까지는 상상도 못했던 진한 감동으로 다가왔다. 이와 같이 전투에 이기고 받는 파격적인 보상은 전투에 지친 병사들의 마음을 달래기에 부족함이 없었다. 그리고 이러한 분위기는 조직의 결속으로 그리고 나아가 그러한 결속이 전쟁을 승리로 이끄는 원동력이 되었다. 개별적인 약탈금지로 모든 병사들은 성취욕을 충족하게 되었다. 칭기즈 칸의 전리품 배분은 조직 발전의 원동력이 되었다.

현대의 우량기업들이 시행하고 있는 스톡옵션 등의 이익분배제도와 같은 효과라고나 할까. 그때나 지금이나 공평한 보상과 이익 분배는 조직의 높은 사기와 성장의 원동력이라고 하겠다.

(2019. 10. 10.)

절친 이야기

십여 일 전 절친이 대수술을 받고 대학병원에 입원했다는 소식을 들었다. 빨리 병문안을 가야지 하면서도 차일피일 미루다가 지난 토요일 짬을 내어 집사람과 함께 병원을 찾았다.

아픈 사람이 왜 이리도 많을까? 병원 로비는 방문객들로 발 디딜 틈도 없이 붐빈다. 1층 로비에서 안내를 받고 엘리베이터에 올랐다. 이내 9층에 내리자 어느새 왔는지 절친의 아내가 우리를 기다리고 있다. 절친의 아내에 의하면 입원한 지 20여 일 다행히도 수술이 잘 되고 회복이 빨라 가벼운 운동을 할 정도로 몸 상태가 좋아졌다고 했다. 내일에 퇴원이란다. 천만다행이다.

어쩌다 병문안을 할 때면 대상이 누구든 여느 때와는 달리 조심스럽다. 병상에서 투병하는 환우를 무슨 말로 위로할까. 지나친 측은지심으로 눈물을 보이는 것도 조금은 그렇고 아무 일도 없다는 듯이 천방지축 지나치게 화기애애한 것 또한 그렇지 않을까 싶다. 어찌 됐든 긴장은 아니더라도 조심스러운 것이 병문안이다.

입원실에 들어서니 절친이 병상에서 일어나 방문객을 맞는다. 회복이 빠른 것일까? 다행스럽게도 스스럼없이 이야기를 잘하는 절친이기에 아픈 중에도 잔정이 넘치는 살가운 목소리로 우리를 맞이한다. 절친은 방문해 줘서 고맙다는 인사를 나누기 바쁘게 능숙한 입담으로 이야기를 주도한다.

절친은 이야기를 시작하기도 전에 켜켜이 쌓인 후회의 정이 묻어난다. 몇 년 전 의사의 처방을 들었다면 간단한 시술로 끝날 것을 대수롭지 않게 여기고 우선 급한 일에 몰두하다 보니 대수술을 받게 되었다고 했다. 듣고 보니 어찌 절친의 수술만 그럴까. 우리 주변의 일은 언제나 방심하는 것이 문제다. 잠깐 뒤로 미루고 방심하는 사이 크고 작은 일이 터진다. 결국은 "'삽'으로 막을 것을 '가래'로도 못 막는다.'는 옛말이 그냥 하는 말이 아니라 자로 잰 듯 딱 맞는 말이다. 넋 놓고 알지도 못하는 사이에 우리가 손쓸 사이도 없이 모든 일이 뒤틀려 버리고, 그러는 사이 일은 꼬이고 안타깝게도 슬픔과 절망의 수렁에 빠지고 마는 것을 어찌하랴.

절친은 수술 후 장기가 자리잡을 이틀 동안 긴 회복시간을 가졌다. 사람의 말소리도 생생하게 들리고 정신도 말똥말똥했지만 이상하게도 하고 싶은 말은 할 수 없고, 손끝 하나 까딱 못했다. 그러나 다행스럽게도 마취상태의 회복시간은 가족의 따뜻한 사랑을 확인하는 뜨거운 시간이었단다. 말은 할 수 없었지만 사랑스런 아이들의 우려 섞인 응원의 한마디를 듣고 가족의 뜨거운 사랑을 확인할 수 있었단다. 유별난 그의 뜨거운 아내 사랑은 수술대 위에서도 영글어 갔다. 대수술 그 와중에도 아이들보다 아내 생각이 더 간절했다고 한다. 절친은 생명에 위협을 느끼며 수술대에 오르는 순간 평소에 아내와 아이들에게 소홀했던 일들이 마음에 걸렸다고 했다. 죽고 사는 것을 마음대로 할 수 없는 그야말로 죽음의 터널을 빠져나오고 손가락 끝까지 감각이 살아난 후에야 이제 살았구나! 안도의 한숨을 쉬었으리라. 절친에게 있어 회복시간은 새로운 인생을 출발하는 통과의례의 시간이었다고나 할까. 수술을 시작하여 끝날 때까지 고통에도 불구하고 시험 중에 축복이라고 하면 지나친 말장난이라고 할까.

20여 일 병상에서 천당과 지옥을 넘나들며 마음의 깊이하며 사람이 온통 달라졌을 터. 절친 내외는 병원에 온 것이 아니라 어쩌면 허니문을 떠나온 신혼부부를 연상케 할 정도로 밝은 빛으로 하나 되어 있었다. 원체 부부화락하여 금슬 좋기로 소문난 잉꼬부부라 보는 이는 질투를 사고도 남음이 있으리라. 굳은 땅에 물이 고인다고 어려운 일이 있을 때 부부의 정은 말할 것도 없고, 온 가족이 하나 되어 똘똘 뭉치는 부부화합 나아가 가족화합의 기적을 낳는 병원이야말로 뜨거운 사랑의 발원지라고나 할까.

도덕선생 포스로 절친의 이야기는 계속된다. 성숙한 사람은 슬픔이 밀어닥쳐도 자포자기하지 않는다. 마음에 걸리면 일의 원인을 찾아내고 그것이 무엇인지 곰곰이 따지기를 잘한다. 절친은 한평생을 살아간다는 것이 너무도 힘든 일임을 새삼 느꼈다고 했다. 인생살이에는 만남과 이별이 있고, 기쁨과 슬픔이 동시에 또는 번갈아 다가온다. 인생은 원래 꿈같이 흘러가는 것이리라. 그러니 이별이라고 울고, 뜻을 이루지 못한다고 울지 않는다. 반가운 빛으로 축복의 노래를 부를 뿐이다.

오늘은 수술 후 늙어가는 것이 아니라 병상에서도 고고하게 영글어가는 절친의 모습을 보면서 많은 것을 생각하는 하루였다.

어머니의 기도

　문득, 태어나고 자란 느릅내楡川 고향집이 그리워진다. 태풍 루사에 휩쓸려간 배롱나무의 대를 잇는 새끼 배롱나무, 아버지께서 이파리가 좋으시다며 구하여 심으신 듬직한 후박나무, 대대로 다산多産의 약속을 지켜준다는 대추나무 그리고 살아서 백년, 죽어서 백년을 산다는 무쇠처럼 모질고 단단한 주목, 예순 살은 족히 되는 우리 집 수호신 은행나무 어느 것 하나 자랑스럽지 않은 것이 없다. 그러나 옛일을 반추하노라면 어릴 적 이웃집 소꿉친구 영이도, 애면글면 아들 허기질까 젖무덤을 내어주시던 어머니도 안 계시는 고향은 이미 고향이 아닌 타향인 걸 어찌하랴.

　내 고향 느릅내는 가을걷이가 거의 끝나고 겨울 준비가 막바지에 이를 무렵이면 집집마다 가족끼리 모여 앉아 나름 넉넉한 먹거리를 즐기는 가운데 겨울밤은 깊어 갔다. 그중 마을 사람들의 가장 큰 관심사는 집집마다 한 해 추수를 감사하며 새해의 풍요를 기원하는 고사告祀였다. 날씨가 차츰 추워지고 섣달그믐이 가까워오면 저마다 날을 정하고 고사준비로 온 마을이 바쁘게 돌아갔다. 집집마다 바자문 입구 양옆으로 잡신의 근접을 막는다는 황토를 점점이 뿌려 두고 온 마을이 부정한 것을 멀리하고 목욕재계로 몸과 마음을 정결하게 하였다. 그리고 당일 고사가 끝난 후 신에게 바친 시루떡이며 제물을 온 동네가 나누어 먹는 즐거움이 기다리고 있었다.

추수감사제의 하이라이트는 두말할 것도 없이 어머니의 기도였다. 이때면 어머니께선 장롱 속에 모셔두었던 한복으로 나름 깨끗하게 갈아 입으시고 기도장으로 행하셨다. 어머니의 기도장은 마당가 장독대였다. 장독 앞에 돗자리를 깔고, 한가운데 떡시루가 자리잡고 어머니는 그 앞에 절을 두 번 올린 다음 다소곳이 앉으셨다. 그리고 간절한 소망을 담은 기도소리는 어둠 속으로 낭랑하게 울려 퍼져갔다. 어린 시절 꽁꽁 얼어 터지는 겨울밤 장독대 앞에서 두 손을 모아 간절히 기도하시던 어머니의 모습을 생각하면 안쓰러움에 지금도 눈엔 이슬이 맺힌다.

기도 내용은 정확히 알 수 없으나 어머니의 기도는 오랜 시간 계속되었다. 꽁꽁 얼어터지는 칼바람을 맞으며 그칠 줄 모르고 이어지는 어머니의 기도는 남편의 아내로서 아이들의 어머니로서 절절함이 묻어나는 감사와 간구懇求의 기도였다.

'나약할 때 자신이 처한 입장을 분별할 수 있는 지혜를 주시옵고, 두려움 속에서도 자신을 잃지 않는 결기를 주시옵고, 승리에 오히려 겸손하고 폭풍우 속에서도 살아남게 하시고, 약자를 불쌍히 여기고, 앞으로 나아가면서도 뒤를 돌아보게 하시고, 웃을 줄 알면서도 어려운 이웃을 위해 우는 법도 터득하게 하시고, 즐기면서도 요행의 길로 빠져들게 하지 마시고, 위기 속에서도 오히려 꿋꿋하게 살아남을 수 있는 우리 아이들이 되도록 인도하소서'라고 간구하셨으리라.

얼어붙는 칼바람 속에서도 어머니의 애끓는 기도는 이어지고 시루떡을 탐내던 막내는 지쳐 잠이 들었다. 어머니는 기도하는 중에 세상이 꽁꽁 얼어붙어 힘드실 텐데, 온몸이 저리실만도 한데, 어머니의 기도는 멈춤 없이 한결같았고, 간절하게 느껴졌다. 그래서 세상의 어머니들을 더없이 크낙한 사랑이시라고 하는가보다.

사회 생활을 시작하면서, 뜬금없이 눈물이 많아졌다. 세상은 생각했던 것보다 타이트하고 힘들었다. 베개를 적시며 잠드는 날이 많아졌고 내 얼굴에는 생기보다는 겹치는 피로 때문에 눈물로 얼룩진 날들이 많았다. 영육 간에 감당하기 어려울 정도로 만신창이가 된 하루를 보내고 나면, 눈물 범벅이 되어 나도 모르게 누군가 듣고 있는 듯 기도를 하는 습관이 생겼다. 그렇게 한참을 기도하고 난 뒤엔 뭔가 마음이 후련했고 위로를 받는 듯했다.

사람들은 무언가 간절히 바라는 바가 있을 때, 정작 자신은 아무것도 해결할 수 없이 무기력함을 느낀다. 그럴 때면 초능력 앞에 자신의 모든 것을 내려 놓고 두 손 모아 기도한다. 그런데 사랑도 미움도 내 마음에서 비롯되는 것을, 간혹 세상사 돌아가는 것을 보고 남의 탓이나 하고 일희일비하는 인간의 어리석음이야말로 어처구니 없다고나 할까. 그런데 위로를 하기도 위로를 받기도 너무 바쁜 시대에 살고 있다. 그럴수록 남을 위한 기도는 그만 두고라도 나를 위한 기도만이라도 필요할지도 모르겠다.

오늘 우리도 저마다 어머니의 기도처럼 나를 위해, 내 주위의 누군가를 위해, 간절히 기도하는 건 어떨까. 어쩌면 진정한 위로는 진심 어린 간절한 기도에서 시작되는 지도 모를 일이니까.

고마운 식당

여러 사람이 모인 곳에 가면 별것도 아닌 것을 가지고 감칠맛나게 이야기를 잘하는 사람이 있다. 그리고 그 한두 사람 덕에 화기애애한 분위기는 이어지고 처음 만난 사람까지도 이야기에 빠져들어 평생지기가 되는 정겹고 아름다운 광경을 볼 수 있다. 그런데 서구에 비해 우리는 엄격한 양반사회의 도덕관념으로 심지어 가족 간에도 자유분방한 이야기문화의 꽃을 피우지 못했다고 유교문화를 탓하는 사람도 있다. 사실 우리는 밥상머리에서도 자유분방함은 그만두고라도 엄격한 어른들의 눈치를 보며 자라지 않았던가.

어떤 경우든 친구를 만나 맛 좋은 먹거리를 앞에 놓고 궁금했던 일을 주거니 받거니 정겨운 대화를 나눌 수 있는 사람은 참으로 행복한 사람이라고 하겠다. 그러나 반가운 벗이라 하더라도 대화에 익숙하지 못한 경우 몇 마디 나누다 보면 대화는 궁해져서 멍 때리고 앉았다가 차려진 음식을 폭풍흡입하고 저마다 흩어져 가는 걸 어찌하랴. 다행히 근래에 들어 먹방 전성시대를 맞아 외식문화가 확산되고 동호인 중심으로 오찬, 만찬 등 소통의 장이 베풀어지고 있음은 대화에 궁한 우리로서는 그나마도 다행스럽고 반가운 일이라고 하겠다.

그러면 가까운 일본은 어떠한가? 일본에 가면 꼭 한번 둘러보고 싶은 식당이 있다. 친구에게 듣기로는 일본에는 연세 많은 치매 노인네들이 서빙을 하는 식당이 있다. 이 식당은 주문하지도 않은 엉뚱한 음식이 나오기도 하는 식당으로 손님이 주인을 배려하는 것으로 잘 알려져 있다. 이를테면 우동을 시켰는데 라면이 나오고, 돈가스를 시켰는데 핫도그가 나오는 식으로 말이다. 우리 같으면 누구랄 것도 없이 당장 서빙하는 사람을 불러 반말 짓거리로 불호령을 하고 그래도 분이 안 풀리면 자리를 박차고 일어나 다른 식당을 찾을 것은 뻔한 일이다.

그런데 참으로 이상한 것은 이 식당은 손님들이 주문한 것과 다른 엉뚱한 음식을 가져와도 목소리를 높여 서빙하는 사람을 호통치는 일이 없는 것은 물론이고 그 밖에 일체의 어떤 잔소리도 하지 않는다고 한다. 이런 너그러움은 어디서 온 것일까. 그것은 치매 노인네들이 서빙을 하다 보니 헷갈려서 실수로 손님의 주문과는 전혀 다른 음식이 나오기도 한다. 하지만 서빙하는 노인들은 아무것도 모른 채 웃음을 잃지 않고 손님을 위해 최선을 다하고, 그 보답으로 자연스럽게 서빙하는 치매노인들에 대한 손님들의 배려가 보석처럼 빛나는 현장이라고나 할까.

어떤 사람은 말한다. '요즈음 같이 무서운 세상에 주문 하나 제대로 못 받으면서 무슨 장사를 하겠다는 거냐'고, 열이면 열 사람이 모두 비아냥거리고 꼬집을 것이다.

268

그런데 이 식당을 찾은 손님들은, 애초부터 잔소리 같은 것은 있을 수 없고 이 근처에서 '배려와 고마움이 넘치는 음식을 맛볼 수 있는 유일한 식당'이라고 이구동성으로 칭찬하고 자랑한다. 보통 우리 상식으로는 이해하기 어려운 일이라고나 할까.

이렇게 감싸고 칭찬함으로써 치매 노인들에게 든든한 후원자 내 편이 있다는 안도감을 심어주고, 나도 일할 수 있다는 자부심을 갖고, 혼자 남았다는 고독감을 극복할 수 있도록 응원을 한다. 그렇게 노인들은 손님들의 배려 속에 서빙을 하고, 손님은 나온 대로 고맙게 먹고 돌아간다.

이와 같이 음식을 앞에 놓고 주문한 것과 다른 음식이 나온 아쉬움이나 불만을 드러내는 것이 아니라 오로지 고마운 마음으로 서빙하는 치매 노인들을 위로하고 배려한다. 그렇다면 이러한 배려는 어디에서 오는 것일까?

현대사회는 한 치 앞을 내다보지 못할 정도로 복잡다난하게 진화 발전하고 있다. 이러한 때일수록 너와 나의 거리를 좁혀줄 사랑을 생각할 일이다. 아주 작은 행복도 이와 같이 상대방을 먼저 생각하고 도와 주고 나누는 고마운 마음에서 시작된다는 걸 생각할 일이다. 그런데 사랑하고, 배려하는 고마운 마음은 별개가 아닌 하나임을 명심할 일이다.

그렇다면 내 속의 아집과 욕심을 버리고 내 마음속을 또 다른 사랑과 지혜와 용기로 채우는 것이 필요하지 않을까? 너와 나를 하나로 맺어주는 고마움이야말로 우리사회를 지탱하는 최고의 가치라고 할 수 있으니까. 고마움이 사랑으로 발전하고, 사랑하기 때문에 배려할 수 있고, 배려하므로 행복을 함께 할 수 있지 않을까?

(산림문학, 2020.)

버들골 풍경

최용순 다섯 번째 수필집

초판 1쇄 발행일 2020년 9월 25일

지은이 최용순
펴낸이 박영희
편집 박은지
디자인 최민형
마케팅 김유미
인쇄·제본 제삼인쇄
펴낸곳 도서출판 어문학사
　　　　서울특별시 도봉구 해등로 357 나너울카운티 1층
　　　　대표전화: 02 - 998 - 0094 / 편집부1: 02 - 998 - 2267, 편집부2: 02 - 998 - 2269
　　　　홈페이지: www.amhbook.com
　　　　트위터: @with_amhbook
　　　　페이스북: https://www.facebook.com/amhbook
　　　　블로그: 네이버 http://blog.naver.com/amhbook
　　　　　　　다음 http://blog.daum.net/amhbook
　　　　e-mail: am@amhbook.com
　　　　등록: 2004년 7월 26일 제2009-2호

ISBN 978-89-6184-961-6　03800
정가 13,000원

이 도서의 국립중앙도서관 출판예정도서목록(CIP)은 e-CIP홈페이지(http://www.nl.go.kr/ecip)와
국가자료공동목록시스템(http://www.nl.go.kr/kolisnet)에서 이용하실 수 있습니다.
(CIP제어번호: CIP 2020037345)